코레아의 신부

코리아의 신부

초판 1쇄 인쇄 | 2022년 3월 24일
초판 1쇄 발행 | 2022년 3월 31일

지은이 | 이수광
펴낸이 | 박영욱
펴낸곳 | 북오션

경영지원 | 서정희
편 집 | 권기우
마케팅 | 최석진
디자인 | 민영선·임진형
SNS 마케팅 | 박현빈·박가빈
유튜브 마케팅 | 정지은

주 소 | 서울시 마포구 월드컵로 14길 62 북오션빌딩
이메일 | bookocean@naver.com
네이버포스트 | post.naver.com/bookocean
페이스북 | facebook.com/bookocean.book
인스타그램 | instagram.com/bookocean777
유튜브 | 쏠쏠TV·쏠쏠라이프TV
전 화 | 편집문의: 02-325-9172   영업문의: 02-322-6709
팩 스 | 02-3143-3964

출판신고번호 | 제2007-000197호

ISBN 978-89-6799-670-3 (03810)

왕자 이언과 무녀 부용의 애절한 러브스토리

코레아의 신부

이수광 지음

Bookocean

유럽을 감동시킨
조선 왕자와 평민 소녀의 사랑 이야기

조선의 운명이 풍전등화 같았던 1897년 5월22일, 예술의 도시 오스트리아 빈에서 발레 〈코레아의 신부〉가 초연되었다.

이 발레는 그때까지 빈의 궁정오페라하우스가 공연했던 그 어떤 발레보다도 화려하고 역동적이어서, 평단의 열광적인 환영을 받았고, 중요한 악보가 불티나게 팔리는 등 유럽에 큰 반향을 불러 일으켰다.

특히 발레리나 베소니의 〈기생의 춤〉은 조용한 아침의 나라, 유럽에 거의 알려지지 않았던 조선의 아름답고 전통적인 춤이라는 극찬을 받았다.

여주인공이 춤을 추는 〈기생의 춤〉은 왈츠 곡으로 베를린에 있는

슐레징어 음악출판사에서 악보가 출간되기도 했다.

우리의 조선이 개화도 되지 않았던 1897년 조선을 배경으로 하는 발레가 유럽에서 공연되어 절찬을 받은 것이다.

이는 자그마치 120여 년 전의 일로, 중국이 배경인 오페라 〈투란도트〉나 일본이 배경인 오페라 〈나비부인〉보다 훨씬 앞선 것이다.

〈코레아의 신부〉는 초연된 후 1901년까지 5년간 정식 레퍼토리로 공연되었다.

그렇다면 〈코레아의 신부〉는 어떤 내용일까.

〈코레아의 신부〉 리브레토(대본, 혹은 줄거리)를 보면 청일전쟁을 배경으로 조선의 왕자가 무너져 가는 조국을 지키기 위해 일본과 싸우고, 그에게 사랑을 바치는 춤추는 무희 '데이사'가 주인공으로 등장한다.

조선에서 춤추는 무희는 기생이다. 여자 주인공은 기생 중에서도 가장 수준이 높은 장악원의 기생이다.

남자 주인공인 조선의 왕자는 누구인가. 당시에 왕자라고는 세자 이척(훗날의 순종)과 의친군 이강뿐이었기 때문에 이강이 모델이 되었을 것이다.

그러나 이 발레극은 창작품이다. 왕자도 창조된 인물이고 그의 행적도 역사적 사건을 배경으로 창조된 것이다.

청일전쟁과 조선의 현실이 〈코레아의 신부〉에 적나라하게 드러나고 있으므로 이 리브레토를 쓴 하인리히 레겔은 짧은 시간 동안이라도 조선을 방문했고, 조선을 사랑했던 인물로 보인다.

유일하게 발견된 발레 의상 도안 한 점은 연필로 그린 스케치다.

하얀 한복을 입고 곰방대를 물고, 상투를 틀고 있는 전형적인 노인의 모습에 색이 가미되어 있어서 〈코레아의 신부〉 제작자들이 조선을 방문했다는 사실을 알 수 있다.

하인리히 레겔은 조선을 둘러싸고 벌어진 청일전쟁에서 〈코레아의 신부〉에 대한 영감을 얻었는데 이는 청일전쟁 후에 조선의 운명이 바람 앞의 등불처럼 위태로워질 것이라는 사실을 잘 알고 비극적인 사랑 이야기를 발레 예술로 승화시킨 것으로 보인다.

발레 〈코레아의 신부〉 줄거리는 전쟁에 참여하는 조선의 왕자와 춤추는 소녀 무희와의 사랑 이야기다.

왕자가 사랑하는 여자가 온갖 어려움과 죽음의 위협을 극복하고 일본군의 포로가 되어 있는 왕자를 구하고 결혼하는 이야기다.

위험에 처한 나라를 구하기 위해 평민으로 변장하고 전쟁에 나가는 조선의 왕자, 그러한 왕자를 목숨 바쳐 사랑하는 평민 소녀, 조국을 위해 기꺼이 전쟁터로 나가는 조선의 젊은 청년들을 비장하면서도 장중하게 그리고 있다.

발레 〈코레아의 신부〉는 발레리나 베소니의 '무희의 춤'과 사랑의 여신들이 대각선 모양으로 늘어선 채 춤을 추는 '조선의 춤'과 폭압과 침략을 상징하는 일본군의 '분열 행진'이 최고의 군사사열 춤으로 인정받았고, 평론가들로부터 '조선인 발레(평민의 춤)'와 '일본군 발레(군사 발레)'가 절묘하게 대조를 이루었다는 평가를 받았다. 조선의 춤이 일본군의 행군과 교체되면서 나타나 극찬을 받았다. 발레 〈코레아의 신부〉는 1895년 하인리히 레겔이 대본을 쓰고 빈 궁정오페라하우스 악단장이었던 요제프 바이어가 작곡을 하여 5년 동안 오스트리아 빈에서 정기적으로 공연된 명작이었다. 이 당시 유명한 발레도 2년밖에 공연을 하지 않았으나 〈코레아의 신부〉는 5년이나 공연을 할 정도로 예술의 고장 비엔나에서 사랑을 받았다.

그 이후 〈코레아의 신부〉는 잊혀졌다.

120여 년 전에 유럽에서 사랑을 받았던 발레 대본과 악보가 최근에 발견되어 화제가 되었다.

이 소설은 하인리히 레겔이 쓴 리브레토를 바탕으로 재창조했다. 독자 여러분의 사랑과 격려를 부탁드린다.

이수광

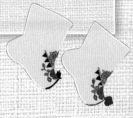

1부 부용의 춤사위는 사뿐사뿐
수양버들처럼 하늘거렸다

프롤로그

부우우웅.

무적소리가 길게 울렸다.

부우우웅.

그 소리는 어쩐지 처량하고 구슬프게 내 귓전을 울리고 내 가슴속으로 파고들었다.

나는 그 소리가 동양의 작은 나라, 일본과 러시아의 침략을 목전에 두고 있는 조선이 종명을 고하는 비통한 울음소리처럼 들렸다.

항구는 안개가 자욱했다.

조선의 서쪽 항구 제물포.

배는 자욱한 안개가 걷힐 때까지 자그마치 세 시간을 기다려야 했다.

나는 뱃전에 서서 안개가 걷히기를 초조하게 기다리고 있었다.

한 달이 넘게 걸린 길고 지루한 여행이었다.

그러나 자욱한 안개가 걷히기도 전에 마침내 조선에 도착했다는 사실에 내 가슴은 요동을 치고 있었다.

조선의 무희 홍부용(洪芙蓉).

그녀의 얼굴이 가뭇하게 떠오르면서 내 가슴을 두드리고 있었다.

나는 그녀를 사랑했다. 겉으로 드러내어 표현하지는 않았으나 오랫동안 그녀로 인해 가슴앓이를 했다.

나는 10년 만에 다시 조선에 돌아왔다.

조선에 돌아왔다고 해서 그녀를 다시 만날 수 있을지는 알 수 없었다. 그녀가 살아있는지 이미 죽었는지도 알 수 없었다.

마침내 하선이 시작되었다.

나는 잘테른 독일공사 일행을 따라 배에서 내려 조선땅을 밟았다. 조선의 풍경이 외국인인 나에게 고향의 풍경처럼 정겹게 느껴졌다.

부두 여기저기에서 조선인들이 왁자하게 떠드는 소리가 들렸다. 짐을 하역하는 소리, 하인을 부르는 소리, 물건을 파는 장사치들의 소리 등 잡다한 소리들이 쉬지 않고 들려왔다.

내가 거의 알아들을 수 없는 말들이라 나는 비로소 조선에 왔다는 사실을 실감할 수 있었다.

외국에 오게 되면 이국적인 풍정이 먼저 눈에 들어오지만 나는 알아들을 수 없는 언어에 먼저 이국이라는 사실을 실감했다.

제물포는 서서히 안개가 걷히고 있었다. 나의 일행은 떠들썩하게 잘테른 공사를 따라 배에서 내렸다.

잘테른 공사가 휴가를 마치고 귀임하는 탓에 부두에는 독일공사관의 병사들이 도열해 있었다.

"차렷!"

독일 무관 대위의 구령이 떨어지자 병사들이 일제히 부동자세를 취했다.

"일동 경례!"

대위의 구령이 다시 떨어졌다. 병사들이 일제히 경례를 했다.

"쉬어."

잘테른 공사가 명령을 했다.

병사들이 일제히 차려 자세를 취했다. 나는 잘테른 공사와 대위, 공사관 직원들이 이야기를 하는 동안 주위를 둘러보았다.

안개가 걷힌 부두에는 일본군과 일본인들이 유난히 많았다.

일본은 이미 조선의 군대를 해산하고 경찰권까지 장악했다. 이제 외교권을 박탈하기 위한 작전이 초읽기에 들어가 있었다.

잘테른 공사는 전임 바이페르트 영사의 후임으로 부임했다.

우리 일행은 병사들의 호위를 받으면서 제물포역으로 향했다.

"하인리히, 마침내 조선에 왔네요."

베소니가 나의 팔짱을 끼고 낮게 말했다. 베소니는 오스트리아의 빈에서 공연되는 발레극 여러 편에서 주역을 맡은 프리마돈나였다.

"그래요. 아주 아름다운 나라입니다."

베소니에게서 톡 쏘는 화장품 냄새가 풍겼다.

베소니는 조선에 처음 왔기 때문에 약간 들떠 있었다.

"조선은 일본의 보호령이 되었다면서요?"

"러시아가 일본에 패했으니까요."

러일전쟁은 일본의 승리로 끝이 났다. 조선은 멸망하기 직전이었다. 부용의 말대로라면 가늘게 숨이 붙어 있는 것이나 마찬가지였다. 이제는 그 숨통도 끊어질 날이 멀지 않았다.

제물포에서 조선의 도성인 한양까지는 30여km밖에 되지 않지만, 마차나 말을 타고 가도 8시간 이상이 걸린다.

우리는 기차를 타고 한양으로 들어가기로 했다. 병사들과 하인들이 제물포역까지 짐을 날랐다.

나는 기차에 올라타고 창가에 앉았다.

10년 전에는 철도가 없어서 제물포에서 마차나 말을 타고 가야했다. 그렇지 않으면 걷는 방법밖에 없었다.

기차가 출발하여 차창을 내다보자 조선의 아름다운 시골풍경이 스쳐가기 시작했다.

나라의 운명이 풍전등화의 위기에 몰린 조선은 가을이 한창이었다.

들에서는 농부들이 한가하게 벼를 베고 아이들은 달리는 기차를 향해 손을 흔들었다.

"무희를 사랑했어요?"

베소니가 옆에 앉아서 물었다.

"사랑했어요."

나는 어깨를 으쓱했다.

논두렁과 밭두렁에 산개해 있는 하얀 꽃무더기가 차창으로 보였다.

"저기 데이지가 피었어요."

베소니가 들에 핀 꽃을 가리키면서 말했다.

"아니요. 국화꽃입니다."

나는 조선의 야생국화라고 베소니에게 설명을 해주었다. 베소니는 블루벨벳의 드레스와 클로슈 스타일의 갈색 모자를 쓰고 있었다.

"호호, 향기가 아주 좋은 꽃이에요."

문득 부용(芙蓉)의 낭랑한 목소리가 내 귓전을 울렸다.

나는 부용의 얼굴이 떠오르자 가슴을 지그시 눌렀다. 그녀를 찾기 위해 다시 조선에 왔다. 하지만 이미 10년이 지났는데 그녀를 만날 수 있을까.

독일 영사관을 통해 때때로 그녀의 소식을 듣기는 했다. 그녀의 소식을 들을 때마다 나는 마지막 소식이 아닌가 하여 가슴이 아팠다.

"그녀를 만날 수 있을까요?"

베소니가 내 얼굴을 살피면서 물었다.

"모르겠소."

나는 고개를 흔들었다. 그녀는 의병에 뛰어들었고 일본군의 추적을 받고 있었다. 부용이 차가운 땅속에 묻혀 있을지도 몰랐다.

나는 눈을 감았다.

기차는 덜컹대면서 달리고 있었고 때때로 기적소리를 울렸다.

내가 부용을 처음 만난 것은 어디에서였을까.

나는 부용을 만났던 일부터 회상하기 시작했다.

춤추는 소녀

부용은 빠르게 분을 바르기 시작했다. 이제 곧 아박무(牙拍舞)가 시작될 시간이었다. 분장실의 다른 아생(兒生, 연습생)들도 빠르게 손을 놀리고 있었다. 다른 아생들도 새삼스럽게 옷매무새를 가다듬고 화장을 다시 손질하느라고 어수선했다.

아생실은 언제나 그렇듯이 가벼운 긴장과 흥분, 여자들의 웃음소리와 속삭이는 소리가 어우러져 묘한 분위기를 만들어내고 있었다.

부용은 분을 바르자 미묵으로 눈썹을 그리고 입술을 붉게 칠했다. 그녀가 추는 아박무를 왕자 이언(李彦)이 본다고 생각하자 얼굴이 화끈거리고 가슴이 뛰었다.

"부용아, 적당히 해. 네가 아생들 중에 제일 예쁜 것은 누구나 알고 있어."

상기(上妓) 춘(春)이 부용의 어깨를 두드리면서 장난스럽게 눈웃음을 쳤다.

다른 아생들이 입술을 삐죽이고 코웃음을 치는 소리가 들렸다.

"언니."

부용은 다른 아생들에게 미안하여 춘의 팔을 살짝 꼬집었다.

"왜 이래?"

춘이 까르르 웃음을 터트렸다. 그녀가 호들갑을 떠는 일은 어제 오늘 일이 아니었기 때문에 오히려 긴장감이 풀어지는 것 같았다.

부용은 화장 손질을 마치자 치마를 걸쳤다.

비단으로 지은 다홍치마는 풍성하고 부드러웠다. 위에도 다홍색의 저고리를 입고 머리에는 화관을 썼다.

"아생들 준비되었어?"

춤을 가르치는 상기 초선이 소리를 질렀다.

"네."

분장실을 가득 메운 아생들이 일제히 대답했다. 초선의 눈이 아생들을 살피다가 부용의 얼굴에서 멈추었다.

'이 아이는 너무 예뻐. 여자인 내가 보기에도 질투심이 일어나.'

초선은 부용을 보면서 가만히 한숨을 내쉬었다.

어쩌면 이렇게 예쁜 아이가 있을까.

살결은 눈처럼 희고 콧날이 오똑했다. 무엇보다 그녀가 부러워하는 것은 앵두처럼 붉은 입술과 선연하게 맑은 눈이었다.

'깨물어 주고 싶어. 너무 예뻐서.'

초선은 부용을 볼 때마다 시샘과 부러움이 동시에 일어났다.

나이는 이제 열여덟 살로 물이 오르고 있는 것 같았다.

부용은 연과 나란히 서서 심호흡을 했다.

부용과 연이 아박무의 무동(舞童)이 되어 춤과 노래를 이끌어야 했다.

연도 잔뜩 긴장한 표정이었다.

부용은 긴장하지 말라는 뜻으로 가만히 손을 뻗어 동료인 연의 손을 잡았다.

연이 부용을 돌아보고 생긋 웃었다.

"나가."

초선이 아생들에게 낮게 말했다.

부용은 연과 함께 넓은 마루로 나가 중앙에 섰다.

다른 아생들도 군무를 추기 위해 두 줄로 마루로 나와 뒤에 섰다.

마루의 왼쪽에 장악원 제조인 왕자 이언과 첨정 민영길을 비롯하여 시험관들이 나란히 앉아 있었다.

'긴장하면 안 돼.'

부용은 마음속으로 몇 번이나 다짐했다.

차악!

박(拍)소리가 울리자 부용과 연이 공손히 손을 모아 소매 끝을 말아 뾰족하게 잡았다. 염수(斂手)라는 춤의 동작이었다.

이어 좌우 발을 떼어 옮기는 족도(足蹈)를 하면서 무릎을 꿇고 북쪽을 향해 절을 올렸다. 북쪽은 임금이 있는 곳이다.

장내에 앉아 있는 사람들이 일제히 부용과 연의 동작에 시선을 모았다.

부용과 연이 낭랑한 목소리로 정재(呈才, 공연)를 바치기 전에 잔치를 축하하는 예를 올렸다.

"술잔에 술을 부으니 주화(珠花)가 천수(千數)를 헤아리게 됩니다. 성인의 큰 덕으로 장수(長壽)가 태산 반석과 같이 튼튼하옵고, 제때에 비가 와서 풍년이 들어 거문고 소리가 들리고 우아한 음악이 울리니 봉래(蓬萊) 깊은 곳에 있던 봉황새가 와서 춤을 춥니다."

왕궁에서 공연을 하기 전에 임금에게 올리는 헌사다.

의연군(義衍君) 이언은 잔뜩 긴장하여 부용에게서 시선을 떼지 않았다.

부용과 춘이 동동사(動動詞)의 첫 구절을 노래하기 시작했다.

덕일랑 뒷배에 받자옵고
복일랑 앞배에 받자옵고
덕이라 복이라 하는 것을
드리러 오소이다.
아으 동동다리

맑고 낭랑한 목소리였다.

수양버들 가지를 흔드는 봄바람처럼 부드럽고 깊은 산속 골짜기처럼 시원하고 맑았다.

이언은 부용의 노랫소리가 청량하게 귓전으로 파고들고 가슴을 적시는 것 같았다. 자신도 모르게 입꼬리에 미소가 떠올랐다.

'곱기도 해라. 어찌 저다지 목소리가 예쁜 것이냐?'

이언은 홀린 듯이 부용에게서 시선을 떼지 못했다.

군무를 추는 아생들을 선도하는 부용과 연이 악공들의 연주에 따라 왼쪽과 오른쪽으로 무답(舞踏, 스텝)을 놓으면서 춤사위를 펼쳤다.

부용과 연이 〈동동사〉의 첫 구절을 부르자 아생들이 일제히 따라 부르면서 춤을 추기 시작했다.

아생에서 상기(上妓)로 올라가는 시험이었다. 시험관은 장악원 제조 이언과 첨정 민영길, 악공, 그리고 아생들을 가르치는 상기들이었다.

〈동동사〉는 일 년 열두 달을 노래로 만들어 평양기방에서 불리었

는데 가사가 속되다고 하여 순조 임금 때 바꾸었고, 이제는 궁중에서
도 불리고 있었다.

정월 나룻 물은 아흐
얼려 녹으려 하는데
세상에 나고는
이 몸이 홀로 가네.
아흐 동동다리

부용은 곡이 끝날 때마다 염수하고 족도를 하면서 절을 올렸다.
이언이 보고 있다고 생각하자 가슴이 뛰었다.
그러나 사랑하는 이언에게 자신의 노래와 춤사위를 마음껏 자랑하
고 싶기도 했다.
'너의 춤을 보고 너의 노래를 들으면 나는 모든 근심과 시름을 잊
게 된다.'
이언의 다정한 말이 귓전에 찰랑거리는 것 같았다.
동동사의 가사는 열두 달로 되어 있다.

이월 보름에
높이 매단 등불다워라
만인을 비추실
아름다운 얼굴이시도다
아흐 동동다리

부용은 연과 함께 춤사위를 펼쳤다.

악공이 동동중기를 연주하고 아생들은 노래를 계속했다.

〈동동사〉는 남녀의 사랑을 노래한 고려 속요였다.

부용은 춤사위에 혼을 실었다.

사랑하는 이언을 생각하면서 소맷자락을 펼치고, 사뿐사뿐 발을 놀렸다.

그와 같이 있을 때는 기쁘고, 그와 떨어져 있으면 그립고, 그와 헤어질 때는 슬펐다. 그가 근심에 잠기면 부용의 마음도 괴롭고, 그의 이야기를 들을 때는 눈이 반짝거렸다.

상기가 되면 임금 앞에서 춤을 추고 노래를 부를 수 있었으나 이언이 기뻐해 주는 것이 더 좋았다. 부용은 춤을 추면서 그와의 뜨거운 포옹을 생각하고, 그와의 입맞춤을 생각했다.

아박무는 태평무와 비슷한 춤이다. 보기에는 느리고 춤사위가 단순한 것 같지만 춤을 추는 부용은 숨이 차고 땀이 흘러내렸다.

날씨가 후텁지근하여 장악원 뜨락의 감나무의 넓은 잎사귀들이 축 늘어져 있었다.

이언은 잎사귀가 무성한 감나무를 내다보는 체하면서 여자 아생들이 모여 있는 행랑을 응시했다.

아생에서 상기로 올라가는 시험 과목인 아박무의 공연은 끝이 났다.

아생들은 행랑에 다소곳이 서서 결과를 기다리고 있었다. 서로 귓속말을 하기도 하고 이언이 있는 쪽을 힐끔거리면서 낮게 웃기도 했다.

아생들은 꽃처럼 아름다웠다.

장차 상기가 될 아생들이 단장까지 했으니 어여쁜 것은 당연했다.

그중에서도 부용은 눈이 부셔서 감히 마주볼 수가 없었다. 그래도 이언은 그녀에게서 시선을 떼지 않았다. 눈이 마주치면 가슴이 방망이질을 쳤다. 아무리 보아도 질리지 않고 눈이 자꾸 갔다.

부용도 그를 힐끔거리고 살피다가 눈이 마주치면 생긋 웃었다.

'이름도 예쁘구나.'

누가 이름을 부용이라고 지었는지 참으로 잘 어울린다고 생각했다.

'왕자께서 아생 부용을 마음에 두신 모양이구나.'

장악원 첨정 민영길은 왕자 이언의 시선을 살피면서 속으로 생각했다.

이언은 궁인 김씨의 소생으로 최근에야 의연군에 책봉되었다. 그동안 왕자인데도 성품이 칼날 같은 왕비의 눈에 벗어나 민가에서 살았다.

의연군에 책봉되어 한직이지만 장악원 제조가 되었다.

장악원의 실질적인 일은 첨정이 하지만 제조가 가장 높은 신분이다.

게다가 의연군으로 책봉되었으니 장차 고관이 될 것이다.

"통(通)을 줄까 생각하는데 왕자님께서는 어찌 생각하십니까?"

민영길이 이언의 얼굴을 살피면서 넌지시 물었다.

아생들에게 통을 주면 상기가 되고, 불통을 주면 반년 동안 더 아생으로 학습을 해야 한다.

"첨정이 그리 생각한다면 나도 통을 주고 싶네."

이언이 조용히 대답했다. 아생들은 행랑에서 초조하게 결과를 기다리고 있었다. 민영길이 미소를 지으면서 고개를 끄덕거렸다.

"초선."

민영길이 상기 초선을 불렀다.

"예."

초선이 머리를 깊숙이 조아렸다.

"아박무를 춤춘 아생들은 통이네."

민영길이 아생들을 가르친 중년의 상기 초선에게 말했다.

"감사합니다."

초선의 얼굴에도 활짝 미소가 떠올랐다.

초선이 행랑으로 나가 통이라고 말하자 아생들이 일제히 박수를 치고 환성을 질렀다.

아생들의 환성이 꽃이 피어나는 것처럼 부드러웠다.

부용이 환하게 웃는 것을 보자 이언도 기분이 좋았다.

초선과 아생들이 왁자하게 웃고 떠들면서 아생실로 돌아가기 시작했다. 부용이 다시 한번 선연하게 맑은 눈으로 그를 쳐다보고 물러갔다.

이언은 가슴이 싸하게 저려왔다. 마치 한 떨기 꽃이 시야에서 사라지는 기분이었다.

뿌리 깊은 나무

내가 조선을 처음 방문한 것은 1893년의 일이었다. 나는 그 무렵 오스트리아 빈에서 발레극을 쓰고 있었다. 당시는 〈호두까기인형〉과 〈백조의 호수〉가 러시아에서 공연되었고 오스트리아에서는 〈해적〉〈지젤〉 등이 공연되었다.

나는 이들 작품을 능가하는 작품을 쓰고 싶었다. 특히 동양에 대한 발레를 쓰려고 계획했다.

당시 유럽에서는 동양에 대해서 관심이 많았다. 나는 대중들의 관심에 따라 동양의 여러 나라를 살피기 시작했다. 동양의 이야기를 발레로 다룬 작품이 거의 없었다.

때마침 형인 하인리히 랜스돌프가 조선이라는 나라에 영사로 가게 되었다.

"형, 나도 조선에 데리고 가."

나는 랜스돌프를 따라 조선에 가기로 결심했다. 절호의 기회가 온 것이다.

"발레를 쓰려고 조선에 가겠다고? 내가 놀러 가는 줄 알아?"

랜스돌프는 마땅치 않아 했다. 그러나 형수인 이자벨과 조카인 엠마가 적극적으로 지지했다.

"형에게 피해 주지는 않을게."

"조선은 아주 먼 나라야. 배를 타고도 한 달 이상이 걸려."

랜스돌프는 내가 조르자 어쩔 수 없이 허락하고 말았다.

나는 마침내 조선에 가게 되었다. 나는 조선으로 떠날 준비를 하면서 가슴이 설레기 시작했다. 조선은 나에게 있어서 완전히 미지의 나라였다. 여행과 미지의 나라에 대한 설레임으로 흥분이 되었다.

그리고 여러 달이 지났다. 나는 마침내 조선으로 향하는 배에 올랐다. 일행은 형수인 이자벨, 그들의 딸인 아홉 살 엠마, 그리고 하인 프린츠, 프린츠의 부인이자 요리사 요하나, 딸 엘리나 등 단출했다.

당시 34세였던 나는 자비로 따라가게 되었다.

조선까지의 여행은 멀고 지루했다. 배를 타고 끝없는 바다를 한 달이 넘게 달렸다. 바다는 끝없이 넓고 푸르렀다. 그 지루함은 이루 헤아릴 수가 없었다.

이자벨과 엠마도 지루한 여행에 몸살을 앓았다.

"하인리히, 너무 지루해요."

이자벨은 때때로 뱃전에서 불만을 토로했다.

"지금은 지루하지만 나중에는 오랫동안 기억에 남을 겁니다."

나는 조선이 어떤 나라인지 몰랐으나 랜스돌프에게 간결한 이야기를 들었다. 무엇보다 일본이 조선을 침략하려고 한다는 말에 비극이 일어날 것 같은 예감이 들었다.

"조선이 어떤 나라인지 모르죠?"

"모릅니다."

나는 여행이 지루했으나 조선이 어떤 나라인지 상상도 할 수 없었다.

나는 지루한 여행을 하는 동안 이자벨과 엠마의 초상화를 그려주었다. 나는 한때 화가가 되려고 했고, 발레극에는 무용수들의 동작을 그림으로 먼저 표현하는 일도 많았다.

"동생, 나는 안 그릴 거야?"

랜스돌프가 웃으면서 말했다. 나는 랜스돌프와 뱃사람들도 그렸다.

마침내 조선의 서쪽 항구도시 제물포에 이르렀다.

"왔다! 육지야!"

엠마가 육지를 보고 환성을 질렀다.

'드디어 조선에 왔구나.'

나는 조선땅에 처음 발을 딛자 가슴이 설레었다. 낯선 풍경과 거리, 부두를 오가는 사람들의 모습을 한참 동안이나 바라보았다. 조선인들은 황인종이었고 의상부터 달랐다.

우리는 말과 마차를 타고 제물포에서 한양을 향해 갔다.

제물포에서 한양까지 들판과 야산이 이어졌다. 가을이기 때문에 들에는 곡식이 누렇게 고개를 숙이고 산들은 타는 듯이 붉었다.

"단풍이 너무 아름답다."

엠마는 단풍에 감동했다.

"겨울이 추울 것 같아요."

이자벨이 말했다. 그녀는 드레스 차림이고 모자를 쓰고 있었다. 엠마는 때때로 마차 밖을 내다보면서 환성을 질렀다.

조선은 중국이나 일본과 완전히 달랐다. 건물은 대부분 기와지붕으로 된 목조건물이고 한양 안에도 초가집들이 많았다. 기와집들은 부유한 사람들이 살았고, 초가집은 가난한 사람들이 살았다.

남자들은 전통적인 의상인 도포를 입고 갓을 쓰고 다니고, 여자들은 쓰개치마를 머리까지 뒤집어쓰고 다녔다.

이자벨과 엠마는 그들의 의상을 신기해했다.

영사관에는 해가 진 뒤에야 도착했다. 관저는 뜻밖에 조선의 전통적인 집인 기와집이었다.

가방을 들여놓으면서 이자벨과 엠마가 투덜거렸다. 랜스돌프는 많이 개조한 것이라고 했다. 조선인들은 침대에서 자지 않고 온돌에서 잔다고 했다.

이튿날 직원들로부터 보고를 받았다. 조선은 일본의 침략을 앞두고 있어서 정국이 불안했다. 국왕은 우유부단했고 대신들은 우왕좌왕했다. 동학교도들의 움직임도 심상치 않았다. 그들은 포교의 자유를 원했으나 조선의 지배층인 유림은 완고하여, 민란의 조짐까지 보이고 있었다.

"하인리히, 조선의 왕궁에 들어가 보고 싶지 않냐?"

조선에 온 지 며칠 되지 않았을 때 랜스돌프가 물었다. 나는 영사관에서 지루한 날을 보내고 있었다. 밖에 나가 보았으나 언어가 통하지 않아 사람들과 대화를 할 수 없었다. 나는 영사관을 화폭에 담고 영사관 앞에서 조선인들의 모습을 그리는 것으로 소일했다.

"왕궁에요?"

나는 귀가 번쩍 뜨였다.

"그래. 왕궁에서 외국 공사들을 위해 연회가 열린다."

"무도회도 합니까?"

나는 조선의 상류층 여자들과 춤을 출 수 있을지도 모른다고 생각했다.

"하하. 조선은 그런 나라가 아니다. 무도회는 없고 공연만 관람한다."

나는 랜스돌프의 말에 실망했다.

이자벨과 엠마는 왕궁에 들어간다고 하자 즐거워했다.

"왕비도 나옵니까?"

조선의 왕비는 외교가에 화제가 되고 있었다.

일본의 침략행위가 노골화되자 일본을 멀리하고 러시아를 가까이 하는 인아거일(引俄拒日) 정책을 실시하여 일본을 견제하고 있었다. 왕비는 한때 시아버지인 대원군과 대립하고, 남편인 국왕을 조종하여 국정을 좌우한다는 소문이 나돌았다.

"왕비 때문에 일본의 이익을 모두 빼앗겼다."

"왕비가 국정을 농단한다."

일본인들이 조선 왕비를 맹렬하게 비난했다.

나는 일본인들이 지나치게 경솔하고, 왕비를 비난하는 이면에는 음모가 숨어 있다고 생각했다.

조선의 왕궁에서 연회가 벌어진 것은 설날과 함께 조선의 가장 큰 명절인 추석날이었다.

거리는 새 옷을 입은 사람들로 넘쳐났다. 영사관에서 일을 하는 하인들마저 새 옷을 입고 명절 음식을 차렸다. 시장은 문을 닫고 사람들이 즐거워했다. 관청마저 문을 굳게 닫았다. 조선인들은 아침에 제사를 지내고, 조상들의 무덤이 있는 산에 가서 다시 제사를 지낸다고 했다. 저녁에는 달맞이놀이를 하고 친척과 이웃들이 술을 마시면서 즐긴다고도 했다.

음식은 뜻밖에 맛이 좋았다. 떡과 고기, 나물 같은 음식을 먹었는데 조선인 하인들이 먹어보라고 갖다 주었다.

큰길에서는 때때로 일본군이 볼썽사납게 행군해 가는 것이 보였으나 지극히 평화로운 가을이었다.

서양의 추수감사절과 비슷했다.

나는 저녁때가 되자 랜스돌프 영사를 따라 조선의 왕궁에 들어갔다. 이자벨과 엠마도 화려한 드레스를 입고 참석하게 되어 들떠 있었다.

랜스돌프는 예복을 입었다.

일본과 중국, 영국, 미국 등 많은 나라의 영사와 공사들이 참석한 가운데 경회루 앞에서 공연이 벌어졌다. 각국 공사나 영사들 앞에는 음식상이 차려져 있었다.

나는 랜스돌프를 따라 왕궁으로 들어갔다. 왕궁은 창을 든 병사들이 삼엄하게 경비를 하고 있었다. 전통의상을 입고 있는 병사들이었다.

"전기가 들어온다."

엠마가 전등이 켜져 있는 것을 보고 소리를 질렀다. 영사관에는 전기가 들어오지 않았다.

우리는 지정된 자리에 앉았다.

"전하께서 납시고 계십니다."

그때 의식을 진행하는 관리가 큰소리로 외쳤다. 외교사절들이 모두 일어나서 허리를 숙였다.

"국왕과 왕비전하인가 봐요."

이자벨이 랜스돌프에게 속삭였다.

조선의 국왕과 왕비는 전통의상을 입고 궁녀들에게 에워싸여 입장한 뒤에 왕좌에 앉았다.

나는 고개를 들고 왕비를 바라보았다.

왕비의 의상은 화려하고 머리는 무거운 장식을 달고 있었다. 멀어서 얼굴은 자세히 보이지 않았다.

"모두 앉으시오."

국왕이 말했으나 나는 알아듣지 못했다. 이어서 왕이 또다시 무어라고 길게 말했다.

"우리 국왕전하께서는 조선의 명절 추석을 맞아 한국에 와서 수고를 하고 있는 각국 공사들과 외빈들을 위해 이 자리를 마련하였으니 즐거운 시간이 되라고 하십니다. 모두 자리에 앉으십시오."

푸른 옷을 입은 관리가 통역을 했다. 나는 자리에 앉았다.

달은 휘영청 밝았다. 둥근달이 왕궁의 지붕 위에 밝게 떠올랐고, 왕좌에는 왕과 왕비가 나란히 앉아 있었다.

이내 공연이 시작되었다.

악사들이 연주한 음악은 조선 전통의 것으로 신비스러웠다. 악사들의 연주에 맞추어 여자들이 나와서 노래를 부르기 시작했다.

뿌리 깊은 나무는 바람에 흔들리지 않으니
꽃이 아름답게 피고 열매가 풍성하게 열리네.
샘이 깊은 물은 가뭄에도 마르지 않으니
흘러서 내를 이루고 바다에 도달한다.

여자들의 노래는 지극히 아름다웠다.

마치 하늘에서 들려오는 것처럼 맑고 청량했다.

노래는 조선을 건국한 왕의 조상을 칭송하는 내용이라고 했다. 나는 여자들의 노래가 가슴 깊은 곳을 울리는 것 같았다. 여자들은 마치 한 사람이 부르는 듯 화음이 잘 맞았다.

이내 춤이 시작되었다.

'인형처럼 예쁘구나.'

나는 무희들 중에서 한 여자에게서 눈을 뗄 수가 없었다.

그 여자를 본 순간 가슴이 쿵 하고 울리는 것 같았다.

분장을 진하게 했기 때문에 나이는 짐작할 수 없었다. 그러나 보석 처럼 까만 눈과 봉긋한 입술이 나를 사로잡았다.

"아름답다."

이자벨이 탄성을 내뱉었다.

"예뻐요."

엠마도 무희들을 홀린 듯이 바라보고 있었다. 사뿐사뿐 움직이는 발과 하늘거리는 허리, 섬세한 손동작은 그동안 서양에서 볼 수 없었 던 춤사위였다.

'아아. 어떻게 저렇게 아름다운 춤사위가 있을까?'

나는 여자의 춤에 매혹되었다.

그 춤이 〈천수관음무〉라는 것은 나중에 알게 되었다.

천수관음은 얼굴이 27면(面), 손이 40개나 된다는 부처였다. 악사 들의 연주와 노래, 무희들의 춤은 한 시간 반 정도나 계속되었다.

마지막에는 검무도 펼쳐졌는데 검과 무희가 하늘을 날고 있는 것 처럼 현란했다.

"왕비전하께서 부르십니다."

내가 춤에 넋을 잃고 있을 때 궁녀가 통역원과 함께 엠마를 데리 러 왔다. 랜스돌프와 이자벨이 깜짝 놀란 표정을 지었다.

"가 봐라."

랜스돌프가 엠마에게 말했다.

랜스돌프가 엠마를 데리고 왕비 앞으로 갔다. 사람들이 웅성거리 고 쳐다보았다.

엠마는 서양식으로 왕비에게 공손하게 인사를 했다.

왕비는 활짝 웃으면서 통역을 통해 나이가 몇 살인지, 이름이 무엇 인지 물었다. 엠마는 공손하게 대답했다.

"예쁘고 총명하다. 우리 조선을 아름다운 나라라고 기억해 주려무나. 이걸 선물로 주마."

왕비는 자신의 팔에 감겨 있던 팔찌를 뽑아서 엠마에게 하사했다.

"왕비전하, 감사드립니다."

엠마가 허리를 숙여 인사를 했다.

연회는 끝이 났다.

엠마는 영사관으로 돌아오면서 왕비전하가 너무나 아름다운 분이라고 칭송을 아끼지 않았다. 엠마가 뜻밖에 조선의 왕비로부터 팔찌를 하사받았기 때문에 랜스돌프와 이자벨도 좋아했다.

나는 영사관으로 돌아왔으나 무희의 얼굴이 잊혀지지 않았다.

나는 처음에 조선의 왕비를 중심으로 발레극을 써볼까 하고 생각했었다. 그녀는 불과 16세의 나이에 조선의 왕비가 되었고, 절대권력자였던 대원군 이하응과 용감하게 싸워 남편인 왕에게 권력을 찾아준 여자였다.

임오군란이 일어났을 때는 군인들이 죽이려고 하여 왕궁을 탈출하여 충주까지 피신을 한 뒤에 외교력을 발휘하여 청나라군을 끌어들여 난동을 제압하고 왕비로 복귀했다.

김옥균 등이 갑신정변을 일으켰을 때도 그들을 진압했다. 그녀는 강인하면서도 지혜로운 여자였다. 발레극의 아름다운 스토리가 되기에 충분했다.

나는 조선의 왕비에 대해 조선인들의 도움을 받을 필요가 있었다. 그녀의 생애에 대해서 자세하게 알고 싶어졌다.

그러나 조선인들과 언어가 통하지 않았다. 영사관에 독일어를 알아듣는 하인들이 있기는 했으나 깊은 대화를 나눌 수 있는 수준이 아니었다.

나는 랜스돌프를 통해 통역원을 구하기로 했다. 랜스돌프는 조선의 외무독판 조병식에게 요청했고, 그가 통역원을 보내주었다. 그런데 통역원으로 온 여자가 뜻밖에 18세의 여자, 왕궁에서 춤을 추고 노래를 부르던 무희였다.

"나는 이름이 하인리히 레겔이요. 그대의 이름은 어찌 되오?"

나는 부용에게 손을 내밀었다.

"홍부용이라고 합니다. 조선에서는 인사를 할 때 손을 잡지 않아요."

나는 조금 당황했다. 조선에서는 남자와 여자가 얼굴을 마주보고 이야기를 하는 것도 전통적으로 금지되어 있다고 했다. 조선에서는 제물포나 한양에서야 겨우 서양인들을 볼 수 있었다.

"미안해요. 나는 조선의 풍속에 대해서 잘 몰라요."

"괜찮아요."

"왕궁에서 춤을 추셨죠?"

"네."

나는 영사관의 접견실에서 부용과 마주 앉아서 이야기를 나누었다. 그녀는 뜻밖에 독일어가 유창했다.

나의 왕자님

의연군 이언(李彦)은 또렷한 눈매의 부용의 얼굴을 가만히 살폈다. 부용은 다소곳이 고개를 숙이고 있었다.

왕궁에서 춤을 출 때처럼 화려한 옷을 입지는 않았으나 하늘색 저고리와 치마가 단정했다.

머리는 곱게 빗고 비녀를 꽂았다.

"하인리히 레겔이라는 자는 만나보았느냐?"

이언이 의자에 앉아서 물었다. 계동에 있는 그의 사저였다. 부용은 이언 앞에 다소곳이 서 있었다.

이언은 왕자였고, 부용은 장악원의 기생이다. 신분이 천지 차이가 난다. 서 있을 때는 허리를 숙여야 하고, 앉아 있을 때는 무릎을 꿇어야 한다.

"예."

"이야기도 많이 했느냐?"

"예."

부용이 또렷한 목소리로 대답했다.

부용은 덕어(德語, 독일어)와 영어, 일어에 능통했다. 부용은 원래 조선왕실의 고문이었던 묄렌도르프의 하인인 오 씨의 딸이었다. 오 씨는 묄렌도르프와 조선왕실의 통역을 했고, 일어와 덕어를 잘했다. 그는 왕비가 총애하여 왕궁에 자주 들어가 통역을 했다.

부용의 아버지 홍영균은 일어 통역관인데 호열자(虎列刺, 콜레라) 로 죽었다. 조선은 호열자로 해마다 몇천 명에서 몇만 명이 죽기도 했다.

부용은 어머니가 묄렌도르프의 하인을 했기 때문에 그의 집에서 2 년을 지냈다. 부용이 총명하여 묄렌도르프가 어릴 때부터 덕어를 가 르쳤다.

부용의 어머니 오 씨는 묄렌도르프가 떠나자 독일 영사관에서 일 을 했다. 부용은 어머니를 따라 영사관에 와서 독일인들과 지내면서 독일어를 더욱 잘하게 되었다. 영사관 직원들과도 친하게 지냈다.

부용은 장악원에 들어가 춤과 노래를 배우면서 육영공원에서 영어 를 배웠다. 육영공원은 남자들에게만 영어를 가르쳤기 때문에 그녀 는 교수인 헐버트의 사환 노릇을 하면서 영어를 배웠다.

헐버트도 부용을 딸처럼 귀여워했다. 부용은 육영공원과 장악원에 다니면서는 독일 영사관을 떠났다.

"하인리히 레겔이라는 자는 어떠한 자더냐?"

"정치에는 관심이 없고 예인(藝人)이라고 하였습니다."

예인이라는 말에 이언이 얼굴을 찌푸렸다.

"그는 조선에서 무엇을 하려고 하느냐?"

"발레극을 쓴다고 합니다."

"발레가 무엇이냐?"

이언이 의문이 가득한 표정으로 부용을 쳐다보았다.

"무대에서 춤을 추는 것으로… 남녀가 춤을 추는 것이라고 합니다."

이언이 고개를 끄덕거렸다. 부용이 통역을 하게 된 사람이 중요한 인물이 아니라는 표정이었다.

"덕국(德國, 독일)이 어떠한 나라인지 자세히 알아보도록 하라."

"예."

"수고하였으니 상을 주어야겠구나."

이언이 빙그레 웃었다. 부용이 얼굴을 들고 이언을 쳐다보았다. 그의 얼굴을 보자 가슴이 찌르르 했다.

왕자이기 때문일까. 아니면 그가 평생을 함께 할 사람이기 때문일까. 그를 볼 때마다 가슴이 뛰는 것은 무엇 때문인지 알 수 없었다.

이언이 목갑에서 비녀 하나를 꺼내서 일어섰다. 부용은 가늘게 몸을 떨었다. 얼굴이 붉어졌다.

이언이 부용의 머리에서 나무로 만든 목비녀를 빼고 용머리 모양의 금비녀를 꽂아주었다.

"나리……"

"예쁘구나. 내가 너의 지아비가 아니냐?"

이언이 부용을 가만히 껴안았다. 부용이 무너지듯이 이언에게 안겼다. 이언이 부용을 안아서 무릎에 앉혔다.

"나리……."

부용이 떨리는 목소리로 중얼거렸다. 부용의 머리에서 동백기름 냄새가 희미하게 풍겼다.

"밖에 있느냐?"

이언이 집사를 불렀다. 부용이 이언의 무릎에서 떨어져 앉았다.

"나리."

집사 한웅태가 달려와 머리를 조아렸다.

"여기 부용이 이제부터 계동궁의 아씨다. 이 집의 안주인이니 그리 알라."

이언이 한웅태에게 영을 내렸다. 한웅태가 깜짝 놀라서 이언을 쳐다보았다. 부용도 눈을 크게 떴다.

"알겠느냐?"

"예."

한웅태가 머리를 숙이고 물러갔다.

"부용아."

"예."

"이제 계동궁에 와서 사는 것이 어떠하냐?"

"아직 길례를 올리지 않았습니다."

"그래. 그럼 언제든지 편히 오거라. 이제는 계동궁이 너의 집이다."

"예."

부용이 이언의 얼굴을 쳐다보았다. 기쁘고 행복한 표정이다.

'선녀처럼 예쁘구나.'

이언은 가슴이 울렁거리는 것을 느꼈다. 그녀는 이제 머리에 비녀를 꽂고 있다.

조선에서 여자가 머리를 올리는 것은 남자가 있다는 의미다.

'내가 본처를 맞이하면 바로 너를 맞이할 것이다.'

이언은 왕자이기 때문에 일개 기생을 본부인으로 맞이할 수 없었다.

명문가의 여식과 혼인을 한 뒤에야 소실(少室, 첩)을 맞이할 수 있다. 왕궁의 안주인인 왕비 민씨의 허락도 받아야 했다.

이언의 나이는 어느덧 22세였다. 그의 첫 번째 부인은 1년 전 조선을 휩쓴 천연두로 죽었다. 천연두와 호열자는 해마다 창궐하여 수많은 사람들의 인명을 앗아갔다.

이언은 부용을 다시 끌어안았다.

이언이 부용을 처음 본 것은 지난해 여름이었다.

이언은 계동궁에서 살았고, 여름이 되자 세검정 건너 북한산의 한적한 초옥을 빌려 독서를 하고 있었다.

한여름이었다. 그날따라 빗줄기가 퍼붓듯이 세차게 쏟아졌다.

낮에는 구름 한 점 없이 하늘이 맑고 폭염이 내리쬐더니, 저녁 무렵이 되자 갑자기 빗줄기가 장대질을 하듯이 세차게 쏟아졌다.

이언은 초옥에서 책을 읽다가 우두커니 밖을 내다보았다.

쏴아아아.

빗줄기가 하얗게 쏟아져 금세 들판이 물에 잠기고 사방에서 흙탕물이 콸콸대고 흘러내렸다.

'하늘에 구멍이라도 뚫렸나? 비가 이렇게 세차게 쏟아지니…….'

이언은 비가 쏟아지는 것을 내다보면서 혀를 찼다.

숨이 턱턱 막히는 더위 끝에 내리는 비라 오장육부가 씻겨 내려가는 것처럼 시원했다. 이언은 시장기가 돌아 세검천으로 내려가는 길을 하염없이 응시했다.

비가 쏟아지고 있는 탓인지 날이 저물고 있는데도 세검천 건너 마을에 살고 있는 밥어미가 저녁을 지으러 오지 않고 있었다.

'비가 그치면 오겠지.'

이언은 시장기가 돌았으나 어쩔 수 없다고 생각했다.

폭우가 쏟아지고 있는데 밥어미가 저녁을 지으러 올라올 수는 없는 일이었다.

밖을 내다보고 있는 동안 날이 완전히 어두워졌다.

사람들을 피해 도성밖에 나와 있는 이언이었다. 왕세자가 갑자기 아프면서 또 한 사람의 왕위계승권자인 그에게 대신들의 시선이 쏠리고 있었다. 잘못하면 역모죄로 죽임을 당할지도 모른다. 왕세자의 쾌유를 비는 기도를 한다는 명분으로 도성에서 나와 초가에서 바짝 몸을 움츠리고 있었다.

등잔불을 켜고 책을 폈으나 빗소리 때문에 글자가 눈에 들어오지 않았다.

책을 보다가 밖을 내다보고, 밖을 내다보다가 책을 읽었다. 그러나 빗소리 때문에 정신이 심란하여 글을 읽을 수 없어서 방바닥에 누워 엎치락뒤치락했다.

'이제야. 비가 그쳐가는구나. 참 거하게도 쏟아졌다.'

얼마나 시간이 흘렀을까. 빗소리도 약해지고 빗줄기도 가늘어졌다.

이언이 등롱을 들고 마당으로 나오자 세찬 빗줄기에 마당가에 서 있는 후박나무 나뭇가지가 부러지고 여기저기서 콸콸대고 물 흐르는 소리가 들렸다. 그가 기거하는 산중턱 아래는 가파른 세검천이 흐르고, 세검천 건너는 들판과 마을이 있었다.

마을을 지나면 삼청동의 창의문에 이르고 창의문을 지나면 문안(問安, 4대문 안)이었다. 그러나 세검천이며 들과 마을이 모두 칠흑의 어둠에 덮여 물소리밖에 들리지 않았다.

'세검천이 범람하지는 않았나?'

세검천이 범람하면 비가 그쳐도 밥어미가 올 수 없다.

'국운이 위태로우니 날씨도 변덕이 심하구나.'

이언은 걸음을 멈추고 우울해졌다.

병인년(丙寅年, 1866)부터 외세가 밀려오더니 일본과 청나라가 조선에 군대를 상주시키면서 임금을 위협하고 있었다.

조선은 개화파와 수구파가 당쟁을 일삼고, 누대에 걸친 탐관오리의 매관매직과 흉년으로 백성들이 도탄에 빠져 있었다.

곳곳에서 민란이 일어나고 도적들이 들끓었다. 일본은 그 틈을 노려 조선을 집어삼키려고 혈안이 되어 있었다. 게다가 동학도까지 남쪽에서 일어나 난(亂)의 조짐을 보이고 있었다.

조선은 풍전등화의 위기에 빠져 있는 것이다.

'나라가 위태로운데 초야에서 썩어야 하다니……'

임금은 우유부단하고 선비들은 고루한 성리학에만 집착하고 있었다.

이언은 그 생각을 할 때마다 피가 끓는 것을 느꼈다.

'조금만 더 내려가 볼까?'

비가 얼마나 많이 왔는지 곳곳에 나뭇가지가 부러지고, 풀숲이 쓸려가고, 길이 패여 물웅덩이가 만들어져 있었다.

'이런……'

이언은 물웅덩이에 발이 빠지자 당황했다.

버선발에 물이 차올라 축축했다. 그러나 어쩔 수 없는 일이었다. 세검천까지는 인가도 없고 풀숲이 무성한 오솔길이었다.

세검천에 있는 다리를 건너야 들판이 있고, 들판을 지나야 마을이 있었다.

이언은 물웅덩이를 첨벙대면서 세검천으로 걸어 내려갔다.

'다리가 떠내려 갔구나.'

이언은 세검천의 다리가 보이지 않는 것을 보고 깜짝 놀랐다.

세검천은 붉은 흙탕물이 콸콸대고 흐르고 있었다.

비가 얼마나 많이 쏟아졌는지 세검천 주위가 온통 물바다가 되어 길이 보이지 않을 정도였다. 자세히 보이지 않았으나 저 멀리 마을도 물에 잠겨 있는 것 같았다.

'한나절 비가 왔을 뿐인데 마을이 유실되다니……'

이언은 사방이 온통 물바다로 변한 것을 보고 입이 벌어졌다. 그때 물바다에서 하얀 물체가 움직이는 것을 보고 가슴이 철렁했다.

'저게 뭐지?'

이언은 머리카락이 일제히 곤추서는 것을 느꼈다.

물바다에서 하얀 물체가 무슨 짐승처럼 움직이고 있었다. 이언은 눈을 크게 뜨고 하얀 물체를 노려보았다. 그것이 사람이라는 것을 깨달은 건 한참이 지나서의 일이었다.

누군가 물속에 잠긴 풀을 움켜쥐고 필사적으로 밖으로 기어 나오고 있었다.

'아.'

이언은 산발한 그것이 완전히 밖으로 기어 나온 뒤에야 여자라는 것을 알았다.

여자가 그를 알아본 것일까.

"나리, 도, 도와주세요."

여자가 탈진한 목소리로 외쳤다.

이언은 여자의 몰골이 물귀신 같아서 소름이 오싹 끼쳤다.

여자가 도와달라고 소리를 지르고 있었으나 선뜻 다가설 수가 없었다.

"살려주세요. 살려주세요."

여자는 그 말을 한 뒤에 쓰러져 일어나지를 못했다.

이언은 그때서야 여자에게 조심스럽게 다가갔다.

여자는 스무 살이 채 안 되어 보였다. 이언이 여자의 어깨를 마구 흔들었으나 일어나지 않았다.

'이 일을 어떻게 하지?'

이언은 어찌해야 좋을지 몰라 당황했다. 이런 일은 한 번도 겪은 일이 없었다. 그러나 여자가 죽어 가게 놔둘 수는 없었다.

이언은 다시 여자의 어깨를 마구 흔들었다.

여자는 그럴 때마다 희미한 눈으로 이언을 쳐다보면서 입술을 달싹거렸다.

'사람을 구해야 한다.'

이언은 여자를 일으켜서 안았다.

여자는 정신을 잃고 축 늘어져 있었다. 이언은 어쩔 수 없이 여자를 들쳐 업고 집으로 돌아오기 시작했다.

물에 빠진 여자를 업고 산길을 오르는 것은 쉽지 않았다. 몇 번이나 넘어질 뻔하고 비틀거리면서 집으로 돌아왔다. 등줄기로 땀이 축축하게 흘러내렸다.

이언은 초옥으로 돌아오자 여자를 방에 눕히고 이마의 땀을 훔쳤다. 등잔불에 비쳐 보자 앳된 여자의 얼굴 여기저기에 긁힌 상처가 있었다.

'댕기머리를 하고 있는 것을 보니 혼례를 올리지 않은 처자인가 보네.'

이언은 베수건으로 여자의 얼굴을 닦고 팔다리도 닦아주었다.

'여자의 몸이 흠뻑 젖어 있으니 어떻게 하지?'

이언은 부엌으로 나오자 불을 지피기 시작했다. 아무래도 여자를 따뜻하게 해주어야 한다고 생각했다. 난생처음으로 불을 지피는 것이어서 부엌에 연기가 가득해진 뒤에야 간신히 아궁이에서 불이 활

활 타오르기 시작했다.

쏴아아아.

소나기가 다시 쏟아지기 시작했다. 이언은 넋을 잃고 굵은 빗줄기가 장대질을 하는 하늘을 쳐다보았다.

'비가 완전히 그친 것이 아니구나.'

아궁이에 불을 피운지 얼마 되지 않아 날이 부옇게 밝기 시작했다. 여름이라 날이 빠르게 밝아오고 있었다.

우르르.

하늘에서 뇌성이 울기 시작했다.

'이제 본격적으로 장마가 시작되는 모양이구나.'

이언은 장마가 계속되면 백성들이 물난리를 만날 것이라고 생각했다. 수많은 사람들이 집과 농토를 잃고 이재민이 될 것이다.

이언은 부엌에서 나와 방으로 들어갔다. 그런데 여자가 몸을 바짝 웅크리고 끙끙 앓고 있었다. 간간이 눈을 떴으나 초점이 없고 얼굴이 창백했다.

"낭자, 낭자……."

이언은 어쩔 줄을 몰라 여자의 어깨를 흔들었다.

"추워……."

여자가 입술을 달싹거려 중얼거렸다.

"아궁이에 불을 지폈으니 곧 따뜻해질 거요. 조금만 참으시오."

이언은 이불을 갖다가 여자에게 덮어 주었다. 밖에서는 뇌성이 울고 푸른 번개가 내리꽂히고 있었다.

여자는 이불을 덮어 주자 잠잠해졌다.

'배가 고픈데 어떻게 하지?'

이언은 피로하여 여자와 떨어져 누웠다. 방이 하나뿐이어서 달리

누울 곳이 없었다.

시장기와 함께 엄습하는 피로감 때문에 눈이 저절로 감겼다.

세상에 종말이 온 것처럼 천둥번개가 사납게 몰아치고 있었으나 여자가 옆에 누워 있는 것이 이상하게 편안했다. 게다가 아궁이에 불을 지펴 방안이 따뜻해지면서 잠이 쏟아졌다.

우르르.

천둥번개가 쉬지 않고 몰아치고 있었으나 그는 금세 잠이 들었다. 그가 잠이 깬 것은 여자가 끙끙 앓는 소리를 내기 시작했기 때문이었다.

여자는 발작을 하듯이 괴로워하고 있었다.

'상한(傷寒, 감기)인가?'

이언은 여자가 고통스러워하자 난감했다.

'구급약을 먹여야 하겠구나.'

이언은 비상약으로 갖고 있던 상한약(傷寒藥, 감기약)인 환(丸)을 물에 개어 여자를 안아서 숟가락으로 떠먹였다. 그러나 여자는 발작을 좀처럼 그치지 않았다. 오히려 이언의 품속으로 파고들면서 전신을 바들바들 떨고 있었다.

이언은 엉겁결에 여자를 안고 당황했다.

여자는 이언이 안아 주자 비로소 발작을 그치고 잠이 들었다. 환약의 효력이 나타나고 있는 것 같았다.

이언이 눈을 뜨자 여자가 무릎을 꿇고 앉아 있었다.

"너는 누구냐?"

이언이 일어나 앉아서 물었다.

"소인은 밥어미의 딸입니다."

여자가 납작 엎드려 절을 했다. 그의 신분을 알고 있는 것이 분명했다. 자세히 보자 어디선가 본 것 같았다.

"몸은 괜찮으냐?"

"소인은… 괜찮습니다."

"밥어미는 어디에 갔느냐?"

"어미는 소인의 아비 산소에 갔습니다."

"허어, 내 끼니는 어찌하고 산소에 간 것이냐?"

이언은 은근히 짜증이 났다. 아무리 왕가에서 무시를 당하고 있다고 하더라도 밥어미에게까지 무시를 당하고 있다는 생각에 노여움이 일어났다.

"소인에게 지어 올리라고 당부하고 갔사온데… 갑자기 비가 내려… 왕자님의 시중을 들지 못했습니다. 소인이 큰 죄를 지었습니다."

여자는 가늘게 떨고 있었다. 그녀는 어미의 부탁을 받고 이언의 밥을 해주러 오다가 큰비를 만났고, 물을 건너다가 빠져서 정신을 잃었다고 했다.

세검천이 범람하여 위험한데도 이언의 시중을 들기 위해 건너다가 물에 빠졌다는 것이다.

얼굴은 앳되어 보이는데 말을 조리 있게 잘했다.

"허면 밥을 지을 수 있겠느냐?"

"예."

"속히 지어라. 뱃가죽이 등에 달라붙었다."

"예."

여자가 부엌에 나가 밥을 지었다. 이언은 여자를 야단칠 생각은 추호도 없었다.

이내 여자가 아침을 지어 상을 차렸다. 나이가 어려 보이는데 제법 반찬이 먹을 만했다.

여자는 이틀 동안 이언의 시중을 들었다.

이언은 여자를 천천히 살펴보았다.

'장악원의 아생이구나.'

어쩐지 얼굴이 낯익다고 생각했는데 장악원의 아생이었다. 옷차림이 화려하지는 않았다. 살결은 희고 뺨은 복숭아 빛이다. 눈은 보석처럼 새카맣고 앵두처럼 붉은 입술은 봉긋했다.

'이 세상 사람 같지 않구나.'

이언은 여자의 아름다운 모습에 감탄했다. 댕기머리를 하고 있으니 머리를 올린 것도, 시집을 간 여자도 아니다.

"어미가 장악원 상기니 너 또한 기생이 아니냐?"

"그러하옵니다."

"장악원에 있지?"

"예."

"내가 너의 머리를 얹어줄 것이다. 어떠냐?"

여자가 놀란 듯 이언을 쳐다보았다. 머리를 얹어준다는 것은 왕자의 여자가 되라는 것이다.

'나 같은 기생에게……?'

여자의 표정이 그랬다. 장악원은 기생이라고 해도 음악과 춤을 연마하는 곳이다. 술을 따르고 웃음을 파는 기생들과는 다르다. 나라에서 양성을 하여 진연이나 곡연 등 나라의 중요한 연회에서 노래를 부르고 춤을 춘다.

그래도 기생이다.

결국은 왕족이나 권세 높은 대신들의 첩이 되는 것이 숙명이다. 왕자의 여자가 되는 것은 첩이라도 그녀들이 가장 바라는 것이다.

"나리……."

"장악원 아생이라고 해도 언젠가는 누구의 첩이 될 것이 아니냐? 내 너를 어여삐 여길 것이다."

"소인은 광영이오나……."

"내 너를 평생 돌보아 줄 것이다.

이언이 다짐을 하듯이 말했다.

"하오면 소인이 지아비로 섬겨야 하옵니까?"

여자의 목소리는 또렷했다. 하룻밤 품고는 버리는 것이 아니냐는 물음이 숨어 있었다.

"그렇다."

이언이 밝은 표정으로 웃었다. 하룻밤 품고 버리지 않겠다는 뜻이다.

"너는 어찌 생각하느냐?"

"무슨 말씀이시온지?"

"내 여자가 되는 것이 혹여 싫으면 그렇다고 말하라. 내 억지로 너를 취할 생각은 없다."

이언이 단호하게 말했다.

장악원의 일개 기생뿐이랴. 양반의 여식이라고 해도 왕자가 원하면 머리를 조아려야 했다. 그러나 부용이 장악원 기생이라고 해서 강제로 취하고 싶지는 않았다.

"어찌 생각하느냐?"

"나리……."

부용은 몸이 떨려서 대답을 할 수 없었다.

장악원 제조인 그가 어쩌다가 나타나면 아생들의 관심을 한눈에 끌었다.

'늠름하기도 하여라.'

부용도 멀리서 이언의 얼굴을 보고 가슴이 설레었다.

옥색 도포를 입고 갓의 옥관자를 길게 늘어트린 이언이 난초선을 살랑살랑 흔드는 모습을 보면 아생들이 비명을 지르면서 쓰러지려고 했다.

임풍옥수(臨風玉樹).

바람에 날리는 버드나무를 가리키는 하얀 손. 최고로 아름다운 남자를 가리키는 말이다. 부용은 가슴이 세차게 뛰었다.

"나를 보아라."

부용이 고개를 들었다.

"너도 원하느냐?"

"원하옵니다."

"하하, 그러면 너와 나는 이제부터 부부가 되기로 약조한 것이다. 가까이 오너라."

부용은 조심스럽게 다가갔다.

"약조를 했으니 증표가 있어야지."

이언이 부용을 안아서 입을 맞추었다.

"나리."

부용이 깜짝 놀라서 떨어졌다.

"하하, 이것이 증표다. 내 오늘 너의 머리를 얹어줄 것이다."

이언이 껄껄대고 웃었다.

그것이 지난해 여름에 있었던 일이었다.

이언은 부용이 돌아가자 조복을 입기 시작했다.

부용은 이제 머리를 올리고, 비녀를 꽂고 있다. 부용은 그날 가늘게 몸을 떨면서 그의 여자가 되었다.

부용은 장악원에 기서 창과 춤을 연마할 것이다. 정식으로 소실이 되면 가마를 타고 다녀야 한다.

왕자의 부인에게는 특별한 첩자가 없다. 의연군에 책봉되었으니 군부인일 뿐이다.

'중전마마께 아뢰어야 할 텐데……'

왕비 민씨의 얼굴이 머릿속에 떠오르자 가슴이 무거웠다.

부용에 대한 이야기를 민씨에게 고해야 했다.

민씨는 일본을 견제하느라고 정신이 없었다. 내각을 개편하고, 왕궁시위대를 조직하여 미국인 매킨 다이를 교관으로 초빙했다. 매킨 다이는 미군 출신으로 아이오와 연대장을 거쳤고, 대령으로 예편했다. 명예준장으로 여단장까지 역임한 인물이었다. 왕궁시위대에는 미국에서 수입한 최신식 총기까지 수입하여 훈련을 시키고 있었다. 민씨가 위기감을 느끼고 있는 것이 분명했다.

'동학과 일본의 동정이 심상치 않아.'

이언은 무엇인가 불길한 일이 일어날 것 같았다.

이언은 조복으로 갈아입자 초헌을 타고 왕궁인 경복궁으로 갔다. 건청궁에는 왕비 민씨가 마당에서 궁녀들을 거느리고 국화꽃을 살피고 있었다.

민씨는 평상복을 입고 있다.

때때로 관문각에서 외국인들을 접견하기도 하는데 오늘은 접견이 없는 모양이다. 관문각은 건청궁 뒤에 서양식 벽돌로 지어졌고, 내부도 서양식으로 되어 있어 양관이라고도 불렀다.

"마마, 문후드리옵니다."

이언은 민씨에게 허리를 숙여 인사를 했다.

"왔느냐?"

민씨가 이언을 힐끗 살피고 대답했다. 오늘은 눈빛이 매섭지 않다. 그녀의 뒤에는 궁녀들과 내시들이 도열해 있다.

"예."

"가을이 되니 국화꽃이 더욱 청초해지는 것 같구나. 들어가자."

"예."

민씨가 앞장 서서 서온돌(西溫突, 건청궁의 서쪽방)로 들어갔다. 현판에 곤령합이라고 박혀 있다. 왕비의 처소다. 동온돌은 장안당으로 왕의 처소다.

이언은 민씨를 뒤따라 들어가 절을 했다.

"그간 적조했구나."

민씨가 무릎을 세우고 앉아서 이언을 쳐다보았다.

"자주 문안을 올리지 못해 송구합니다."

"괜찮다. 어디 아픈 데는 없고?"

"예."

"몸이 아프지 말아야지. 세자는 몸이 허약해 아직도 세손을 생산하지 못하는구나."

민씨가 한숨을 내쉬었다. 세자 척은 민태호의 딸을 세자빈으로 맞이했다. 이제 겨우 20세다.

궁녀가 가배차를 들여왔다. 가배향이 은은하게 실내에 감돌았다.

가배차(咖啡茶, 커피)는 서양에서 들여온 차로 이언도 좋아했다.

"송구합니다."

"네가 송구할 것은 없지. 고할 말이라도 있느냐?"

"집안에 소소한 일이 있어서……."

이언은 대답을 망설였다.

"김씨가 죽은 지 1년이 다 되어가지. 소실을 들일 셈이냐?"

민씨는 눈치가 빠르다.

한동안 너구리 같은 대신들을 상대하느라고 골머리를 앓았는데 이제는 일본 공사 때문에 진저리를 치고 있다.

"예."

"누구네 여식이냐?"

"장악원 상기입니다."

민씨가 눈을 깜박거렸다.

"혹여 오 씨의 딸이냐?"

"예."

"아이가 총명하지. 길례(吉禮)로구나."

국왕이나 세자의 혼례는 가례(嘉禮), 왕자나 공주의 혼례는 길례라고 부른다.

"출신이 비천하여……."

"그것은 상관이 없다. 나도 몇 번 보았는데 아이가 총명하여 마음에 든다. 지금 시국이 어수선하니 길례는 나중에 치르도록 하자. 내가 성대하게 길례를 치러 줄 것이다."

민씨는 뜻밖에 이언에게 호의를 베풀고 있었다. 부용도 알고 있고 싫어하지 않고 있다.

"망극하옵니다."

"그건 됐고… 내 근심을 아느냐?"

"신하된 자가 어찌 국모의 근심을 모르겠습니까? 분골쇄신하여 마마의 근심을 덜어드릴 것입니다."

일본의 침략 음모가 노골화되고 있으니 이를 막아내야 한다. 이언은 왕가의 자손이다. 누구보다도 일본의 침략을 막아야 할 책임이 있다.

"나라가 무너져가는데… 바로 세울 방법이 없어서 밤마다 잠을 이루지 못하고 전전반측한다. 마시거라."

민씨가 말했다. 이언은 천천히 가배차를 한 모금 마셨다.

"중전마마."

"어미라고 불러라. 언제까지 그리 부를 것이냐?"

"법도가 그러하옵니다."

"썩어빠진 유림… 유림이 나라를 망칠 것이다."

민씨는 유림과 대립하고 있었다. 민씨는 동학을 허락하자는 입장이었고 유림은 목숨을 내놓고 동학을 반대하고 있었다.

동학을 처벌하라는 주장이 매일같이 조정에 올라오고 있었다.

"그 일은 결정했느냐?"

"예."

이언이 머리를 조아렸다.

민씨는 이언에게 왕궁시위대에 들어가 군사훈련을 받으라고 했다. 훈련을 받는 것은 어려운 일이 아니었으나 머리를 깎아야 한다.

조선에서 머리를 깎으면 난신적자(亂臣賊子)가 된다. 나라를 어지럽히고 어버이를 해치는 불효자다. 유림으로부터 격렬한 비난을 받고 유배를 가게 될지도 모른다.

"어찌할 것이냐?"

"시위대에 입대하여 훈련을 받겠습니다."

이언이 비장하게 말했다.

"그래야지."

민씨가 만족한 듯이 고개를 끄덕거렸다.

초선은 아생들 앞에서 춤을 추는 부용을 물끄러미 바라보았다.

부용의 춤사위가 경지에 이른 것 같았다. 발은 구름을 밟듯 사뿐사뿐 움직이고, 팔은 바람에 날리는 수양버들처럼 하늘거렸다.

아생들은 부용의 춤을 홀린 듯이 보고 있었다.

천녀무(天女舞)다. 선녀가 하늘을 날고 있는 듯이 아름답다.

"너무 예쁘다."

"하늘을 날라다니는 것 같아"

아생들이 낮게 속삭이는 소리가 초선의 귀에까지 들려왔다. 부용이 악공들의 연주에 맞추어 춤을 추는 것이 아니라 연주가 춤을 따라가는 것 같았다.

'경지에 이르렀어.'

초선이 낮게 신음을 삼켰다.

'선이 너무 고와.'

동양의 춤은 선(線)이다.

그때 아생들이 술렁거렸다.

초선이 돌아보자 의연군 이언이 뒤로 들어와 조용히 하라고 손가락을 입에 갖다대고 있었다. 왕궁에 들어갔다가 나오는지 조복을 입고 있다.

왕세자를 제외하면 유일한 왕자라 대신들이 비상한 관심을 가지고 있었다. 병약한 왕세자와 달리 활을 잘 쏘고 말을 잘 탄다.

누구도 입밖으로 내어 말하지는 않지만 유약한 왕세자 대신 그가 왕위를 계승하기를 바라고 있었다.

초선은 다시 춤을 추는 부용을 보았다. 부용은 이제 청조무(靑鳥

舞)를 추고 있다.

청조야 청조야
저 구름 위의 청조야
어찌하여 내 품 속에 내려왔는가

아생들이 고운 목소리로 악공들의 연주에 맞추어 노래를 불렀다. 신라의 화랑 사다함(斯多含)이 미실이 다른 남자에게 시집을 가자 광야를 뛰어다니면서 불렀다는 노래다.
　연인이 다른 남자의 품으로 갔으니 사다함의 가슴은 찢어지는 듯했을 것이다.

청조야 청조야
어찌하여 다시 날아올라
구름 속으로 들어갔는가
눈물을 비처럼 흘리게 하고
애가 타고 몸이 말라
죽어 가게 만드는가.

아생들의 노래가 부용의 춤을 더욱 절정으로 이끌었다. 초선은 아생의 춤을 볼 때마다 감탄했다.
　이내 부용의 춤이 끝났다. 부용이 인사를 하고 아생들이 박수를 쳤다. 왕자 이언도 활짝 웃으면서 박수를 치고 있다.
　아생들과 악공들이 그제야 왕자 이언에게 허리를 숙여 인사를 했다. 왕자 이언이 부용을 데리러 온 것이다.

말이 빠르게 달렸다.

도성을 벗어나 수색을 지나 향동을 향해 달렸다.

도성밖의 야산과 들판에 가을빛이 가득했다. 추석을 지나 대기는
청량한 기운이 감돌고 있었다.

"이랴!"

이언의 하인 셋이 말을 타고 뒤를 따라왔다.

향동의 낮은 야산에 이언의 생모 수임당 윤씨의 무덤이 있었다.

수임당 윤씨는 이언이 다섯 살 때 죽었다. 민간에서는 왕비 민씨가
투기를 해서 죽였다는 소문이 나돌았다. 그러나 그것은 사실이 아니
었다.

왕비 민씨에 대한 거짓 소문은 임오군란 때부터 나돌았다. 나라가
무너져가는 이유를 비열한 양반들은 민씨에게 덮어씌우고 있었다.

부용은 이언에게 안겨서 말을 타고 있다. 장악원에서 나오자 그가
안아서 말에 태우고 달리기 시작한 것이다.

부용도 말을 탈 줄 안다.

격구도 한다.

기생들은 해마다 패를 나누어 뚝섬 들판에서 격구를 하는데, 장안
의 한량들이 모두 모여 들어 구경을 했다. 의주의 기생들은 군사들과
함께 훈련을 받고 사냥도 했다. 제주도의 기생들도 말은 잘 탄다.

부용은 이언에게 안겨서 말을 타자 가슴이 뛰었다.

'아아 나의 왕자님……'

말을 달리고 있지만 이언의 숨결이 귓전에 느껴진다. 한 손은 고삐
를 잡고 한 손은 부용의 복부를 안고 있다.

56

"이랴!"

이언이 채찍을 휘둘렀다. 이언의 고함에 말이 빠르게 달렸다.

"이랴!"

뒤에서는 이언의 하인들이 말을 몰아 달려오고 있었다.

장악원을 나온 지 반 시진밖에 되지 않았으나 향동에 이르렀다. 넓은 들판에 벼를 베고 있는 농부들과 메뚜기를 잡고 있는 아이들이 보였다.

향동은 초가집 몇 채가 옹기종기 모여 있었다. 마을을 지나자 야산이 시작되었다. 이언이 천천히 말을 걷게 했다. 향동의 산은 단풍이 붉게 물들어 있고 들판은 벼들이 누렇게 고개를 숙이고 있다.

"오늘 중전마마를 뵙고 왔다."

이언이 부용의 귓전에 낮게 속삭였다.

"예."

부용이 낮게 대답했다. 왕궁의 일을 그녀가 간여할 수는 없다.

"중전마마께서 우리의 혼례를 성대하게 치러 주시겠다고 하시는구나."

부용의 얼굴이 붉어졌다.

'아아, 중전마마께서도 허락하셨구나.'

부용은 가슴으로 벅찬 기쁨이 밀려오는 것을 느꼈다. 그러나 한편으로는 걱정이 되었다.

춤과 노래에 아무리 뛰어나도 부용은 한낱 기생이었다.

"나리, 소인은 신분이 비천한 기생인데……."

"괜찮다."

이언이 말을 세웠다. 오솔길이 시작되고 있었다. 이언이 먼저 말에서 내린 뒤에 부용을 안아서 내렸다. 땅에 내려놓지 않고 그대로 안

왔다.

"나리……."

부용이 이언에게 안겨서 쳐다보았다. 가슴이 쿵쾅거리고 뛰었다.

"하하. 너는 어찌 이리 예쁜 것이냐?"

이언이 유쾌하게 웃은 뒤에 부용의 붉은 입술에 자신의 입을 맞추었다.

"나리… 사람들이 흉을 봅니다."

부용은 깜짝 놀라 입술을 떼었다.

"하하, 내가 사랑하는 여인에게 입을 맞추는데 누가 감히 흉을 본다는 말이냐?"

이언은 거침이 없다.

"하인들이 보고 있습니다."

"어디?"

이언이 뒤를 돌아보았다. 하인들은 모두 말에서 내려 등을 돌리고 있었다.

"저놈들 눈을 뽑아 버릴까?"

"나리!"

"하하, 농이다. 내 하인들에게 어찌 그런 짓을 하겠느냐?"

이언이 하인을 불러 말고삐를 건네주었다. 부용은 이언의 손을 잡고 무덤을 향해 오솔길을 걸어 올라가기 시작했다.

길섶에 산국화가 하얗게 피어 있었다.

"예쁘기도 해라."

부용은 작고 예쁜 산국화를 보았다.

"부용아."

"예."

"나는 수일 내로 왕궁시위대에 들어가 훈련을 받기로 했다."

"예."

부용의 얼굴이 어두워졌다.

이언이 왕궁시위대에 입대하는 것은 장안의 화제였다. 왕자가 군대에 들어가는 것은 전례가 없었다.

무엇보다 그가 머리를 깎아야 하는데 유림은 격렬한 반대를 했고, 외국의 공사관은 환영했다. 대신들은 불가한 일이라고 주장하고 있었다. 유림인들에게 머리를 깎는 것은 금수와 같은 짓이었다. 이언이 머리를 깎으면 유림뿐 아니라 평민들까지 손가락질을 할 것이다.

그러나 그것은 이언의 결정이다. 왕과 나라에 충성하는 이언의 마음은 확고했다.

단심(丹心).

가슴속에서 우러나오는 충심이다.

이내 수임당 윤씨의 무덤에 이르렀다.

무덤은 크지 않았으나 봉분이 가지런히 정리되어 있었다.

부용은 이언과 함께 봉분을 향해 절을 했다.

오 씨는 부용이 저녁을 먹는 것을 물끄러미 바라보았다.

부용은 장악원에서 춤과 창(唱, 노래)을 연습한 뒤에 왕자 이언과 함께 그의 생모의 무덤에 다녀왔다고 했다.

왕비 민씨가 길례를 올려주기로 했고, 이언이 왕궁시위대에 입대한다고도 했다.

'시위대에 입대를 하면 머리를 깎아야 할 텐데…….'

오 씨는 걱정이 되었다.

조선에서 머리를 깎는 것은 대역죄인이나 다를 바 없다. 벌써 장안에 소문이 파다하게 퍼져 유림과 조정대신들의 반대가 극심했다.

"의연군 나리께서는 머리를 깎는다고 하니?"

"시위대에 입대를 하려면 어쩔 수가 없대."

부용이 밥을 먹으면서 대답했다.

눈에 넣어도 아프지 않은 딸이다. 어릴 때부터 용모가 뛰어났는데 재주까지 비상했다.

"유림의 비난을 어떻게 감당하시려고……."

"중전마마께서도 영을 내리셨어."

"중전마마가 나리를 해치려는 것이 아니냐?"

오 씨의 눈이 커졌다.

이언은 왕세자 다음으로 왕위 계승권을 가지고 있다. 왕비 민씨가 친아들인 왕세자의 자리를 지키기 위해 이언을 죽음으로 내몰 수도 있었다.

"아니야. 일본이 조선을 침략할지 모른대. 조만간 전쟁이 일어날지 모르니 강한 군대가 있어야 한다고 나리께서 말씀하셨어."

부용이 고개를 흔들었다. 왕비 민씨가 그런 음모를 꾸미지 않았다는 뜻이다.

"전쟁? 난리가 난다는 말이야?"

"응. 난리가 날 것 같아."

"난리가 나면 어떻게 해?"

"난리가 나면 큰일이니까 왕궁을 보호해야 하는 거야."

부용이 또렷한 목소리로 대답했다.

"우리 딸이 혼례도 올리기 전에 난리가 나면 안 되는데……."

오 씨는 늦은 저녁을 먹는 부용을 보면서 걱정이 되었다.

동학인들은 2월부터 왕궁 앞에 모여서 신원금폭(伸寃禁暴, 교주 최제우의 억울한 죽음을 풀어주고 동학인들에 대한 폭력적인 탄압 중지)에 대한 복합상소를 올렸으나 조정은 이를 허락하지 않았다. 오히려 동학인들의 처벌을 강력하게 요구했다.

동학인들은 보은에서 수만 명의 신도들이 모여 집회를 했다. 이번에는 교주 최제우의 신원과 동학인들에 대한 탄압중지를 전면에 내세우지 않았으나 척왜양이(斥倭洋夷)와 보국안민(輔國安民)을 내세워

신도가 아닌 사람들까지 대거 참여했다.

동학인들이 2만 명씩 집결하자 조정도 긴장했다.

왕은 선무사 어윤중을 파견하여 이들을 달래기 위해 윤음을 내렸다. 동학인들은 스스로 해산했다. 왕이 윤음을 내렸기 때문에 동학인들이 이를 존중한 것이다.

그러나 이들의 집회는 조정대신들과 유림의 반발을 불러왔다. 이들이 매일같이 동학의 처벌을 요구하면서 조정은 긴장감이 고조되었다.

"나리께서 너를 예뻐하시니?"

오 씨는 부용이 이언의 소실이 되어 부귀를 누리면서 살았으면 좋겠다고 생각했다. 출신은 가장 비천한 기생이지만 왕자의 소실이 되면 부귀를 누리게 된다.

"응."

"덕어 통역은 어떠니?"

부용은 덕국 영사관에서 통역을 하고 있었다. 영사의 통역은 따로 있었으나 하인리히 레겔이라는 사람의 통역을 한다.

부용이 통역을 하는 것은 묄렌도르프에게 덕어를 배웠기 때문이다. 묄렌도르프는 덕국의 여러 대학에서 교수를 역임했다. 그는 청나라로 소환되기 전에 자신이 다시는 조선에 돌아오지 못할 것이라면서 많은 재산까지 부용에게 주고 갔다.

부용이 저녁을 마치자 오 씨는 마루에 나란히 앉아서 하늘을 쳐다보았다.

하늘의 달은 점점 그믐달로 변해 가고 있었다.

이제 멀지 않아 겨울이 올 것이고, 조선에는 무서운 전쟁의 바람이 휘몰아쳐 올 것이다.

엠마가 조선의 왕비로부터 하사받은 금팔찌는 세밀하게 세공이 된 아름다운 것이었다. 금빛이 영롱하여 엠마와 이자벨이 좋아했다.

나는 그날의 연회에서 본 부용의 춤사위를 잊을 수 없었다. 왕궁에서 본 춤사위가 너무나 아름다웠다.

나는 발레곡을 쓰려고 조선에 왔으나 무희 부용에게 더 관심이 갔다.

나는 조선에서 영사관 옆에 숙소를 마련했다. 아담한 기와집이고 하인도 남자 하나와 여자 하나를 두었다. 대부분은 영사관에서 지냈다.

나는 때때로 숙소에서 나와 거리를 걷기도 하고, 왕궁이나 관청 가까이 가서 살피기도 했다. 내가 외출을 할 때는 하인이 따라다녔으나 간단한 대화밖에 할 수 없었다.

조선인들은 나를 경계하기는 했으나 위협적인 일을 하지 않았다. 그러나 사람들과 대화를 할 수 없어서 답답했다. 독일인 통역이 거의 없었다. 몇 사람밖에 되지 않는 통역도 왕궁 소속이었다.

나는 어쩔 수 없이 부용에게 하인을 보내 불렀다.

부용은 이언 왕자의 사저에 있는 여종을 데리고 왔다. 조선의 상류층 여자들은 외출을 할 때 반드시 여종을 데리고 다녔다.

'인형같구나.'

부용은 왕궁에서 춤을 출 때의 모습과는 달랐으나 가슴이 울렁거릴 정도로 아름다웠다.

부용은 한복을 입었는데 우아했다. 그녀가 영사관에서 오자 이자벨과 엠마가 나와서 인사를 했다. 그녀들도 부용의 노래와 춤에 감탄하고 있었다.

"왕비전하의 이름은 어떻게 됩니까?"

나는 부용과 커피를 마시면서 왕비의 어린 시절에 대해서 듣고 싶었다.

그러나 부용이 깜짝 놀라서 나를 쳐다보았다.

"왜 그러십니까?"

"왕비전하의 이름을 말하는 것은 불경이 됩니다."

부용이 차갑게 말했다.

"왜요?"

"조선에서는 왕비나 귀부인의 이름을 외부의 남자들이 부르는 것을 용납하지 않습니다."

"그래요? 그럼 어린 시절은 어떻습니까? 부유하게 자랐나요?"

내가 들은 이야기에 의하면 왕비는 대원군 이하응이 척족들이 정치에 관여하는 것을 막기 위해 한미한 가문의 소녀를 왕비로 골랐다고 했다.

"우리 왕비전하는 수많은 가문의 훌륭한 여자들 중에서 선발된 분입니다."

부용은 독일어가 놀라울 정도로 능통했다. 왕실 고문이었던 독일인 묄렌도르프에게 독일어를 배웠다고 했다. 그가 청나라로 떠난 뒤에는 그가 남긴 책까지 읽었다고 했다.

"그게 무슨 말입니까?"

"조선에서는 왕비나 왕세자빈을 선발할 때 금혼령을 내리고 훌륭한 가문에서 세 차례의 선발절차를 거쳐 뽑습니다. 그것을 간택이라고 합니다."

"그럼 수많은 가문에서 선발된 여자라는 뜻이오?"

"그렇습니다."

"간택이라고 그랬지요? 간택 절차는 어떻게 됩니까?"

"초간택은 훌륭한 가문에서 아름답고 총명한 아가씨가 여러 명 선발됩니다. 일종의 왕비 후보라고 할 수 있어요. 여기서 선발되면 재간택에 이르지요."

"무엇을 기본으로 선발합니까?"

"용모와 학문, 숙행 등에서 가장 뛰어난 분이 선발됩니다."

"재간택은요?"

"15명 안팎으로 선발되는데 왕궁의 귀부인들이 선발합니다."

귀부인들은 왕의 어머니, 왕의 인척들 중에 신망이 높은 노부인들이라고 했다.

"삼간택은요?"

"재간택에서 3, 4명의 여인들이 선발되는데 이 중에 다시 1명을 왕비로 선발합니다."

"왕비전하가 그렇게 삼간택을 모두 거쳤습니까?"

"그럼요. 우리 왕비전하는 훌륭한 분입니다."

나는 부용의 말에 대답을 하지 않았다. 시중에는 조선의 왕비가 곰보라는 말이 은밀하게 나돌았다.

"혹시 시중에 나도는 소문을 들었습니까?"

부용이 내 생각을 들여다보기라도 했는지 그렇게 물었다.

"그렇소."

"흥! 그건 일본인들의 비열한 소문 때문입니다."

"그들이 왜 그런 소문을 퍼트립니까?"

"일본은 조선에서 이권을 챙기려고 혈안이 되어 있어요. 국왕전하나 왕비전하는 조선의 이권을 러시아나 미국에 나누어 주고 있습니다. 일본을 견제하고 있어요. 왕비전하가 더욱 강경하지요. 일본은 그런 왕비전하를 헐뜯기 위해 얼굴이 곰보라는 등 나쁜 소문을 퍼트리고 있어요. 조선의 왕궁을 헐뜯어 백성들로부터 분리시키려고 하고 있습니다. 이간질을 하고 있는 겁니다."

나는 부용이 자신의 나라 왕비를 신뢰하고 있다고 생각했다. 왕비를 알현한 공사 부인들이나 선교사들도 조선의 왕비가 아름답고 지혜로운 여자라고 말했다.

"왕비전하를 존경합니까?"

"왕비전하는 우리의 국모입니다."

나는 부용의 말이 마음에 들지 않았다.

이번에는 부용의 반격이 시작되었다. 그녀는 뜻밖에 영국, 프랑스 독일 등의 유럽과 미국에 대해 여러 가지 질문을 하여 나를 당황하게 만들었다.

"영국에서는 기계로 물건을 대량 생산한다지요?"

나는 처음에 부용의 말을 잘못 들은 것이 아닌가 하고 생각했다.

"지금은 프랑스와 독일도 대량생산을 하고 있습니다."

유럽은 기계로 대량생산을 하고 있었다.

"공장에서 일을 하는 사람들이 가난하게 살고 있다는 말을 들었어요."

"노동자들은 고용되어 있을 뿐이니까요."

나는 노동자들이 가난하게 살고 있는 것은 어쩔 수 없는 일이라고 생각했다.

"동양의 역사에서 왕조가 바뀌는 것은 백성들이 가난하기 때문이에요."

"무슨 뜻입니까?"

"우리는 그것을 도탄에 빠졌다고 합니다. 더 이상 견딜 수 없으면

난을 일으키는 거예요."

나는 그녀의 말을 곰곰이 생각했다. 그녀의 말은 많은 뜻을 내포하고 있었다. 나는 그녀의 말이 갖는 의미를 생각하고 속으로 놀랐다.

'왜 이렇게 똑똑해? 유럽을 한 번도 가보지 않은 여자가 이런 말을 하다니……'

나는 새삼스럽게 부용을 쳐다보았다. 그녀는 눈빛이 맑았다. 호기심이 가득한 눈빛으로 나를 응시하고는 했다.

나는 먼 훗날에야 그것이 공산주의 혁명을 예고한 것이라는 사실을 깨달았다. 당시에는 부용이 황당한 이야기를 하고 있다고 생각했을 뿐이었다.

부용은 자신이 알고 있는 유럽에 대한 이야기는 묄렌도르프가 남겨 놓고 간 책에서 배웠다고 했다. 묄렌도르프는 대학교수 출신이며 많은 책을 부용에게 주고 청나라로 돌아갔다.

묄렌도르프가 청나라에서 파견된 조선 왕궁의 고문이었기 때문이었다.

"나는 어릴 때 튀빙겐 대학에 가서 공부하고 싶었어요. 유학을 가고 싶었죠."

부용이 아련하게 회상에 잠겼다.

부용과의 대화는 마치 독일 여자와 이야기를 하고 있는 기분이었다. 그녀와 이야기를 하는 동안 시간이 빠르게 흘러갔다. 가을이라 해가 짧았다.

"비녀를 꽂고 다니는 여자와 댕기머리를 하고 다니는 여자는 어떻게 다릅니까?"

나는 그녀가 비녀를 꽂은 것을 보고 물었다.

"조선에서는 결혼을 하면 머리를 올려 비녀를 꽂습니다."

부용의 얼굴이 살짝 붉어졌다.

"그럼 부용 양도 결혼을 했습니까?"

"결혼은 하지 않았지만 약속을 했어요. 결혼하기로……."

부용이 또렷한 목소리로 대답했다. 나는 속으로 실망했다.

"남자는 무얼하는 사람입니까?"

"왕자님입니다."

"왕자요?"

나는 깜짝 놀랐다. 왕자와 혼인을 한 여자가 통역을 하는 것이 무엇인가 이상하다고 생각했다.

나는 나중에야 조선은 일부다처제고, 부용이 조선인들이 첩이라고 부르는 두 번째 부인이라는 것을 알게 되었다.

조선은 여전히 신분제도가 남아 있었다. 부용은 어머니가 기생이었기 때문에 종모법에 따라 본부인은 될 수 없다고 했다. 종모법은 어머니의 신분을 따라가는 것이다.

어머니가 노비면 자식도 노비가 되고, 어머니가 기생이면 딸도 기생이 되어야 했다.

"이제는 돌아갈게요."

부용은 날이 어두워지자 의자에서 일어섰다. 그녀와 긴 시간 이야기를 나누었다.

나는 그녀에게 바래다주겠다고 했다. 부용은 여종이 있어서 괜찮다고 했다.

"서양에서는 남자가 여자를 바래다줍니다. 그것이 신사의 예의입니다."

내 말에 부용이 생긋 웃었다.

부용의 집까지는 멀지 않았다. 30분쯤 걸어서 그녀의 집에 이르렀다.

"그럼."

나는 모자를 벗고 그녀에게 인사를 했다.

"안녕히 가세요."

부용이 상냥하게 웃으면서 인사를 했다.

나는 그녀와 헤어져 돌아오면서 허전했다. 그녀에게 남자가 있다
는 사실이 내 가슴을 무겁게 하고 있었다.

2부 말타고 활쏘는 경이로운 여자 부용

부용의 남자인 왕자가 머리를 짧게 깎고 왕궁시위대에 입대했다.

조선에서는 머리를 깎는 것을 중대한 범죄라고 생각하고 있었다. 왕자가 머리를 깎으면서 한바탕 소동이 일어났다. 대신들과 선비들이 일제히 왕자를 비난했다. 각국의 공사관에서도 비상한 관심을 가지고 이 사태를 지켜보았다.

일본인들은 조선인들을 비웃었다.

"왕자가 머리를 깎는 것은 충효를 버리는 일입니다."

대신들과 선비들이 임금에게 상소를 올리기 시작했다. 그러나 노골적으로 처벌을 하라고 요구하지는 못했다. 머리를 깎는 것이 죄라는 것만 말할 뿐 처벌에 대해서는 언급하지 못했다.

왕이나 왕가는 잘못을 해도 신하가 그들의 처벌을 주장하지 못한다. 조선에서는 왕이나 왕가는 신성불가침이었다.

대신들과 선비들은 왕자가 성인의 가르침을 버렸다고 비난했다.

"번거롭게 하지 마라."

왕은 한마디로 잘라 말했다.

왕자 이언이 시위대에서 훈련을 받게 되자 부용의 시간이 더욱 많아졌다.

그녀는 장악원에서 노래와 춤이 끝나면 자주 영사관에 와서 이야기를 나누었다.

내가 그녀에게 질문하는 것보다 그녀가 나에게 질문하는 것이 더 많았다. 그녀는 유난히 호기심이 많은 여자였다.

"일본을 견제하려면 어떻게 하는 것이 좋을까요?"

"청나라를 통해 견제하고 있지 않아요?"

"청나라도 조선에 간섭이 심해요."

조선인들 중에는 청나라도 조선에서 물러가야 한다고 주장하고 있었다.

일본은 청나라가 물러가고 조선이 독립을 해야 한다고 말했다. 일본의 그런 주장은 청나라를 몰아내고 일본이 조선을 마음대로 요리하기 위해서였다.

"조선이 스스로 해야지요."

나는 조선이 스스로 지켜야 한다고 생각했다.

"조선은 힘이 없어요."

"불안해요?"

"불안하죠. 조선은 군대가 없어요."

"왜 군대가 없습니까?"

"작은 군대가 있지만 일본군이 훈련을 시켰고 총기나 탄약을 만들지도 못해요."

부용은 우울한 표정으로 말했다. 조선의 군대를 일본이 훈련시켰기 때문에 그들을 믿지 못하고 있었다.

"부용 양은 나라만 걱정하고 있어요?"

"그럼 무엇을 걱정해요?"

"부용 양의 장래요."

"저는 왕자님과 운명을 같이할 생각이에요."

"왕자님을 사랑해요?"

"그럼요, 사랑해요."

"어떤 부분이 좋아요? 잘생겼나요?"

부용이 눈을 깜박이면서 나를 쳐다보았다.

나는 그녀의 선연한 눈에 가슴이 찌르르 울리는 것 같았다.

"가겠어요."

부용이 의자에서 일어섰다.

나는 그녀를 영사관 앞에까지 배웅했다.

창가의 버드나무에서 나뭇잎이 우수수 떨어졌다. 가을이 점점 깊어가고 있었다.

부용은 창가의 버드나무를 보면서 비가 올지도 모른다고 생각했다. 하늘이 잿빛으로 잔뜩 흐렸다. 비가 오면 날씨가 추워지기 시작할 것이다.

"너는 언제까지 장악원에 나올 거야?"

춘이 부용의 팔소매를 잡아끌면서 물었다. 왕자 이언의 소실이 되었으니 장악원에 나와서 상기 노릇을 하면 안 된다.

왕자 이언이 머리를 깎아 비난을 받고 있는데 부용까지 손가락질을 당할 가능성이 많았다.

"틈틈이 나와서 연습을 할 거야."

부용이 낮게 대답했다. 연습은 끝이 났다. 이제는 집으로 돌아가야 한다.

"왕자님이 잘해 주서?"

"왕자님은 군대에 입대하셨어."

빗방울이 떨어지기 시작했다. 부용은 훈련을 받고 있는 이언이 비를 맞을지 모른다고 생각했다.

'왕자님, 힘내세요.'

부용은 입속으로 가만히 뇌까렸다.

그가 그녀를 안아주고 입을 맞추었다. 그 생각을 하자 가슴이 뛴다.

부용은 장악원에서 나오자 쓰개치마를 머리에 둘러쓰고 뛰듯이 빠르게 걷기 시작했다.

장악원 앞이 인파로 가득했다. 학업이 파하여 악생들이 쏟아져 나와 집으로 흩어져 가고 있었다.

여자들이 삼삼오오 흩어져 가면서 웃고 떠드는 소리가 낭자했다. 장악원에는 악사들과 악생들이 1백여 명에 이르고, 장악원에서 일을 하는 관노들까지 합치면 더욱 많았다.

부용은 진고개로 빠르게 걸어 올라갔다.

진고개 옆으로 드문드문 초가와 기와집이 늘어서 있고 장악원 옆으로 아직 완성되지 않은 종현천주당(명동성당)이 보였다.

종현천주당은 2년 전에 공사가 시작되어 중국인 목공과 벽돌공이 동원되어 기이한 모양의 사원 형태를 갖추어 가고 있었다. 장악원 학생들은 종현천주당 앞을 지날 때마다 오랑캐 사원이라고 손가락질을 했다.

부용은 쓰개치마 끝을 여미고 걸음을 빨리 했다. 황토 먼지가 풀풀 날리는 길바닥과 민가에도 빗방울이 떨어지고 있었다.

부용의 집은 육조거리를 지나 사직단 옆에 있었다. 부용은 걸음을 빨리하여 진고개에 올라섰다.

진고개는 황톳길이다. 비가 내리면 진창길이 되어 사람들이 진고개라고 불렀다.

나지막한 진고개를 오른 뒤에 비탈길을 뛰듯이 빠르게 내려갔다. 길옆의 풀숲에 야생국화가 한 무더기 피어 있었다. 장악원에서 파한 악생과 악공들이 육조거리 쪽으로 몰려가고 있는 것이 보였다.

삐이익!

부용이 우포도청 앞에 이르렀을 때 등 뒤에서 날카로운 호각소리가 들렸다.

'에구머니!'

부용은 길 옆으로 비키면서 뒤를 돌아보았다.

호각소리에 이어 일본군의 요란한 구령소리와 군화소리가 들렸다. 앞에 가던 악공과 악생들이 분분이 길을 비켜섰다.

일본군의 행렬이 오고 있었다. 요즘 들어 일본군의 행군이 부쩍 잦아진 것은 왕실과 조정을 위협하기 위한 것이라고 했다. 일본군은 얼추 1백여 명쯤 되어 보였고 검은 제복에 착검을 한 긴 총을 어깨에 메고 있었다.

"이찌… 니……."

"이찌… 니……."

말을 탄 사관이 절도 있는 목소리로 구령을 외치고 군인들이 따라서 복창했다. 길을 가던 조선인들이 웅성거리면서 길을 비켰다.

"제자리 섯!"

사관의 구령에 일본군들이 일제히 멈춰 섰다.

"백병전 대형 준비."

사관이 영을 내리자 군사들이 복창을 하고 넓게 벌려 섰다. 그들은 순식간에 일정한 간격으로 절도 있게 대형을 넓혀 정렬했다.

"찔러!"

사관이 명령을 내리고 군인들이 복창을 하면서 총검을 앞으로 찔렀다.

그들이 길을 막고 훈련을 했기 때문에 조선인들은 움직일 수 없었다. 조선인들은 순식간에 구름처럼 몰려들어 일본군이 훈련하는 것을 지켜보았다.

일본군은 사관의 구령에 따라 왼발을 앞으로 내밀고, 긴 총을 앞으로 내밀어 찌르고, 발로 차면서 뽑고, 개머리판으로 후려치는 훈련을 했다.

그 절도 있는 동작에 위압감이 들었다.

"무섭다. 저 칼 좀 봐."

춘이 부용의 옆에 와서 낮게 속삭였다. 장악원에서 뒤를 따라온 모양이다.

춘은 부용의 옆집에 살았고, 나이가 두 살이나 많았기 때문에 부용이 친언니처럼 따르고 있었다. 춘은 포도대장을 지낸 노인의 화첩(花妾, 젊은 첩)이었다. 춘은 스무 살, 노인은 52세였다.

"춘 언니, 언제 왔어?"

부용은 반색을 한 뒤에 춘의 팔짱을 끼면서 물었다.

장악원의 상기는 대부분 왕족을 비롯하여 대신이나 부호의 첩이 되었다. 악생이나 악공과 혼례를 올리고 사는 여자도 더러 있었으나 얼마 되지 않았다.

"네 뒤를 따라왔지. 불러도 대답도 안하더라. 왜 혼자서 집으로 가냐?"

춘이 어깨를 밀치는 시늉을 했다. 춘에게서 지분냄새가 물씬 풍겼다.

"몰랐어."

춘은 지우산을 들고 있었다.

"언니는 왜 가마를 타고 가지 않아?"

"하인들이 게으름을 피우는지 아직 안 왔어. 기다리기 싫어 그냥 너 따라 온 거야."

춘의 남자가 포도대장을 지냈기 때문에 춘은 가마를 타고 다녔다.

춘도 부용과 나란히 서서 일본군을 바라보았다.

일본군의 총에 꽂혀 있는 칼은 한 자(尺) 남짓 되었는데 날이 하얬다. 일본군은 그 칼로 사람을 찌르는 훈련을 하고 있었다.

부용은 일본군이 훈련을 하는 모습을 보자 가슴이 섬뜩했다.

"춘 언니, 청나라와 일본이 전쟁을 할까?"

한양은 청일전쟁이 일어날 것이라는 소문으로 뒤숭숭했다.

"몰라. 내가 그걸 어떻게 아니?"

춘이 어두운 얼굴로 대답했다.

그때 요란한 총성이 울렸다. 일본군이 허공을 향해 일제히 사격을 한 것이다.

조선인들이 비명을 지르면서 빠르게 흩어지고 부용은 두 손으로 귀를 막았다. 일본군은 허공을 향해 총을 쏘면서 사격훈련을 했다.

총성은 한참이 지나서야 끝이 났다.

"나쁜 놈들. 저놈들이 우리 조선 사람을 위협하려고 대로에서 총질을 하는 거야."

부용의 뒤에서 갓을 쓴 사내가 분노한 목소리로 뇌까렸다.

일본군들이 요란하게 군가를 부르면서 광화문 쪽으로 행군해 가기 시작했다. 그들의 군화 소리가 지축을 흔드는 것 같았다.

"가자."

춘도 기분이 좋지 않은지 얼굴이 굳어져 내뱉었다.

일본군 훈련을 구경하던 조선인들이 웅성거리면서 흩어졌다.

부용은 춘과 함께 집을 향해 걷기 시작했다. 일본군의 행군과 사격으로 기분이 좋지 않았다.

"부용아."

"왜?"

부용은 진하게 분을 바른 춘을 쳐다보았다. 그녀가 지우산을 들고 있어서 얼굴에 비는 맞지 않았다. 그러나 빗줄기가 치맛자락을 적시고 있어서 걸음을 서둘렀다.

"길례는 언제 올릴 거야?"

"몰라."

왕자와 길례를 올리는 것은 왕궁에서 결정할 것이다. 본부인이 아니라면 왕궁에서 굳이 관여하지는 않을 것이다.

"길례를 안 올릴 거야?"

"일본이 언제 침략할지 몰라."

부용이 어두운 얼굴로 대답했다.

"일본이 침략한다는 말은 노상 있는데 뭘 그래? 우리 영감님이 청나라가 있어서 괜찮대."

춘은 전쟁을 전혀 걱정하지 않고 있었다.

그때 춘의 하인들이 가마를 가지고 왔다.

"아유, 이제야 오네. 왜 이제야 오는 거야?"

춘이 하인들을 보고 눈을 흘겼다. 춘의 하인들이 머리를 조아렸다. 춘이 부용에게 손을 흔들고 가마에 올라탔다. 부용도 춘에게 손을 흔들었다.

가마가 빠르게 사직단 방향으로 갔다. 하인들은 피풍을 쓰고 있기는 했으나 비를 그대로 맞고 있었다.

부용은 우두커니 춘의 가마가 멀어지는 것을 응시했다. 춘은 노인과 살고 있지만 부귀를 누리고 있다. 아생들 중에는 춘을 부러워하는 아이들이 많았다.

'뭐야? 우산도 안 주고 그냥 가?'

부용은 쓰개치마를 뒤집어쓰고 뛰듯이 빠르게 걸었다. 가을비가 온몸으로 들이쳤다.

부용은 광화문 앞에 이르자 걸음을 멈추고 웅장한 왕궁을 바라보았다.

'나는 왕자님과 길례를 올릴 거야.'

부용은 왕궁을 바라보면서 입술을 달싹거려 다짐하듯이 중얼거렸다. 왕궁에도 비바람이 몰아치고 있었다.

그때 누군가 옆으로 다가왔다. 부용이 힐끗 돌아보자 우산을 쓰고 있는 독일인 하인리히 레겔이었다.

"어머."

부용이 놀라서 미소를 지었다.

"부용 양, 비를 맞았네요."

하인리히가 부용에게 우산을 씌워 주었다. 부용이 깜짝 놀라서 우산에서 벗어나 그에게서 떨어졌다.

"안 돼요. 조선에서 여자가 남자와 우산을 쓰면 큰일 나요."

부용이 주위를 살피면서 하인리히와 일정한 거리를 두었다. 비가 오고 있어서 사람들은 보이지 않았다.

"그럼 수건이라도……."

하인리히가 당황하여 어쩔 줄을 모르다가 손수건을 꺼내 부용에게 건네 주었다.

"감사합니다."

부용은 손수건을 받아서 얼굴을 닦았다.

"부용 양이 우산을 쓰세요. 여자가 비를 맞고 있는데 남자가 우산을 쓰고 있으면 서양에서는 예의가 없다고 그래요."

"그래요?"

부용이 비로소 우산을 받았다. 손수건을 보자 작은 꽃이 수놓아져 있었다.

"이건 무슨 꽃이에요?"

"에델바이스요. 오스트리아의 꽃이라고 부르죠."

"꽃이 예쁘네요."

"순결한 처녀를 상징하는 꽃입니다. 오스트리아의 높은 산자락에서 피어요. 선물할게요."

"감사합니다. 그런데 여기는 왜 왔어요?"

"조선의 왕궁을 구경하려요."

대화는 단조로웠다.

"아……."

부용이 입을 살짝 벌렸다.

"부용은 무슨 뜻입니까?"

"꽃이름이에요. 8월에서 10월까지 피어요."

"꽃이 예쁜가요?"

"예뻐요. 그럼 다음에 뵈어요."

부용이 생긋 웃었다.

"부용 양, 잠시 같이 걸을 수 있을까요?"

"안 돼요."

"왜요?"

"조선에서는 남자와 여자가 같이 걸으면 간음이 돼요."

"네?"

"둘이서 같이 밥을 먹거나 말을 해도 간음이고요."

"그런 무지막지한 법이 어디 있습니까?"

"내가 만든 법이 아니에요."

부용이 유쾌하게 웃었다. 그런 법이 있어도 크게 개의치 않는 것 같았다.

"그럼 남자와 여자가 데이트를 할 때는 어떻게 해요?"

"호호, 데이트라……."

"데이트를 알아요?"

"책에서 보기는 했어요. 사랑하는 남자와 여자가 만나는 거잖아요? 조선에서는 남자와 여자가 결혼하기 전까지 만나지 않아요. 중매에 의해 부모가 결정을 하면 혼례를 올릴 때까지 얼굴을 보지 않아요."

"굉장히 비합리적이군요."

하인리히가 고개를 절레절레 흔들었다.

부용은 하인리히를 쳐다보았다. 머리는 금발이고 눈은 파랗다. 얼굴은 여자들보다 더 하얗다.

양복을 입고 잿빛의 코트를 걸치고 있었다.

'왕비전하에 대해 극을 쓴다고 했는데…….'

그가 살고 있는 곳은 멀고 먼 유럽이다. 배를 타고 한 달이 넘게 걸린다고 했다. 부용은 그 먼 나라에 한 번도 가 본 일이 없었다. 왕비에 대한 이야기가 그곳에서 공연되어도 조선에서는 모를 것이다.

빗줄기가 굵어지고 바람까지 일었다. 부용의 치마로 빗줄기가 들이치고 치맛자락이 나부꼈다.

부용이 한 손으로 치맛자락을 말아쥐었다.

"가세요."

"그럼 두 걸음쯤 떨어져 오세요."

하인리히가 어깨를 으쓱했다.

"유럽에서는 남자가 여자를 바래다준다니까."

하인리히가 검은색 털코트를 벗었다. 부용은 어리둥절했다. 하인리히가 자신의 코트를 부용의 어깨에 걸쳐 주었다.

"이것도 서양의 남자들이 하는 건가요?"

부용은 얼굴이 빨개졌다. 서양인의 친절에 무엇이라고 말을 할 수 없었다.

"그럼요. 서양 남자들은 여자를 보호합니다."

하인리히가 싱긋 웃었다.

부용은 집으로 천천히 걸었다. 그의 코트가 뜻밖에 따뜻했다. 왕궁에서 집까지는 가까웠다. 부용은 코트를 벗어서 하인리히에게 돌려주려고 했다.

"그냥 입으세요."

"네?"

"조선에서는 이런 옷이 없잖아요? 코트라서 여자들이 걸치고 다녀도 상관이 없어요."

"그래도……."

"한번 입어 봐요. 선물이라고 생각하고…. 그럼 영사관에서 봐요."

하인리히가 손을 살짝 흔들고 영사관 방향으로 걸어가기 시작했다.

부용은 멀뚱히 하인리히의 뒷모습을 바라보았다. 가슴 깊은 곳에서 어떤 현이 울리는 것 같았다.

부용은 대문을 열고 집으로 들어갔다.

어머니 오 씨가 부엌 앞에서 푸성귀를 다듬고 있다가 눈을 깜박거렸다. 부용이 서양인의 코트를 걸치고 있었기 때문이었다.

"그게 뭐냐?"

오 씨가 일어나서 코트를 살폈다.

"서양인들이 입는 옷이야. 코트라고 그래."

"그런 것을 입고 다녀도 돼?"

오 씨도 묄렌도르프 밑에서 하인을 했기 때문에 코트를 여러 번 보았다.

서양인의 옷이니 조선인이 입고 다니면 손가락질을 할 것이다.

"옷인데 어때? 따뜻해."

코트에는 털까지 부착되어 있었다.

부용은 방으로 들어와 비에 젖은 옷을 훌훌 벗었다. 속치마까지 젖었기 때문에 모두 벗고 수건으로 닦았다.

부용은 문득 자신의 모습을 거울에 비쳐보았다. 눈은 크고 맑고 콧날이 오뚝했다. 어깨는 둥그스름하고 가슴이 예쁘게 솟아 있었다.

부용은 몽롱한 눈빛으로 거울 속의 자신을 보다가 노래를 부르기 시작했다.

조선국 한양의 홍씨 처녀
얼굴은 단정하고 마음씨는 곱도다.

부용은 노래를 부르면서 춤을 추기 시작했다.

거울에 비친 자신의 모습을 보자 춤사위가 일어났다. 걸음이 사뿐사뿐 떨어지고 어깨가 너울너울 가락을 탔다.

눈썹은 길고 눈은 귀밑머리를 향하고

코는 오뚝하고 입이 자그만하니 미인 중의 미인이라

입술은 향기롭고 부드러우며

귀는 그중에서도 제일 붉고 윤태 나네.

허리는 호리호리하고 발은 꼭 싸매 맵시 좋으니

다른 것은 더 묻지 마셔요.

조선에서 제일 가는 미인이랍니다.

그때 오 씨가 새 옷을 가지고 부용의 방으로 들어오다가 웃었다.

"부용아, 너 뭘하는 거야?"

오 씨가 부용의 어깨를 찰싹 때렸다.

"하긴 뭘해? 거울을 본 건데……."

부용은 깜짝 놀라 수건으로 몸을 가렸다.

"시집 갈 여자가 무슨 짓이야? 조신해야지."

"호호. 아무도 안 보는데 어때?"

"철없는 애도 아니고… 그러다가 왕자님에게 소박맞으면 어떻게 할 거야?"

오 씨가 부용에게 눈을 흘겼다.

"그러면 먼 외국으로 가 버릴 거야."

부용이 하인리히의 얼굴을 떠올리면서 말했다.

"무슨 헛소리야? 어서 옷을 갈아입어라. 따뜻한 차를 주마."

오 씨가 비에 젖은 옷을 가지고 밖으로 나갔다. 부용은 재빨리 속바지를 입고, 속치마와 속적삼을 입었다. 오 씨가 손수 바느질을 하여 만든 옷은 깃털처럼 부드러웠다.

"왕자님은 만나 뵙고?"

"응. 왕자님이 비녀도 주셨어."

부용이 머리에서 비녀를 뽑아 오 씨에게 보여주었다.

"예쁘구나."

오 씨가 비녀를 찬찬히 들여다보다가 부용의 머리에 다시 꽂아주었다.

"왕자님이 계동궁으로 들어오라고 하는데 어떻게 해?"

"아직은 안 된다. 길례라도 올려야지. 중전마마 허락도 받아야하고."

오 씨의 말에 부용은 얼굴이 어두워졌다. 서릿발이 내리는 것 같은 왕비 민씨의 얼굴이 떠오르자 긴장이 되었다. 통역 때문에 몇 번 알현한 일이 있었으나 그녀의 앞에 서면 숨이 막힐 것 같았다.

"왕자님이 너를 귀여워해?"

"응."

"너두 왕자님이 좋고?"

"응. 너무 좋아."

부용이 활짝 웃었다. 왕자 이언을 생각만 해도 가슴이 방망이질을 치고 있었다.

활 쏘는 여자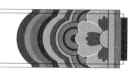

비가 그치자 갑자기 날씨가 차가워졌다. 이언은 골짜기에서 내려오는 차가운 바람에 몸을 부르르 떨었다.

경기도 가평에 있는 화악산 골짜기였다. 골짜기의 잡초가 무성한 평지의 풀을 베고 군막을 치고 훈련을 했다.

훈련을 시작한 지 어느덧 닷새가 되었다. 이언은 닷새가 되어서야 군사훈련이 어떤 것이라는 것을 비로소 알게 되었다.

'그동안 너무나 태만했다.'

매킨 다이는 군사훈련은 살아남기 위한 것이라고 했다. 적과 싸우는 것은 살기 위한 것이라고 했다. 무조건 적을 죽이라고 했다. 군대는 적을 죽이기 위한 조직이다. 죽이지 않으면 내가 죽는다.

"살아남으려면 극한에서 견뎌라."

매킨 다이가 말했다.

훈련은 간단한 제식 훈련부터 시작되었다. 바로서기, 팔 흔들기, 앞으로 가기, 줄 맞춰가기 등 기초적인 훈련이었다.

"차렷!"

"열중쉬엇!"

"경례!"

매킨 다이 장군은 절도 있게 구령을 붙였다. 그는 뜻밖에 조선말을 상당히 잘했다. 매킨 다이는 35세의 장년인 현흥택과 친했다. 현흥택은 영어를 잘했다.

현흥택은 10년 전 미국 전권대사 민영익을 따라 미국에 다녀오기까지 했던 인물이다.

그는 수안군수를 역임했다.

이언은 처음에 모든 것이 엉성했으나 절도 있게 할 수 있게 되었다. 엎드려뻗쳐를 한 뒤에는 팔굽혀펴기까지 했다. 이언은 팔굽혀펴기가 어려웠으나 점점 열 번 스무 번을 하게 되었다. 스무 번을 하고 나면 얼굴이 벌게지고 숨이 찼다.

왕자라고 특별한 대우는 없었다.

첫날은 제식훈련으로 끝이 났다. 그러나 제식훈련이 끝났을 뿐인데 너무나 피곤했다. 식사도 훈련생들이 직접 지었다.

'일국의 왕자인 내가 군사훈련을 받아야 하는가?'

이언은 이러한 고생을 하는 자신이 후회가 되기도 했다. 그러나 아버지인 왕이 잠을 이루지 못하고 괴로워하고 있었다.

조선이 위태로워졌다. 일본의 공사라는 작자가 함부로 조정에 들어와 눈알을 부라리고, 왕궁에서 왕과 왕비에게 고함을 지르면서 겁박을 했다.

'공사라는 자가 어떻게 그렇게 무례한가?'

이언은 그 이야기를 듣고 피눈물을 흘렸다.

'내가 반드시 이 원한을 갚을 것이다.'

옛말에 왕이 치욕을 당하면 신하는 죽어야 한다고 했다.

조선이 망해 가고 있는 것은 틀림없었다. 그것을 국왕이나 조정대신들의 책임으로만 돌릴 수 없었다. 조선은 누대에 걸쳐 부패했다. 일본이 명치유신을 단행했을 때 조선은 쇄국정책을 내세웠다. 일본이 서양 각국과 활발하게 교류할 때 조선은 문을 닫아걸었다.

이언은 왕자였기 때문에 정치에 나설 수 없었다. 왕자가 정치에 간여하면 대역죄인이 되기 때문에 살얼음판을 걷듯이 매사에 조심했다.

이언은 외국공사나 선교사와 교류했다. 조선의 대신은 만나지 않았고 외국인을 만나면서 조선이 서양처럼 개화되어야 한다고 생각했다.

훈련이 시작되고 닷새가 지나자 조금씩 적응이 되었다.

매킨 다이는 비가 오는데도 훈련을 시켰다. 뛰고 구르고 소리를 질렀다. 열흘이 지나자 훈련생들이 일사분란하게 움직일 수 있게 되었다.

그러나 골짜기는 얼음이 얼기 시작했다. 때때로 눈발도 날렸다.

매킨 다이는 밤에 보초를 세웠다. 이언도 훈련 12일째 군막 앞에서 보초를 섰다. 총을 들고 보초를 서기는 했으나 날씨는 춥고 밤은 길었다. 하늘에는 별이 떠서 옹숭거렸다.

'부용이는 잘 있겠지.'

이언은 부용이 보고 싶었다. 깊은 산골짜기에서 훈련을 하고 있으니 부용이 더욱 보고 싶었다.

"왕자님, 너무 춥지요?"

현흥택이 가까이 와서 물었다.

"춥소."

이언은 솔직하게 말했다.

현홍택은 이언의 신분을 알고 있었으나 다른 훈련생들은 몰랐다.

"왕자님께서 친히 이런 고생을 하지 않으셔도 되는데……."

"아니오. 나는 끝까지 훈련을 받을 것이오."

"식사는 부실하지 않습니까?"

"견딜만 하오."

이언은 제자리 뛰기를 하면서 말했다. 추위가 뼛속까지 스며들고 있었다.

"왕자님, 궐련 한 대 피우시겠습니까?"

"궐련이 있소?"

"일본 상인을 통해 구한 것이 있습니다."

현홍택이 궐련을 주고 성냥을 켜서 불을 붙여 주었다. 이언은 궐련의 연기를 깊이 빨아들였다가 내뱉었다.

현홍택은 묵묵히 저 아래 골짜기를 내려다보고 있었다. 골짜기도 들판도 칠흑의 어둠에 덮여 있었다.

"들어가 보시오."

이언이 현홍택에게 말했다.

"그럼 소인은 들어가겠습니다."

현홍택이 인사를 하고 군막으로 들어갔다.

이언은 추위에 떨면서 보초를 섰다.

'부용아…….'

보초를 서면서도 이언은 부용을 생각했다.

그녀의 호수처럼 깊고 맑은 눈.

봉긋한 입술.

그 부드럽고 따뜻한 몸.

부용을 생각하자 몸이 떨리고 흥분이 되었다.

이튿날은 사격훈련이 시작되었다.

매킨 다이는 정확한 조준부터 호흡까지 여러 차례에 걸쳐 반복훈련을 시킨 뒤에야 실탄을 발사하게 했다.

"탄환이 넉넉한 것은 아니다. 적이 달려온다고 두려워하지 마라. 두려워하면 탄환이 그대들의 몸에 박힐 것이다."

사격훈련을 한 뒤에는 미국에서 벌어졌던 각종 전투에 대해서 이야기를 했다.

이언은 미국 민병대가 멕시코 군대와 싸운 알라모전투에 큰 감명을 받았다. 1837년 당시 텍사스는 멕시코 영토였으나 샘 하우스턴 장군이 독립을 선언하면서 멕시코와 전쟁을 벌이게 되었다. 멕시코의 독재자 산타아나 장군은 7천 명의 군대를 파견했다.

텍사스의 주민들은 민병대를 조직하여 이에 맞서기로 했다. 텍사스 주민들 중 187명이 멕시코 군대와 맞서 지원군이 올 때까지 13일 동안 알라모 요새를 방어했으나 대원 전원이 장렬하게 전사했다.

"일본은 상당한 전투력을 갖고 있다. 총도 생산하고 탄약도 생산한다. 총과는 비교도 되지 않는 포도 생산한다. 조선은 총도 포도 생산하지 못한다."

매킨 다이는 일본이 기계로 병기를 생산하고 있기 때문에 청나라나 러시아도 상대하기 어려울 것이라고 했다.

이언은 매킨 다이의 말에 조선의 장래를 생각해 보았다. 조선의 장래에 길이 보이지 않는 것 같아 답답했다.

'조선은 어떻게 강한 나라를 만들어야 하는가?'

이언은 어둠에 잠긴 골짜기를 내려다보면서 생각에 잠기고는 했다. 새벽이 되자 눈까지 날리고 있었다.

조용한 아침의 나라 조선에 눈이 내리고 있었다. 함박눈이 소복하게 내렸다. 부용은 눈이 내리자 우산을 쓰고 영사관으로 왔다. 어깨에 쓰개치마를 두르고 있어서 마치 망토를 걸치고 있는 것 같았다.

"눈을 맞고 왔네요."

나는 그녀를 소파로 안내했다. 눈이 오기 때문일까. 그녀의 얼굴도 상기되어 있는 것 같았다.

영사관 접견실의 창으로 눈이 내리는 마당이 보이고 있었다.

"극은 잘 써지고 있어요?"

부용이 밝게 웃으면서 물었다.

"예."

나는 부용을 마주보고 앉았다. 왕비와 부용에 대해서 각각의 극본을 쓰고 있었다. 왕비에 대해서 발레극을 쓰려던 생각이 그녀에게 옮겨가고 있었다.

요리사인 요하나가 홍차를 가지고 왔다. 나는 홍차를 마시면서 부용과 대화를 했다.

부용은 조심스러워하면서 왕비에 대한 이야기를 해주었다.

왕비의 어린 시절, 학문, 그녀의 가문에 대해서 이야기를 했다. 왕비 민씨는 전통적인 왕비 가문 출신으로 조선인들이 좋아하는 인현왕후의 후손이었다.

나는 왕비가 된 뒤에 그녀가 겪은 이야기도 부용에게 들을 수 있었다.

"왕비전하가 정치에 관여하고 있습니까?"

왕비에 대해서 여러 가지 좋지 않은 소문이 나돌고 있었다.

"우리 국왕전하는 성품이 여려요. 아버지 대원군 합하에게 정치를 모두 맡겼어요. 대원군은 천주교 교인들 수만 명을 죽였어요."

부용은 국왕에 대해서도 이야기를 했다. 그가 불과 12세에 왕이 되고 자신보다 한 살이 더 많은 왕비와 15세에 결혼을 했다는 것이다.

"왜 천주교인들을 죽인 겁니까?"

"조선은 천주교가 불법이었어요. 조선이 유학을 국교로 숭상했으니까요."

조선은 중국의 공자를 성인으로 받들면서 그의 가르침을 국교로 삼고 있었다.

"왕비전하는 국왕전하 대신 권력을 되찾은 것인가요?"

"왕비전하의 동생 민승호 대감과 함께 대원군을 축출했어요."

"대원군을 축출한 뒤에 정책이 달라졌나요?"

"달라졌어요. 천주교의 포교를 허락하고 개항을 했어요. 일본이 강압적으로 개항을 요구한 것이기는 하지만 수신사까지 파견하여 일본의 신문물을 보고 오게 했어요. 예조참의 김기수라는 관리가 파견되었는데 돌아와서 국왕전하와 왕비전하에게 상세하게 보고했어요."

"어떤 점을 보고했나요?"

"그는 기차를 처음 타보았고 일본이 놀라울 정도로 발전한 것을 봤어요. 왕비전하는 개화를 결정하고 신식군대인 별기군을 창설했어요. 일본 장교에게 훈련을 맡겼죠."

부용은 김기수라는 인물이 쓴 《일동기유》라는 책에 대해서도 이야기를 했다. 일본인들의 무도회에서 남녀가 허리를 안고 춤을 추는 것을 보고 김기수가 놀라서 짐승 같은 짓이라고 했다는 대목에서 나는 웃음이 나왔다.

'무도회에서 춤을 추는 것을 보고 짐승같은 짓이라고 하다니……'

나는 어이가 없었다. 그러나 수천 년 동안 서양인을 만나본 일이 없는 동양인으로서는 어쩔 수 없는 일이라고 생각했다.

"그런데 왕궁에서 쫓겨난 일도 있잖아요?"

"조선은 부패가 심했어요. 군대가 불만을 품자 대원군이 이들을 조종하여 반란을 일으켰어요. 반란군이 한양을 돌아다니면서 대신들을 마구 죽이고 왕궁으로 쳐들어갔어요."

그때의 사건을 조선에서는 임오군란(壬午軍亂)이라고 불렀다. 반란을 일으킨 자들은 구식군대였고, 그들은 녹봉이 몇 달째 밀려 불만이 팽배해 있었다.

원인은 전라도에서 올라오는 세곡선(稅穀船)이 침몰하여 올라오지 못한 탓이라고 했다.

세곡은 세금으로 걷는 쌀이다. 그 쌀이 한양으로 올라오지 못하면서 구식군대에 녹봉을 지급하지 못해 불만이 팽배해진 것이다.

"군대의 불만이 왜 왕으로 향하지 않고 왕비에게 향한 것입니까?"

"왕비의 동생 민겸호라는 사람이 녹봉을 지급하는 책임자로 있었기 때문이에요."

"부패했습니까?"

"부패했어요. 대원군의 형인 흥인군도 부패했고요."

"그래서 어떻게 되었습니까?"

"대원군이 구식군대의 불만을 왕비전하에게 돌리게 했어요. 모든 원인이 왕비가 정치에 참여하여 일어난 사단이니 왕비를 몰아내야 한다고 선동했고, 군중들은 흥분하여 왕비전하를 죽이라고 함성을 지르면서 대궐을 짓밟았어요."

"왕비는 어떻게 되었습니까?"

"홍계훈이라는 무예별감이 충주 장호원으로 피신을 시켰어요."

"국왕전하는 아무 피해도 입지 않았나요?"

"대원군이 등장하여 왕비가 죽었다고 발표를 하여 군중들을 진정시키고 자신이 정권을 장악했어요."

"왕비전하는 어떻게 복귀했습니까?"

"청나라를 동원하여 한양을 점령하고 구식군대를 무력화시키고 대원군 정권을 무너트렸어요. 왕비전하는 충주에 피신해 있다가 왕궁으로 복귀했고요."

나는 고개를 끄덕거렸다. 조선의 왕비가 정치력이 뛰어난 것은 틀림없는 것 같았다.

"서양의 여러 나라가 통상을 하게 되었는데……."

"유림의 반대가 심했기 때문에 청나라를 동원했어요."

청나라는 조선의 상국(上國)이다. 서양인들의 통상요구가 계속되자 조선은 청나라에 자문(咨文)을 구했고, 청나라에서는 통상을 허락하라는 자문을 보내왔다. 그러잖아도 외국에 개항을 하고 싶었던 국왕과 왕비는 청나라를 핑계로 개항을 했다는 것이다.

"부용 양은 독일어를 잘하는데 누구에게 배운 것입니까?"

"묄렌도르프에게 배웠어요."

"그는 조선에 잘했나요?"

"외국과의 통상이나 협상에 경험이 없는 조선을 도와 왕실의 통역겸 고문관으로 일을 했어요. 통상장정이 이 사람에 의해 작성된 것이나 마찬가지예요."

"그럼 조선에 공로가 있는 건가요?"

"개화당들은 그가 개화를 반대했다고 그래요."

"개화에 반대했나요?"

"급진적인 것을 반대했어요."

조선은 이 무렵 개화당과 수구당이 대립하고 있었다. 김옥균을 비롯한 개화당은 일본을 등에 업고 급진적인 개화를 하려고 하여 수구당의 반발을 불러왔다. 수구당은 이들을 조진당(躁進黨)이라고까지 비난했다. 조진당은 한문으로는 '급하게 앞으로 나아간다'는 뜻이었으나 한글로는 욕설이었다.

개화당의 김옥균, 홍영식, 박영효 등은 결국 1884년 갑신정변(甲申政變)을 일으켰다. 이들의 정변은 조선을 개혁하려는 것이었으나 일본을 등에 업고 왕권을 유명무실하게 만들려고 하여 청나라가 개입하여 3일 만에 진압이 되었다.

이 과정에서도 조선의 왕비는 외교력을 발휘하여 청나라를 움직였고, 결국 왕권을 되찾아왔다.

나는 무겁게 한숨을 내쉬었다. 조선의 운명이 바람 앞에 촛불처럼 위태로운 것 같았다. 부용은 조선에 대해 자세하게 설명을 해주었다.

창밖에는 엠마와 엘리나가 눈이 날리는 것을 보면서 뛰어놀고 있었다.

부용이 나에게 질문을 하기 시작했다. 그리고 그것을 일일이 붓으로 기록했다. 그녀는 먹물이 담긴 작은 통과 붓 그리고 종이를 항상 가지고 다녔다.

그녀는 붓으로 글을 쓰는데 펜으로 쓰는 것처럼 가늘게 잘 썼다. 나중에는 나에게 유럽의 지도까지 빌려달라고 하여 종이에 그렸다.

"부용 양은 내가 보기에 왕비전하 못지않은 분인 것 같아요."

나는 부용에게 감탄했다.

"그렇게 말을 하면 내가 불충한 여자가 돼요. 왕비전하와 비교하면 안 돼요."

부용이 정색을 했다.

"자료를 조사하다가 보니까 여러 가지 분야에 뛰어난 것 같아요. 대체로 어떤 일을 합니까?"

"기생은 많은 것을 배워요. 금기서화(琴棋書畵)라고 해서 거문고, 바둑, 글씨, 그림을 기본으로 배우고 활도 쏘고 격구도 해요."

"활도 쏩니까?"

내가 놀라서 물었다.

"네."

"잘 쏩니까?"

"제가 지는 것을 좋아하지 않아서요."

부용이 피식 웃었다. 그녀의 태도로 보아 활을 잘 쏠 것 같았다.

"활 쏘는 걸 구경시켜 줄 수 있습니까?"

"그럼 남산으로 가요."

영사관에서 남산의 활터까지는 가까웠다. 눈이 오고 있기 때문에 산책하는 기분으로 가기로 했다. 부용이 활을 쏜다고 하자 랜스돌프 영사와 부인 이자벨까지 같이 가기로 했다. 독일 군사들이 호위했다.

활터에는 작은 정자가 있고, 활터를 관리하는 노인의 초가집이 한 채 있었다. 부용이 활을 쏘러 자주 왔기 때문에 활과 화살은 초가집에서 보관하고 있었다. 눈이 오고 있어서인지 활 쏘는 사람이 전혀 없었다.

"아씨, 눈이 오는데도 활을 쏘십니까?"

"몇 순만 쏘고 갈게요."

"그러십쇼."

부용과 노인이 이야기를 하더니 부용이 정자로 올라갔다. 멀리 과녁이 보였다.

"한번 쏴 보시겠어요?"

부용이 눈웃음을 치면서 나에게 물었다. 나는 고개를 흔들었다. 조선의 활과 유럽의 활은 달랐다. 조선의 활이 유럽의 활보다 작은 것 같았다.

"내가 한번 쏴 볼까?"

랜스돌프가 나섰다. 그가 시위를 당겨 활을 쏘았으나 맞지 않았다. 이번에는 영사관 무관인 루돌프 중위가 쏘았으나 역시 맞지 않았다.

"부용 양이 쏴 봐요."

이자벨이 말했다.

부용이 미소를 짓고 활을 잡았다. 그녀는 익숙한 손놀림으로 화살을 시윗줄에 걸고 과녁을 조준했다.

나는 긴장하여 그녀를 지켜보았다.

이내 부용이 시윗줄을 놓았다. 화살은 거의 소리도 없이 날아가 과녁에 꽂혔다.

"와아!"

나는 박수를 쳤다. 병사들까지 모두 박수를 쳤다.

부용은 화살 열 개를 쏘았는데 화살 열 개가 모두 과녁에 꽂혔다.

'여자가 어떻게 이렇게 활을 잘 쏴?'

나는 부용이 신기했다. 부용은 조선의 모든 여자들이 활을 잘 쏘는 것은 아니라고 했다.

활쏘기를 마친 뒤에 남산을 산책했다. 눈이 오고 있어서 정상까지 올라갈 수는 없었다. 산중턱에서 눈이 내리는 한양 장안을 내려다보자 멀리 왕궁까지 보였다. 왕궁과 관청들, 잿빛의 기와집들이 그림처럼 아름다웠다.

"정말 조용한 나라네요."

이자벨이 감탄하여 말했다. 서양에서는 조선을 '조용한 아침의 나라'라고 불렀다.

나는 아름다운 한양 장안을 내려다보면서 틈틈이 부용의 얼굴을 쳐다보았다. 그녀가 조선의 여자들 중에서 미인인 것은 틀림없었다.

그러나 그녀가 더욱 돋보이는 것은 춤과 노래, 그리고 유창한 외국어 실력이었다. 부용은 조선의 여자 중에서 특별했다.

나는 부용이 아름다우면서 매력이 있는 여자라고 생각했다.

눈이 내리는 남산은 아름다웠다. 나뭇가지에도 눈이 쌓여 꽃이 핀 것 같았다.

"오스트리아에도 눈이 많이 오는데 조선도 눈이 많이 오고 있네요."

이자벨이 말했다.

"눈이 올 때 조선은 조심해야 돼요."

부용이 웃으면서 말했다.

"왜요?"

"조선에는 호랑이가 많아요. 눈이 오면 마을까지 내려와서 사람들을 공격하죠."

"어머나!"

"옛날에는 왕궁까지 호랑이가 내려온 일이 있어요. 요즘은 도성에는 나타나지 않지만 도성 밖에 나갈 때는 조심해야 돼요. 옛날에는 국왕이 군사를 이끌고 호랑이를 잡으러 다니기도 했어요."

"국왕이 사냥은 무얼로 합니까?"

랜스돌프가 물었다.

"활로 하죠."

부용이 웃었다.

"부용 양도 호랑이 사냥을 다닌 적이 있어요?"

내가 부용에게 말했다.

"나는 없어요."

부용이 고개를 흔들었다.

산책을 하고 영사관으로 돌아오자 부용은 돌아가려고 했다. 그러자 이자벨이 그녀를 저녁식사에 초대했다.

"제가 영사관에서 저녁식사를 해도 될까요?"

부용은 약간 난처한 표정이었다.

"그럼요."

이자벨은 부용을 좋아하고 있었다. 엠마도 부용에게 저녁식사를 하라고 청했다.

부용은 단순한 기생이 아니다. 조선 왕자의 여자이니 영사 가족과의 저녁식사에 격이 떨어지지 않는다.

부용은 이자벨이 저녁식사를 준비하는 것을 도왔다. 서양인들의 요리 방법에 호기심을 갖고 있었다.

이내 저녁식사가 시작되었다. 부용은 식사를 하면서 오스트리아와 독일, 영국, 프랑스에 대해서 물었다. 일본의 야만적인 이권쟁탈 행위에 대해서도 비판했다.

나는 부용의 질문에 상세하게 대답을 해주었다. 랜스돌프도 유럽의 발전과 변화에 대해서 이야기를 해주었다. 그녀는 마치 호기심이 많은 대학생 같았다.

저녁식사를 하면서 와인도 마셨다. 부용은 저녁식사가 끝나자 이자벨의 초대에 감사를 드린다면서 노래를 한 곡 불렀다. 엠마가 그녀를 졸랐다.

조선국 독일 영사관 이자벨님
얼굴은 단정하고 마음씨는 곱도다.
눈썹은 길고 눈은 귀밀머리를 향하고
코는 오뚝하고 입이 자그만하니 미인 중의 미인이라
입술은 향기롭고 부드러우며
치는 그중에서도 제일 붉고 윤태 나네.
허리는 호리호리하고 발은 꼭 싸매 맵시 좋으니
다른 것은 더 묻지 마셔요.
영사 부인들 중에 제일 미인이랍니다.

노래가 아름다워 이자벨이 번역을 해달라고 청했다.

부용은 노래가 조선의 아름다운 아가씨가 부르는 노래라면서 번역을 해주었다.

이자벨과 엠마가 감탄하여 박수를 쳤다. 나도 가사가 재미있어서 웃음이 나왔다.

나는 그녀가 돌아갈 때 바래다주었다. 눈은 그쳐 있었고 거리는 어두웠다. 나는 등불을 들고 그녀와 함께 걸었다.

조선은 밤이 되면 사람들이 통행을 하지 않는다. 눈은 발목까지 쌓여 있었다.

"부용 양."

"네."

"눈 때문에 걷히기 쉽지 않은데 내 손을 잡으세요."

"조선에서는……."

조선에서는 남자와 여자가 손을 잡고 다닐 수 없다. 더구나 서양인의 손을 잡는다는 상상도 하지 못할 일이다.

"괜찮아요. 눈 때문인데……."

부용이 손을 내밀었다. 그녀는 대범했다. 나는 부용의 손을 잡았다. 그녀의 손은 작고 따뜻했다.

격구대회

조선인들이 명절처럼 즐기는 동짓날이 돌아왔다. 동짓날은 일 년 밤이 가장 긴 날인데 조선인들은 팥죽을 먹으면서 즐긴다고 했다. 풍속이 거의 사라지기는 했으나 격구를 즐기기도 했다.

조선의 정국은 연말이 가까워지면서 숨가쁘게 움직이고 있었다. 서양의 각국 공사관은 촉각을 곤두세우고 있었다.

민족 종교인 동학이 세워진 지 50년이 된 동학교가 포교의 자유를 요구하면서 대규모의 집회를 열고 있었다.

'왜 동학을 허락하지 않는 것일까?'

나는 조선인들을 이해할 수 없었다. 조선인은 오로지 그들이 500년 동안 숭상해 온 성리학 외에는 모든 종교를 이단으로 몰아붙이고 있었다.

나는 부용이 격구대회에 출전한다고 하자 기대가 되었다. 그녀가 말을 타고 볼을 치는 모습을 상상하면서 웃었다.

'활을 잘 쏘니 말도 잘 타는 것인가?'

나는 부용이 다양한 능력을 갖고 있다고 생각했다. 그것은 신기할 정도였다. 조선인 중에도 말을 타고 활을 쏘는 여자는 많지 않았다.

조선의 겨울은 몹시 추웠다. 나뭇잎은 모두 떨어지고 찬바람이 불었다. 그러나 사흘은 춥고 나흘은 따뜻한 날이 계속되었다.

동짓날이 되자 나는 이자벨과 함께 엠마를 데리고 뚝섬으로 갔다. 랜스돌프는 영국공사와 약속이 있었다. 부용이 왕자의 하인들을 보내 안내도 하고 신변보호도 해주었다. 영사관의 하인들도 데리고 갔다.

날씨는 추웠다.

거리로 나서자 조선인들이 우리 일행을 힐끔거리고 살폈다. 엠마는 거리를 구경하면서 즐거워했다.

뚝섬까지는 한 시간이 더 걸렸다.

하늘은 잿빛으로 흐렸으나 뚝섬 강변에는 조선인들이 구름처럼 몰려와 있었다. 곳곳에서 솥을 걸고 음식을 끓여 조선 전통 음식인 떡과 고기를 팔고, 술도 팔았다.

나는 이언 왕자의 하인 안내로 한쪽에 서서 구경을 하게 되었다. 이자벨은 조선인들이 수군거리면서 쳐다보자 긴장했다.

격구는 뜻밖에 여자들이 하고 있었다. 여자들이 말을 타고 달리면서 볼을 쳐서 상대방의 진영에 넣는 것이었다. 영국의 폴로와 비슷했다.

조선왕조 초기에는 무과 시험에도 들어갈 정도로 많은 사람이 즐겼다고 했다. 주로 남자가 하는 경기인데 언제부터인지 기생들이 1년에 한 번 동짓날에 즐긴다고 했다.

우리가 격구를 하는 곳에 나타나자 부용이 찾아와서 인사를 했다. 그녀는 같이 격구를 하는 여자들과 같이 왔다.

"와 주셔서 고마워요. 즐거운 시간 되세요."

"초대해 주셔서 기뻐요. 응원할게요."

부용이 이자벨과 먼저 인사를 나누었다.

"부용 양!"

엠마가 소리를 지르자 부용이 엠마를 번쩍 안았다가 내려놓았다.

"호호, 이런 행사는 많지 않아요. 앞으로 또 열릴지도 알 수 없고요."

부용이 나를 보면서 말했다.

"멋진 활약 기대할게요."

나는 부용의 손이라도 잡고 싶었으나 손을 내밀지는 못했다.

부용과 같이 온 여자들은 인형 같은 서양 아이인 엠마에게 관심을
기울였다. 엠마의 손을 잡고 뺨을 만지면서 신기해했다. 엠마가 얼굴
을 찡그리자 부용이 만지지 못하게 했다. 여자들은 엠마와 이자벨이
입고 있는 드레스를 만져보기도 했다.

이내 그녀들은 말이 있는 곳으로 갔다.

그녀들이 말에 올라타자 사람들이 박수를 치면서 환호했다. 뚝섬
에는 한양의 이름난 기생들이 오기 때문에 기생들을 구경하러 오는
사람들도 많았다.

"부용은 못하는 게 없네요."

이자벨이 감탄하여 말했다.

"신기한 여자인 것 같아요."

나는 말 위에 앉아 있는 부용을 보면서 대답했다. 서양에서도 여자
들이 격구나 폴로를 하는 것을 거의 본 일이 없었다.

부용은 붉은 치마저고리를 입은 팀이었다. 상대팀은 청색 옷을 입
고 있었다.

"말을 탄 모습이 당당해요."

"보기가 참 좋네요."

"기생이라고 하는데……."

"일반 기생하고는 다르대요. 조선에서는 음악을 하고 춤을 추는 여자들을 모두 기생이라고 한대요. 국가가 관리하는 장악원 여자들은 기생이라고는 부르는데 술집에서는 일을 하지 않는 것 같아요. 조선은 예술인이라는 개념이 없는 것 같아요."

부용은 형식적으로 기생이었으나 왕자 이언과 조선의 왕비에게 상당한 대우를 받고 있었다.

부용이 말에 앉아서 우리에게 손을 흔들었다. 나는 그녀가 눈이 부시게 아름답다고 생각했다.

이내 경기가 시작되었다. 경기는 두 팀이 4대4로 대결했다.

부용은 구장을 종횡무진으로 누비며 볼을 쳤다. 말을 너무나 잘 타서 바람처럼 빨랐다. 그녀가 볼을 칠 때마다 사람들이 함성을 질렀다. 상대방 팀도 만만치 않았다. 양팀은 서로 볼을 주고받으면서 팽팽한 경기를 펼쳤다.

"대단하네요. 어떻게 저럴 수가 있어요?"

이자벨은 입이 다물어지지 않는다는 표정이었다.

"말을 잘 타네요."

부용이 언제 말을 타는 것을 배웠는지 알 수 없었다.

경기는 승리가 중요하지 않는 것 같았다.

한쪽에서는 무대가 만들어지고 조선의 전통 노래인 민요가 불려지고 있었다. 그곳에도 많은 사람들이 몰려들어 구경을 하고 있었다. 축제나 다를 바 없었다.

격구대회가 끝나자 번외경기로 활쏘기 경기까지 벌어졌다. 조선에는 뜻밖에 활을 잘 쏘는 여자들이 많았다. 10세를 조금 넘었을 것 같은 여자들부터 노인으로 여겨지는 여자들까지 활을 쏘았다.

'여성들의 날인가?'

기사경기도 여자들만 참여하고 있었다.

부용은 말을 타고 달리면서 활을 쏘아 사람들의 박수갈채를 받았다.

"명궁이다."

부용이 말을 타고 활을 쏘는 모습이 전사들 같았다.

'말을 타고 활을 쏘다니……'

나는 부용이 경이로운 여자라고 생각했다.

부용은 경기가 끝나자 우리에게 왔다. 이자벨과 나는 박수를 쳐주었다. 부용은 우리를 데리고 음식을 팔고 있는 천막 안으로 들어갔다.

조선인들이 웅성거리면서 우리를 쏘아보았으나 부용이 데리고 온 하인들이 지켜 주었다.

조선인들은 왕자님의 손님이라고 하자 누구도 위해를 하려고 하지 않았다.

"이것은 팥죽이라는 전통 음식인데 이웃끼리 나누어 먹어요."

부용이 팥죽을 사 주었다.

팥죽은 뜻밖에 달콤했다. 엠마는 몇 숟가락밖에 뜨지 않았다. 이자벨도 반만 먹었으나 나는 한 그릇을 다 먹었다.

부용은 난전에서 엠마에게 노리개와 복주머니를 사 주었다.

그날 영사관으로 돌아온 뒤에는 잠을 이루지 못했다. 나는 부용이 격구를 하고 활을 쏘는 모습을 오랫동안 잊을 수가 없었다. 부용이 너무나 아름다웠다.

부용과는 그날 이후 더욱 가깝게 지낼 수 있었다. 그녀와 이야기를 하고, 그녀와 조선의 한양 일대를 돌아다니면서 많은 이야기를 했다.

왕자가 군사훈련을 받으러 갔기 때문에 그녀는 시간이 많다고 했다. 왕자와의 관계에 대해서도 이야기를 했다. 그녀는 왕자와 길례를 올릴 예정이며 그녀는 왕자와 평생을 함께 할 것이라고 했다.

조선 여자들의 절개에 대해서도 이야기를 했다. 조선은 남자가 죽었을 때 여자가 따라 죽으면 열녀나 절부라고 칭송을 받는다고 했다.

양반 여자는 남자가 죽은 뒤에 개가를 할 수 없고, 개가를 하면 그 집의 남자는 벼슬에 나갈 수 없다고 했다.

어느 시골 마을에서 남자가 희롱하느라고 여자의 팔을 만졌는데 여자가 절개를 훼손당했다면서 스스로 팔을 잘랐다고 했다. 여자는 절부로 칭송을 받아 열녀문이 세워지고, 여자를 희롱한 천민 남자는 목이 잘렸다고 했다.

"무서운 일이네요. 어떻게 그런 일이 있어요?"

나는 부용과 함께 한강까지 걸었다. 한강은 얼음이 얼어 있었고, 아이들이 썰매를 타고 있었다.

"당찬 여자도 있었어요."

"어떤 여자인데요?"

"어느 마을에서 여자가 절개를 훼손당했다고 자기 손목을 잘랐어요."

"맙소사!"

"송 씨라는 여자는 그 이야기를 듣고 손목을 구해 오게 하고 제사를 지냈대요. 손목아, 네가 무슨 죄가 있어서 이런 변을 당하느냐? 송 씨라는 여자는 그때 열 살밖에 되지 않았는데 이런 제사를 지내자 유림이 발칵 뒤집혔대요."

"송 씨라는 여자가 처벌받았겠네요?"

"아니요. 조선은 열 살 이하의 어린아이는 처벌하지 않아요."

"그럼 그 여자는 어떻게 되었습니까?"

"나중에 고관의 부인이 되었어요."

"하하."

나는 웃음이 나왔다.

"하인리히 씨에게 고마워요. 나는 하인리히 씨를 통해 많은 공부가 되었어요. 우물 안 개구리가 넓은 세상을 보게 된 것 같아요."

"도움이 되었다면 기쁩니다.

"저기에 작은 섬이 있지요?"

부용이 강에 있는 작은 섬을 가리켰다.

"예."

"저 섬의 이름이 난지도(蘭芝島)예요."

"난지도?"

"난초와 지초라는 향기가 좋은 꽃들이 많이 피어서 그렇게 불러요."

"아……."

"조선에 지란지교(芝蘭之交)라는 말이 있어요."

"무슨 뜻입니까?"

"난초와 지초처럼 향기를 풍기는 좋은 교우관계를 말해요."

"향기를 풍기는 친구……."

"나는 하인리히 씨와 지란지교가 되고 싶어요."

나는 부용의 말에 감동했다.

"나는 친구의 얼굴을 수놓아서 벽에 걸어놓고 날마다 보고 또 보면서 술을 마시리… 〈책만 아는 바보〉 간서치 이덕무라는 사람이 남긴 이야기예요."

사랑하는 사람이 아닌 친구도 그렇게 보고 싶을까. 나는 이덕무에 대해서도 궁금해졌다.

바람이 차갑게 불고 있었다. 바람이 허공을 달려오는 소리가 삭막

했다.

부용은 거문고를 연주하다가 우두커니 허공을 보았다. 왕자 이언이 훈련을 받으러 간지 어느덧 두 달이 되었다. 이제 곧 한 해가 가고 새 해가 온다.

'왕자님이 돌아오실 때가 되지 않았나?'

추운 날씨에 산속에서 훈련을 받는 일이 고통스러울 것이다.

어머니 오 씨는 부용의 앞에 앉아서 만두를 빚고 있었다. 설날 차례 음식을 준비하고 있는 것이다.

"왜? 영사관에 가려고?"

어머니가 마땅치 않은 듯이 부용에게 말했다.

"영사관?"

부용은 오 씨를 쳐다보았다. 오늘은 하인리히와 약속이 없었다.

"외간 남자를 너무 자주 만나는 거 아니야? 더구나 서양인을…….."

"그냥 통역 때문에 만나는 거야. 서양에 대해서 배울 것도 많고…….."

"시국이 어수선할 때일수록 조심해야 돼."

"나는 좋은 친구로 생각하는데… 예의도 바른 사람이야."

"남자와 여자 사이에 친구가 어디 있어? 왕자님이 안 계시니 더욱 삼가야지. 여자는 절개를 목숨처럼 생각해야 하는 거야."

"아니야. 남자는 절개, 여자는 지조야. 호호…….."

부용이 깔깔대고 웃었다. 왜 여자만 절개를 지켜야 돼? 남자는 본부인과 첩을 거느리고 살면서 여자는 한 남자만 섬겨야 돼? 서양은 그런 일이 없다고 했다.

"얘가 무슨 소리를 하는 거야?"

오 씨가 눈을 흘겼다. 부용은 다시 거문고를 연주하기 시작했다. 오

씨는 얌전하게 만두만 빚고 있다. 어머니의 얼굴이 시름에 젖어 있다. 서른 살이 못 되었을 때 청상과부가 되어 이제껏 혼자 살고 있다.

"어머니는 왜 개가 안 해?"

부용은 어머니를 살피면서 가만히 물었다.

"무슨 소리야?"

"혼자 사는 게 외롭지 않아? 외로우면 개가를 해도 되잖아?"

어머니는 혼자 사는 것이 외로울 것이다.

"어미가 돌이라도 맞아 죽으면 좋겠냐?"

개가를 하다가 돌팔매질을 당하는 경우도 있었다.

"나 시집가면 어떻게 할 거야?"

"시집간다고 안 보고 살아?"

"그래도. 혼자 살아야 할 거 아니야? 개가해."

"내가 개가를 하면 너는 어떻게 시집을 갈 거야?"

개가한 집안은 부정한 집이라고 해서 시집을 가기 어렵다.

그때 대문을 흔드는 소리가 들렸다. 부용이 나가서 대문을 열자 낯이 익은 상궁이 가마를 대령하고 있었다.

"중전마마께서 찾으십니다."

상궁이 얌전하게 허리를 숙였다.

"예. 잠시만 기다려 주세요."

부용은 방으로 돌아와 오 씨에게 이야기를 하고 옷을 갈아입고 단장을 했다. 오 씨가 무슨 일인지 의아해 했으나 부용도 알 수 없었다.

부용은 단장을 마치자 가마를 타고 왕궁으로 갔다. 왕궁의 측문인 영추문에서는 가마를 내려 걸어서 들어갔다.

'마마께서 무슨 일로 부르시는 것일까?'

부용은 민씨의 얼굴을 생각하자 바짝 긴장이 되었다. 통역 문제로 왕궁에 몇 번 들어간 일이 있었으나 자주 가지는 못했다. 통역을 하는 일이 아니었으면 왕궁에 들어가 본 일도 없었을 것이다.

겨울이라 왕궁은 나뭇가지들이 모두 떨어져 앙상했고 곳곳의 전각들이 추위에 몸을 떨고 있는 것 같았다. 경회루의 연못도 얼어 있었다.

부용은 조심스럽게 상궁을 따라 왕궁을 걸었다. 경회루의 뒤를 돌아 왕궁 가장 안쪽에 있는 건청궁으로 갔다. 왕비 민씨는 처소인 교태전을 비워 두고 항상 건청궁에 있었다.

"마마, 다녀왔습니다."

상궁이 곤령합 앞에서 머리를 조아렸다.

부용은 가만히 심호흡을 했다.

"들여보내라."

민씨의 냉랭한 목소리가 들렸다. 그녀의 목소리는 언제나 꼬챙이처럼 날카로웠다.

"예."

상궁이 머리를 조아렸다. 상궁이 부용에게 눈짓을 하고 섬돌로 올라섰다.

부용은 상궁을 따라 섬돌로 올라갔다. 상궁이 먼저 신발을 벗고 대청으로 올라가고 부용이 조심스럽게 뒤따라 올라갔다.

곤령합의 문 앞에도 궁녀 둘이 나란히 서 있었다.

"들어가세요."

상궁이 부용에게 말했다. 궁녀 둘이 문을 열었다. 부용은 다소곳이 고개를 숙이고 방으로 들어가다가 흠칫했다. 곤령합의 중앙에 왕이 앉아 있고, 왕의 오른쪽에 사선으로 떨어져 왕비 민씨가, 왕의 앞에는 작은 소반을 두고 왕세자 척이 앉아 있었다.

부용이 들어오자 왕세자가 옆으로 비켜 앉았다.

'전하께서 부르신 건가?'

부용은 바짝 긴장했다. 조심스럽게 왕에게 절을 올렸다.

"소인 문후드리옵니다."

부용은 절을 하고 바짝 엎드렸다. 왕 앞에서는 함부로 고개를 들어서는 안 된다.

"고개를 들거라."

왕이 영을 내렸다. 부용은 조심스럽게 머리를 들었다.

"통변하는 아이가 아닌가?"

익선관을 쓰고 용포를 입은 왕이 눈살을 잔뜩 찌푸렸다. 부용은 몇 번 왕을 알현한 일이 있었다. 얼굴은 둥글고 눈매는 유순하다.

12세에 왕이 되어 어느덧 30년이 되었다.

나름대로 국정을 이끌려고 노력했지만 결정적인 순간에는 뒤로 물러나 유약한 왕이라는 평가를 받고 있었다.

"의연군 아이입니다."

민씨가 나직하게 말했다. 유순한 왕과는 전혀 다르다. 성품은 강인하고 물러서지를 않아 여걸이라는 평가를 받았다. 얼굴은 길음하고 눈매가 날카롭다.

"의연군?"

"의연군이 머리를 올려준 것 같습니다."

"허어, 어찌 과인에게 고하지도 않고……."

왕이 혀를 찼다.

"아이가 참하고 총명하니 나무라지 마십시오."

민씨가 잔잔하게 웃었다. 왕은 더 이상 말하지 않았다. 왕비가 그렇다고 말하면 왕은 반대하지 않는다.

"한쪽으로 물러나 있어라."

민씨가 영을 내렸다.

"예."

부용은 조심스럽게 일어나 문쪽으로 가서 엎드렸다. 왕세자 척이 부용을 힐끗 쳐다보았다.

"오늘 의연군이 훈련을 마치고 온다. 그래서 불렀다."

민씨가 계속 말했다.

"예."

부용은 떨리는 목소리로 대답했다. 비로소 이언이 훈련을 마치고 돌아온다는 사실을 알 수 있었다. 이언이 돌아오는 자리에 부른 것은 그녀를 왕가의 일원으로 인정해 준 것이다.

무도회의 여자

옥좌는 왕궁의 북문인 신무문 앞에 놓여 있었다. 왕과 왕비를 따라 신무문 앞으로 가면서 부용은 눈이 커졌다. 신무문 앞에 검은 군복을 입고, 총을 멘 군인들이 4열로 도열해 있었다.

처음에는 일본군이 왕궁에 들어온 줄 알고 깜짝 놀랐다. 그러나 일본군이 아니었다. 일본군은 항상 일장기와 부대기를 앞세우고 다녔다.

군인들 앞에는 한 군사가 태극기를 들고 서 있고 좌우에는 봉황기를 든 군사가 꼿꼿이 서 있었다.

'왕궁시위대구나.'

부용은 가슴속에서 무엇인가 뜨거운 것이 치밀고 올라오는 것 같았다.

왕이 신무문 앞에 준비되어 있는 옥좌에 앉았다. 왕비와 왕세자가 그 옆에 앉고 부용은 뒤에 섰다. 세자빈은 몸이 아파서 나오지 않았다.

궁녀들과 내관들이 뒤에 빽빽하게 도열했다.

"일동 차렷!"

굵은 목소리가 고막을 때렸다. 시위대 참령으로 임명된 현승택의 목소리였다.

부용은 눈으로 시위대 군사들 중에서 이언을 찾았다. 그러나 똑같은 복장을 하고 똑같은 모자를 쓰고 있는 군사들 중에서 이언을 찾을 수가 없었다.

"지금부터 조선국 왕궁시위대 사열식을 거행하겠습니다."

현승택이 말했다. 추위까지 날려버릴 정도로 절도 있는 목소리였다. 군사들은 미동도 하지 않고 있었다.

"전원 차렷!"

현승택의 구령이 떨어졌다. 군사들이 일제히 차려 자세를 취했다.

"국왕전하께 경례!"

현승택의 구령에 군사들이 일제히 거수경례를 했다. 왕이 자리에서 일어났다.

현승택이 왕에게 경례를 했다.

"왕궁시위대 150명 훈련을 마치고 무사히 귀대하였기에 신고합니다."

현승택이 우렁찬 목소리로 말했다. 부용은 그때 군사들 맨 앞줄의 오른쪽 끝에 이언이 서 있는 것을 보았다.

눈빛이 매서울 정도로 강렬했다.

"그대들은 국가의 간성이다. 추운 날씨에 혹독한 훈련을 받았다는 말을 들었다. 그대들은 분발하여 국가를 수호하라."

왕이 짤막하게 말했다.

이내 사열이 시작되었다. 군사들이 줄을 맞춰 행군하고, 분열을 하고, 총검술을 했다. 그들의 동작은 절도가 있어서 아름답기까지 했다.

'너무 늠름해.'

부용은 그들의 사열에 감탄했다. 거리에서 일본군이 행군하는 것을 볼 때마다 위축감이 들고 분노했었다.

관문각에는 왕과 왕비, 그리고 이언이 의자에 앉아 있었다. 시중을 들던 궁녀들과 내시들까지 전각 밖으로 물린 뒤였다.

관문각은 양식으로 지은 건물이다. 유리창밖에 궁녀들이 대기하고 있는 것이 보였다.

"시위대에서 50명을 제외했다는 것이 무슨 뜻이냐?"

민씨가 날카로운 눈으로 이언을 쏘아보았다.

"전하의 군대를 따로 만들기 위해 제외했습니다. 오늘 사열식에 참석하지 않았습니다."

이언이 조용히 대답했다. 이언은 모자를 벗고 있었으나 군복을 입고 있어서 늠름해 보였다.

"그들은 어디에 있는 것이냐?"

"화악산에 있습니다."

"음."

왕이 무겁게 신음을 삼켰다. 왕을 지키는 군대가 필요하기는 했다. 그러나 군대를 양성하는 일에는 많은 자금이 들어간다. 왕이 따로 군대를 양성하는 것을 알면 일본이나 청나라가 좋아하지 않을 것이다. 조정대신들도 의아할 것이다. 화악산의 군대는 비밀리에 해야한다. 시위대는 왕궁을 호위할 것이고 화악산에서 훈련을 하는 군대는 국가를 지킬 것이다.

"자금을 어찌할 것이냐?"

"중전마마께서 준비해 주십시오."

"내가?"

"왕궁에 보물이 적지 않습니다. 그것을 내어 주십시오."

부용은 민씨의 얼굴을 보았다. 이언이 강경해졌다. 민씨는 코웃음을 치는 듯한 표정이다.

"이놈이 내 쌈짓돈까지 빼앗아가려고 하는구나. 하하."

민씨가 통쾌하게 웃었다. 기이한 일이었다. 민씨는 자신의 친아들인 왕세자를 더 사랑해야 하는데 이언에게 애정을 갖고 있는 것처럼 보였다.

"마마."

이언도 민씨를 따르고 있었다. 마치 투정을 부리는 듯한 말투였다.

"나는 싫다."

"재물은 아무리 많이 가지고 있어도 쓰지 않으면 소용이 없습니다. 애지중지하다가 써 보지도 못하고 빼앗기는 일이 종종 있습니다."

"말이 아주 늘었구나. 교언영색(巧言令色)이 아니냐?"

민씨가 눈을 흘겼다. 왕은 뚜렷한 생각이 없는 것 같았다. 잠시 묘한 침묵이 흘렀다. 부용은 왕과 왕비의 뒤에 서 있었다.

"저 아이를 믿느냐?"

민씨가 부용을 힐끗 쳐다보았다. 부용은 재빨리 고개를 숙였다.

"제 모든 것을 맡기려고 합니다."

"여자를 믿지 마라."

민씨가 높은 목소리로 웃었다. 민씨가 통쾌하게 웃는 것은 드문 일이다.

"내가 저 아이를 처음 본 것은 통변을 하는 어미를 따라 궁에 들어왔을 때지. 내가 왜 아이를 데리고 왔느냐고 추궁하자 오 씨는 대답을 못하는데 저 아이가 어미가 아파서 자신이 따라왔다고 하더라."

부용은 그때의 생각이 아련하게 떠올라왔다. 민씨의 눈빛이 부드러웠다.

"아이가 대신 통역을 했는데… 어른들 못지않게 잘했어. 그 후 내가 어여삐 여겨 수시로 불러서 챙겼다. 아이가 영특해. 활도 쏘고… 격구도 하고… 저 아이에게 내어 주겠다."

민씨가 잘라 말했다. 비밀 군대를 양성하는 자금을 부용에게 보내주겠다는 것이다.

"애야."

민씨가 부용을 불렀다. 부용이 민씨 앞에 와서 머리를 조아렸다.

"내 딸도 죽지 않았으면 이만 했으려나."

민씨가 부용의 손을 잡고 한숨을 내쉬었다.

민씨는 모두 4남 1녀를 낳았다. 그녀의 소생 중 4명이 죽고 왕세자 척만 성인으로 자랐다. 부용은 왕비의 말에 어머니와 같은 모성을 느꼈다.

"네가 그 일을 감당할 수 있겠느냐?"

왕이 부용에게 물었다.

"소인은 목숨을 걸고 임무를 수행하겠습니다."

부용이 무릎을 머리를 조아렸다.

"일어나라."

민씨가 미소를 지었다. 그러나 그녀의 미소 뒤에는 쓸쓸한 여운이 감돌았다. 조선과 일본은 전쟁의 위기로 치달리고 있었다.

일본이 전쟁의 명분으로 삼은 것은 방곡령으로 막대한 피해를 보았다면서 보상을 요구했다는 것이다. 게다가 어업권까지 일방적으로 일본인들에게 유리하게 요구했다.

조선은 이들의 요구를 거절했다. 일본 본국에서는 강경파가 득세하여 조선이 아프리카보다 미개하다, 조선과 전쟁을 하여 정복해야 한다는 주장이 팽배했다. 또한 그 관철하기 위해 강경파인 오이시 마사미를 공사로 파견하기로 했다. 조선은 그의 공사 파견을 반대했으나 일본은 그대로 밀어붙였다.

오이시 공사는 조선에 부임하자마자 왕과 왕비를 노골적으로 협박했다.

"우리는 언제든지 조선과 전쟁을 벌일 준비가 되어 있다. 전쟁이냐? 배상이냐? 선택하라!"

오이시 공사는 당장이라도 전쟁을 하겠다고 선언했다. 그가 요구한 배상액은 자그마치 21만 원으로 어마어마한 액수였다. 조선은 그 돈을 배상할 만한 돈도 없고 이유도 없었다.

"참으로 무도한 놈이다."

왕과 왕비는 치를 떨었다. 그러나 일본에 굴복할 수는 없었다. 왕과 왕비는 일본의 침략에 대비하는 한편 프랑스와 러시아에 도움을 청했다.

조선은 전쟁의 위기로 치달았다. 조선의 왕과 왕비는 긴박하게 움직였다. 조선을 전쟁터로 만들 수는 없었다.

프랑스의 르장드르 신부가 결정적인 역할을 했다. 그는 프랑스외방전교회 소속으로 병인박해 때 프랑스인 신부 9명이 순교를 했는데도 조선을 위해 러시아와 프랑스를 움직였다.

러시아와 프랑스는 르장드르의 활약으로 조선에서 전쟁이 일어나면 개입하겠다고 일본에 통보했다. 일본은 러시아와 프랑스가 나서자 멈칫할 수밖에 없었다.

1893년 전쟁의 위기는 사라졌다. 그러나 일시적인 것에 지나지 않았다. 일본은 집요하게 전쟁을 획책하고 있었다.

민씨는 일본과의 전쟁을 예감하고 있었다.

나는 글을 쓰다가 창밖을 내다보았다. 창밖으로 살을 엘 듯한 바람
이 불고 있었다.

나는 발레극을 쓰고 있었다.

어두운 하늘에 별이 떠 있는 것이 희미하게 보였다.

'조선이 점점 위태로워지고 있는데…….'

일본의 침략이 러시아와 프랑스의 개입으로 멈춰지는 듯 했으나
이번에는 일본이 청나라와의 전쟁을 획책했다. 그들은 조선을 보호
하고 있는 청나라를 조선에서 몰아내야 조선을 장악할 수 있다고 생
각했다.

일본이 유럽의 여러 나라들에 특사를 파견하여 전쟁 비용을 빌리
려고 한다는 정보가 각국 공사관에 알려졌다.

일본과 청나라의 전쟁이 벌어지면 조선의 운명이 어떻게 될지 모른다.

'부용도 위험해지는 것인가?'

조선이 멸망하게 되면 부용도 위험해질 수 있다. 나는 부용이 위험
해지면 오스트리아로 데리고 가야겠다고 생각했다.

그러던 어느날 이언이 나와 랜스돌프 가족을 계동궁으로 초대했다.

조선의 명절인 설날이 이틀 지났을 때였다. 조선에서는 음력설과 추
석이 가장 큰 명절이다. 아침에 조상에게 제사를 지내고 웃사람에게
세배를 한 뒤에 음식을 나누어 먹는다.

설날은 며칠 동안 계속된다.

거리는 축제가 벌어진 것 같았다. 관청이 쉬고 시장이 문을 닫았

다. 사람들은 새 옷을 입고 세배를 다녔다.

나는 랜스돌프의 가족들과 함께 그의 집에 가서 점심식사를 대접받았다. 부용이 상냥하게 통역을 하고 음식에 대해서도 설명을 해주었다. 조선의 전통음식을 풍성하게 차렸고 음식은 맛이 좋았다.

"훌륭한 식사입니다. 초대해 주셔서 감사드립니다."

랜스돌프가 감탄하여 말했다.

"너무 맛있어요. 조선의 맛있는 음식을 대접해 주셔서 감사드립니다."

이자벨도 이언에게 감사의 인사를 드렸다.

"엠마양은 어때요?"

이언이 엠마에게 물었다. 조선인들은 귀여운 엠마를 인형같다고 생각하고 있었다.

"맛있어요. 독일에 돌아가도 오랫동안 기억에 남을 것 같아요."

엠마가 생글거리고 웃으면서 대답했다.

이언은 음식을 먹으면서 정치 이야기는 하지 않았다. 그는 조선의 풍속에 대해서 이야기를 하고 세배에 대해서도 이야기를 했다.

엠마가 바이올린을 연주했고, 부용이 거문고를 연주해 주었다. 이언은 바이올린에 대해서도 관심을 기울였다.

이자벨은 영사관에서 열리는 무도회에 이언을 초대했다. 초대를 받았으니 대접을 해야하는 것이다.

이언은 기꺼이 참석하겠다고 했다.

풍성한 점심식사가 끝나자 걸어서 영사관으로 돌아오기 시작했다. 며칠 동안 날씨가 추웠는데 포근해져 있었다.

"삼촌은 이루어질 수 없는 사랑을 하고 있어요."

엠마가 내 손을 잡고 걸으면서 말했다.

"내가 누구를 사랑해?"

나는 엠마에게 눈을 흘기는 시늉을 했다. 엠마도 이제 열한 살이 되었다.

"삼촌이 부용 양을 사랑하는 걸 누구나 알고 있어요."

"부용 양은 조선 왕자의 여자다."

"그러니 이루어질 수 없는 사랑이죠."

"부용 양이 아름답지 않나?"

"아름다우면 뭘 해요? 가슴만 아플 텐데……."

엠마가 깔깔대고 웃었다. 엠마의 말은 옳았다. 나는 부용을 생각할 때마다 가슴이 아팠다.

이자벨은 무도회를 준비하기 위해 분주했다. 영사관에 악사들이 없어서 러시아공사관에서 악사들을 빌리고, 홀에 가구를 치우고 춤을 출 수 있는 장소를 마련했다.

엠마는 무도회를 손꼽아 기다렸다. 혼자서 춤 연습을 하고 뛰어놀았다.

'부용은 서양 춤을 추지 못할 텐데…….'

나는 부용이 왈츠를 출 수 있을지 의문이었다.

나는 발레극을 쓰는 데 열중했다. 발레극은 의외로 잘 써지지 않았다. 왕비를 소재로 한 발레극은 잘 써지고 있었으나 부용을 소재로 한 발레극은 진척이 이루어지지 않았다.

발레는 비극과 희극이 되풀이되어야 한다. 어려운 여건에서 왕자를 만나고 비극적으로 헤어졌다가 다시 만나 피날레를 장식해야 한다. 부용에게는 비극이 없었다. 그러나 그녀의 섬세한 춤은 서양에서는 볼 수 없는 것이었다. 그녀의 춤을 무대에 올리고 싶었다.

마침내 무도회 날이 왔다.

"삼촌은 첫 번째 춤을 나하고 춰야 돼요."

엠마가 나를 졸랐다. 며칠 전부터 춤 연습까지 하고 있는 엠마였다.

"내가 왜 너하고 춤을 춰야 하지?"

나는 어이가 없었다. 꼬마 숙녀의 당돌한 도발에 웃을 수밖에 없었다. 그러나 한창 무도회에 관심이 많은 나이였다.

"삼촌은 여자가 없잖아요? 내가 춤을 춰주는 걸 영광으로 생각하세요."

"엠마가 나에게 고마워해야 하는 거 아니야?"

"그런가?"

엠마가 해맑게 웃었다.

엠마는 무도회 날을 손꼽아 기다렸다. 그리고 마침내 그날이 온 것이다. 웨베르 러시아 공사 부부, 공사 부인의 언니 앙투아네트 손탁, 선교사 언더우드 부부, 오스트리아 공사 부부와 딸⋯⋯.

언더우드 부부는 조선에서 결혼을 했다. 그들이 혼인할 때 왕비가 축의금으로 100만 냥을 하사하고 민영환이 참석하여 축하를 해 주었다. 훗날 호사가들이 왕비가 축의금을 100만 냥이나 내놓았으니 사치한 일이라고 맹렬하게 비난했다. 그러나 조선은 인플레가 극심했고, 100만 냥이라고 해도 4백 달러밖에 되지 않았기 때문에 한 나라를 대표하는 왕비의 축의금으로 많은 것이 아니었다. 이러한 비난은 대부분 일본인들이 소문을 퍼트리고 있었다.

왕자 이언과 부용도 왔다. 그들은 모두 전통의상을 입고 있었다. 왕자는 머리를 깎았기 때문에 비난을 받았었다. 외출을 할 때는 조선의 전통 의상인 도포를 걸치고 갓을 써야 했다. 그러나 무도회장에 들어와 도포와 갓을 벗자 군복 차림이었다.

"어서 오세요. 왕자님이 오셔서 영광입니다."

랜스돌프와 이자벨이 그들을 맞이했다.

'눈을 맞고 오니 더 아름답네.'

나는 부용을 홀린 듯이 바라보았다.

"왕자님, 환영해요."

엠마가 내 옆에 서 있다가 왕자에게 상냥하게 인사를 했다.

"고마워요. 엠마 양."

왕자가 엠마에게 따뜻한 미소를 지어 주었다.

"어서 와요."

"초대해 주셔서 고마워요."

부용과 이자벨은 서로 포옹을 했다. 나는 그녀에게 눈으로 인사를 했다.

부용은 한복이 아름다웠다. 무도회에 참석한 유일한 조선 여인이었다.

이내 무도회가 시작되었다. 밖에는 가만가만 눈이 내리고 있었다.

무도회에 참석한 사람들이 모두 왕자를 둘러싸고 이야기를 나누었다.

왕자와 부용은 와인을 마시면서 사람들이 춤을 추는 것을 구경했다. 나는 춤을 추는 사람들보다 부용만 바라보았다.

"삼촌."

엠마가 나에게 왔다.

"알았다."

나는 어린 엠마와 춤을 추었다. 춤을 추면서도 부용의 모습을 눈으로 쫓았다. 엠마는 춤을 추는 데 온 정신을 집중했다. 이자벨이 부용을 데리고 홀을 나갔다.

'이자벨이 왜 부용을 데리고 가지?'

나는 엠마와 춤을 추면서도 부용에게 신경을 썼다.

음악은 감미로웠다. 악사들이 몇 명 되지 않았으나 눈이 내리는 겨울날의 연주였다. 그들이 왈츠를 연주하여 분위기를 달아오르게 만들었다.

"삼촌!"

내가 딴 곳을 보자 엠마가 무릎을 발로 찼다.

"왜 이래?"

나는 당황했다.

"숙녀에 대한 예의가 이 정도예요?"

엠마가 눈을 흘겼다. 그러나 꼬마숙녀 엠마와 춤을 추는 것은 즐겁지 않았다.

엠마는 화가 나자 왕자에게 달려가서 춤을 신청했다. 사람들이 일제히 웃음을 터트렸다. 왕자는 당혹스러운 표정이었다. 그러나 그녀의 손을 잡고 춤을 추는 시늉을 했다.

엠마는 왕자와 춤을 추게 되자 만족했다. 왕자가 춤을 추지 못하자 자신이 리드를 하여 사람들이 박수를 쳐 주었다.

그때 이자벨과 부용이 돌아왔다.

'아······.'

나는 부용을 보고 감탄했다. 그녀가 서양의 드레스로 갈아입고 나온 것이다.

부용은 왕자의 옆에서 소곤소곤 이야기를 나누었다. 검은 군복을 입은 왕자와 하얀 드레스를 입은 부용이 잘 어울렸다.

랜스돌프가 뜻밖에 부용에게 춤을 신청했다.

왕자가 고개를 끄덕이자 둘이 나가서 춤을 추었다.

부용은 왈츠가 낯설었다. 그러나 랜스돌프가 리드를 하자 금세 적응했다. 그녀는 뛰어난 무희인 것이다.

무도회장은 한편에서는 춤을 추고 한편에서는 대화를 했다.

그때 오이시 일본공사가 왔다. 그는 무지막지한 사내였다. 자신을 초대하지 않았다고 이자벨에게 노골적으로 불평했다.

그가 무도회장에 오자 분위기가 차가워졌다. 조선의 외아문 앞에서 방곡령 때문에 손해를 본 일본 상인들에게 배상을 하라고 요구하다가 피를 토하기도 했다. 그는 조선에 배상을 하지 않으면 할복을 하겠다고 위협을 하여 외국공사들까지 고개를 흔들었다.

결국 그는 공사직에서 해임되었는데 일본으로 돌아가지 않고 야료를 부리고 있었다. 조선의 왕자에게도 함부로 말을 했다. 조선인들이 야만인, 미개인이라는 말을 하여 손님들의 빈축을 샀다.

결국 이자벨이 화를 내면서 그에게 추방령을 내렸다. 랜스돌프는 일본 정부에 항의하겠다고 강경하게 말했다.

오이시는 투덜거리면서 돌아갔다.

"일본인들은 정말 무도하기 짝이 없어요."

한바탕 소란이 일어났으나 이자벨이 분위기를 바꾸었다. 왕자와 이자벨이 춤을 추고, 랜스돌프와 부용이 춤을 추었다.

나는 오랜 시간이 지난 뒤에야 부용과 춤을 출 수 있었다.

"일본인들은 정말 역겨워요."

부용이 나에게 속삭였다.

"너무 노여워하지 말아요."

나는 부용을 위로했다. 오이시의 비열한 행동에 나까지 분노가 일어나고 있었다.

부용과 춤을 추는 것은 황홀했다.

3부 풍전등화의 위기에 처한 조선의 현실

살곶이의 봄

조선의 겨울은 길었다.

그러나 어느덧 남쪽에서 따뜻한 남풍이 불기 시작했고, 양지쪽에 파릇파릇 봄풀이 돋아났다. 조선에 봄이 온 것이다.

부용은 자주 볼 수 없었다. 그녀는 분주했다. 조선에 대한 일본의 침략이 임박하여 조선 조정과 왕궁이 벌집을 쑤신 것 같았다.

조선에 있는 외교가도 정보를 주고받느라고 분주했다. 그러나 이 방인인 내가 할 일은 없었다. 독일의 입장은 이번 사태에 중립을 지키는 것이었다.

나는 봄이 햇살처럼 나부끼는 것을 보면서 발레극을 쓰는 데 열중했다. 왕비에 대한 발레극은 완성하여 오스트리아로 보냈다.

오스트리아에서는 8월까지 돌아오라고 했다. 나는 이제 몇 달만 지나면 조선을 떠나야 하는 것이다.

전라도 고부에서 동학 농민들이 봉기했다.

고부군수 조병갑은 군수로 부임하자 재물을 거두어들이기에 혈안이 되었다. 전라도 일대의 극심한 가뭄으로 흉년이 들었는데도 세금을 면제해 주지 않고 강제로 징수하여 원성을 샀다. 부자들에게는 불효하다느니, 음행을 했다느니, 이웃과 사이가 좋지 않다느니 터무니없는 죄명을 씌워 옥에 가두고 곤장을 때려죽이기까지 했다.

만석보를 개수한 뒤에 농민들에게 가혹한 물세를 거두고 이를 항의하는 농민들을 잡아다가 곤장을 때렸다.

전봉준의 아버지는 조병갑에게 민소(民訴)를 올렸다가 오히려 잡혀가서 곤장을 맞고 죽었다.

"고을 수령이라는 자가 민소를 올린 농민을 살해할 수 있는가?"

전봉준은 피눈물을 흘렸다.

전봉준은 동학 농민들과 함께 죽창을 들고 군청을 습격했다. 조병갑은 잠자다가 말고 이웃 군으로 달아났다.

"동학이 난을 일으켰으니 즉시 토벌해야 합니다."

조정에 상소가 빗발치듯이 올라왔다.

"수령의 탐학이 심합니다."

부패한 관리들을 처벌하라는 주장도 나왔다.

조정에서는 농민들이 봉기를 하자 장흥부사인 이용태를 안핵사로 파견했다.

이용태는 사건의 책임을 오로지 동학교도들에게 돌리고 가혹하게 잡아들였다.

이용태가 닥치는 대로 농민들을 체포하고 탄압하자 전봉준은 분개했다. 백산에서 사태의 추이를 지켜보던 전봉준은 안핵사 이용태가 오히려 농민들을 가혹하게 죽이자 분개하여 창의(倡義, 의를 위하여 일어남)의 깃발을 들었다. 그는 사발통문을 돌리고 백산에 집결할 것을 요구했다.

전라도 각지에서 농민들이 몰려와 숫자가 1만 명으로 늘어났다. 상황은 심상치 않았다.

전봉준은 동도대장, 손화중과 김개남을 총관령으로 삼았다. 동학농민군은 전라도 일대를 순식간에 장악하고 전라감영까지 점령하여 전라도 일대가 동학농민군의 천하가 되었다.

조정이 발칵 뒤집혔다.

조정은 홍계훈을 초토사에 임명하여 동학농민군을 진압하려고 했으나 그는 휘하에 군대가 없었다. 그는 강화도 포수군 8백 명을 동원하여 전라도로 출발했다.

동학농민들의 봉기는 예상하고 있던 일이었으나 외국 공사들도 비상한 관심을 갖고 있었다.

"이제 조선은 어떻게 될까요?"

이자벨도 걱정을 했다.

"앞으로 조선은 힘들어질 거야. 일본은 이 기회만 노리고 있을 테니까."

랜스돌프는 사태가 어느 방향으로 나아갈지 예측하고 있었다.

관군은 동학농민군을 진압하지 못했다. 홍계훈은 청나라에 원병을 요청하라고 조정에 요구했다. 조선조정은 우왕좌왕했다. 전라도 일대는 조정의 영향이 미치지 않고 있었다. 청나라군이 조선에 들어올 움직임을 보이자 일본군도 조선에 상륙하겠다고 선언했다.

조선에 전쟁의 바람이 휘몰아쳐 오고 있었다.

조선의 봄은 꽃과 함께 온다.

정국이 어수선했으나 날씨가 따뜻해지고 꽃이 피기 시작했다. 조선에 유난히 많은 꽃이 복숭아꽃과 살구꽃이었다. 벚꽃도 많았다. 들과 산에 복숭아꽃이 먼저 붉게 피고, 다음에 벚꽃이 피었다.

꽃바람이 불고, 하얀 꽃잎에 자욱하게 날릴 때 나는 부용과 살곶이 길을 걸었다. 나는 몇 달만 지나면 오스트리아로 돌아가야 했다. 국적은 독일이지만 내 생활 근거지는 오스트리아에 있었다.

부용도 내가 조만간 돌아가야 한다는 사실을 알고 있었다.

산에는 꽃들이 활짝 피어 있고 냇물이 졸졸거리고 흘렀다.

"왕자님은 바쁘신 모양입니다."

전쟁이 임박해지면서 왕자의 얼굴을 보기가 힘들었다.

"저도 바빠요."

부용이 곱게 웃었다. 그녀의 말이 무슨 뜻인지는 헤아릴 수가 없었다. 그녀가 바쁜 것은 맞는 것 같았다. 그녀는 열흘씩, 보름씩 한양에 없을 때가 많았다.

"이 물건들은 무엇입니까?"

부용은 무거워 보이는 보따리를 들고 있었다. 그녀를 따라 다니는 여종도 돌려보냈다.

"음식이에요."

"네?"

"나들이를 나섰으니 술과 음식이 있어야죠."

"그럼 제가 들까요?"

"그래 주실래요?"

나는 부용이 들고 있는 보자기를 들었다. 보자기가 묵직했다. 나는 숲에서 꽃향기가 풍겨오는 것 같았다.

"조선의 봄이 아름답네요."

"누가 그랬어요. 봄은 오는가 했더니 가더라. 아무리 바쁘게 살아도 인생은 한 번밖에 오지 않아요. 이런 봄을 즐기기도 해야죠. 지나가면 다시 오지 않잖아요."

살곶이다리 옆의 산기슭은 꽃이 흐드러져 있었다. 부용이 풀숲에 자리를 펴고 음식을 꺼내놓았다.

우리는 꽃나무 아래에서 음식을 먹고 술을 마셨다. 나는 부용과 봄나들이를 나와서 기분이 좋았다.

"조선에서는 봄나들이 하는 사람을 상춘객이라고 불러요."

"상춘객? 무슨 뜻입니까?"

"글자 그대로 해석하면 봄에 상을 준다는 뜻이지만… 풀이를 하면 봄을 즐긴다는 뜻이에요."

나는 부용의 말을 얼핏 이해할 수 없었다.

부용이 나에게 술을 따라주었다. 나도 그녀에게 술을 따라주었다. 술잔을 부딪치고 한 모금을 마시자 향긋했다.

어머니가 꽃을 따서 담근 술이라고 했다.

"조선은 어떻게 될까요?"

나들이를 나왔어도 부용은 조선을 걱정하고 있었다.

"글쎄요."

"누가 그러더라고요. 조선이 아무리 발버둥을 치더라도 망한다고……."

부용의 얼굴이 어두워보였다. 전쟁의 바람이 휘몰아쳐 오면서 부용도 여러 가지 생각이 교차하는 것 같았다.

나는 그녀에게 무엇이라고 위로해 줄 수 없었다. 조선은 가파르게 멸망의 길을 향해 가고 있었다.

"조만간 사라질 조선을 위해서 몸을 불살라야 할까요?"

부용은 조선이 멸망한다고 생각하는 것일까. 나는 부용이 무엇인가 중요한 결심을 앞두고 있는지도 모른다고 생각했다.

"내가 대답할 수 있는 것은 아닌 것 같습니다."

"나도 유럽이나 갈까요?"

"예?"

"낯선 나라… 낯선 땅… 낯선 사람들… 어떤 느낌이에요?"

"내가 조선에서 받은 느낌… 무엇이라고 설명을 할 수 없어요. 그래도 자신 있게 말할 수 있는 게 한 가지 있어요."

"그게 뭐예요?"

"부용 양을 만난 것입니다."

이 말은 부용에게 고백을 하는 것이나 마찬가지였다.

"애걔……."

"왕자님의 여자가 아니라면 부용 양과 사랑을 하고 싶어요."

"큰일 날 말씀… 조선에서는 이런 말을 주고받거나 남자와 여자가 은밀하게 만나면 처벌을 받아요."

부용이 펄쩍 뛰었다. 그녀의 얼굴이 붉어졌다.

"그런데 왜 나를 만나요? 처벌받는 게 두렵지 않아요?"

"하인리히 레겔 씨가 좋은 친구라고 생각해요."

그랬던가. 나는 그녀의 친구에 지나지 않았던가. 그러나 나는 머나먼 외국의 남자였다.

부용은 사랑만을 갈구하는 여자가 아니었다. 그녀는 누구 못지않게 조선을 사랑하고 있었다. 왕과 왕비, 그리고 조선을 위해 목숨을 바칠 각오가 되어 있었다.

그날 부용은 나를 위해 특별하게 공연을 해주었다. 그녀는 꽃 한 가지를 꺾어들고 노래를 부르기 시작했다.

가시나요 가시나요.

나를 두고 가시나요.

나는 어찌 살라고

버리고 가시나요.

붙잡아 두고 싶지만

서운하면 아니올까 두려워

서러운 님 보내옵나니

가시는 듯 돌아오세요.

'가시리'라는 노래라고 했다.

부용의 청량하고 애조 띤 노래가 내 가슴을 적시는 것 같았다.

조선의 봄은 흐드러진다.

나는 그날 해질 무렵까지 살곶이 강가에서 흐드러진 조선의 봄을 만끽했다. 그리고 우리가 도성 안으로 들어왔을 때 조선은 미증유의 위기가 닥쳐왔다.

동학농민군이 조선의 남도를 휩쓸자 조선은 청나라에 원병을 요청했다. 청나라는 즉시 이홍장이 북양함대를 출동시키고 육전대를 아산과 성환에 상륙시켰다. 이에 일본이 군대를 조선에 상륙시키겠다고 선언하면서 조선은 전쟁의 바람이 휘몰아쳐 오기 시작했다.

조선은 일본군이 조선에 상륙하는 것을 반대했다. 일본은 막무가내로 군대를 조선에 상륙시키기로 결정했다.

조선은 황급히 동학농민군과 협상에 들어갔다. 왕자 이언이 비밀리에 동학농민군과 접촉했다. 동학농민군도 조선에서 청나라와 일본이 전쟁을 벌이는 것을 원치 않았다. 그들은 관군과 〈전주화약〉을 체결하고 휴전에 들어갔다.

이언이 하인 돌석을 거느리고 종루를 지나는데 일단의 일본군이 총검을 세우고 행군해 오는 것이 보였다.

이언은 일본군 행렬을 보면서 가슴이 묵직해 왔다. 일본군이 상륙하기 시작했으나 막을 방법이 없었다.

일본군의 총검은 날이 하얗게 서 있어서 보기만 해도 위압감이 느껴졌다.

"왕자님, 걸음을 서두르십시오. 합하께서 진노하시면 소인 엉덩이에 불이 납니다."

운현궁의 하인 돌석이 누런 이를 드러내놓고 이언을 재촉했다. 대원군 이하응은 호랑이라고 불릴 정도로 불같은 성품을 갖고 있었다.

"가자."

이언은 돌석을 앞세우고 운현궁으로 걸음을 놓았다.

하늘이 잿빛으로 낮게 가라앉는데 검은 군복을 입은 일본군을 보자 가슴이 더욱 답답했다.

부용은 군량을 운반하기 위해 가평으로 갔다.

늦은 봄부터 부용이 화악산 부대의 군량을 운반하고 있었다. 지금은 왕비 민씨가 왕궁의 보물을 내주어 충당했다. 왕궁의 내탕고에는 조선 왕실의 보물이 적지 않게 보관되어 있었다. 민씨는 그것을 아까워하지 않고 내어 준 것이다.

처음에는 계동궁의 하인들에게 그 일을 맡겼으나 제대에 운반하지도 못했고, 군량을 구입하지도 못했다. 이언이 직접 군량을 구입하려고 하자 부용이 자신이 하겠다고 나섰다. 이언이 반신반의하면서 맡기자 하인들보다 일을 더 잘 처리했다.

"여자의 몸으로 얼마나 장하냐?"

민씨는 부용을 칭찬했다.

이언은 부용이 평범한 여자와 다르다고 생각했다. 출신은 대가집 규수가 아니지만 학문과 담대함이 남자들 못지않았다.

'중국의 진양옥 같은 여인이야.'

명나라의 진양옥은 여성으로 멸망해 가는 명나라를 위해 군사를 이끌고 싸운 여걸이었다.

부용은 계동궁의 남자 하인 천달을 데리고 가평으로 군량을 운반하고 있었다.

후드득 빗방울이 떨어지기 시작했다.

"왕자님, 비가 옵니다."

"서두르자."

이언은 길을 줄이기 위해 피맛골로 꺾어들었다. 안국동은 권세가들이 살아 기와집이 즐비하고 사람들이 바쁘게 오가고 있었다.

가평에도 비가 오면 군량을 운반하는 부용의 일이 지체될 수도 있었다.

'부용이 비를 맞으면 안 되는데……'

이언은 부용이 걱정이 되었다.

운현궁에 도착하자 집사 김응원이 나와서 맞이했다.

"합하께서는 손님을 맞이하고 계십니다. 손님방에서 기다리시는 것이……."

김웅원이 이언을 객방으로 안내하려고 했다.

"비켜라! 집사 주제에 네가 나를 멸시하는 것이냐?"

이언은 눈을 부릅뜨고 김웅원을 노려보았다.

"아, 아닙니다. 소인이 어찌……."

김웅원이 당황한 낯빛으로 물러났다.

"할머님께 먼저 문안을 올릴 것이다."

이언은 안채로 들어가서 부대부인 민씨에게 절을 올리고 사랑으로 나가서 이하응에게도 절을 올렸다. 대원군 이하응은 이언에게 일별도 던지지 않고 장죽만 빨고 있었다. 그러나 이언에게 물러가 기다리라는 말은 하지 않았다. 그의 앞에는 일본인 오카모토 유노스케가 앉아 있었다.

이언은 슬그머니 이하응의 얼굴을 살폈다. 눈은 작고 키는 오척에 지나지 않았으나 그에게서 범접할 수 없는 기도가 풍기고 있었다.

이언은 말석에 앉아 할아버지인 이하응과 일본인 오카모토 유노스케의 이야기에 귀를 기울였다.

"합하, 조선은 독립이 되어야 합니다. 이젠 청나라의 속국 노릇을 할 필요가 없습니다."

오카모토 유노스케는 무릎을 꿇고 앉아 있었다. 그는 조선을 청나라로부터 독립시키겠다고 이하응을 설득하고 있었다.

"그래, 일본은 무엇 때문에 조선이 독립하기를 바라는 거요?"

이하응의 얼굴에 조소가 떠올랐다. 그는 오카모토 유노스케의 말을 신뢰하지 않고 있었다.

"조선이 개화되기를 바랍니다."

"조선이 개화되면 일본에 무슨 이익이 있소?"

"조선과 청나라, 일본이 함께 번영을 누리게 될 것입니다."

"흥! 게이지 의숙의 후쿠다 유키지가 한 말과 똑같군. 후쿠다 유키지라는 자는 탈아론(脫亞論)과 대동아공영을 주장하고 있는데, 실제로는 일본에 의해 번영을 추구한다는 뜻이 아니오. 다시 말해 일본의 이익을 위해서 말이오."

후쿠다 유기치는 아시아를 벗어나 구라파와 어깨를 나란히 해야 한다고 탈아입구(脫亞入歐)를 주장하여 일본의 선각자가 되었다. 일본이 아시아를 벗어나 유럽과 어깨를 나란히 하는 강대국이 되어야 한다는 것이었다.

"합하, 절대 그렇지 않습니다. 그것은 오해입니다."

"일본군이 조선에 상륙하는 것은 바람직하지 않소. 일본군을 속히 조선에서 철수시키라고 공사에게 전하시오."

"청국이 먼저 철수해야 합니다. 일본은 철수하지 않을 것입니다."

"청국이 철수하지 않으면 일본이 전쟁이라도 하겠다는 것이오?"

"그렇습니다. 일본은 청국과 전쟁을 불사할 것입니다. 조선은 전쟁의 피바람이 몰아칠 것입니다."

오카모토 유노스케의 눈에서 불꽃이 일어났다.

이언은 오만한 오카모토 유노스케에게 분노가 일어났다. 그는 일본 내각의 공식적인 인물이 아닌 일개 낭인에 지나지 않았다. 그런 그가 조선 조정에 막강한 영향력을 갖고 있는 이하응을 끌어들이려고 하고 있었다. 일본 내각의 비밀 훈령을 받고 있는 것이 틀림없었다.

"일본이 전쟁을 하려면 청국에 가서 하시오."

이하응의 목소리에도 날이 서렸다.

오카모토 유노스케와 이하응은 팽팽하게 맞서고 있었다. 이언은 그들의 말을 들으면서 밖을 내다보았다.

운현궁의 넓은 뜰에 빗줄기가 장대질을 하듯 세차게 쏟아지고 있었다.

"합하, 소인은 합하를 위하여 말씀을 드렸습니다."

"물러가라."

이하응이 냉랭하게 말했다. 더 이상 상대하지 않겠다는 뜻이었다.

"그럼……."

오카모토 유노스케가 엎드려 절을 하고 뒷걸음으로 물러갔다.

이하응은 그가 물러간 뒤에도 말없이 장죽만 빨고 있었다. 방안에 담배 연기가 자욱하게 피어올랐다.

"들었느냐?"

이하응이 이언을 향해 물었다.

"예?"

이언은 재빨리 이하응의 얼굴을 쳐다보았다.

"오카모토라는 자 말이다. 그자가 지금 무슨 말을 한 것이냐?"

"대동아공영에 대해서 이야기 했습니다."

"틀렸다. 오카모토는 조선을 협박한 것이다."

이하응의 말에 이언은 가슴이 컥 하고 막히는 것 같았다.

"너는 조선 왕실의 후예다. 나라가 위기에 빠졌으니 어찌 대처할 것이냐?"

"할아버님, 손자는 목숨을 걸고 일본과 싸울 각오가 되어 있습니다."

이언은 이하응을 향해 단호하게 말했다. 그는 왕궁시위대에 들어가 훈련을 받고 사격훈련까지 익혔다.

"나라를 지키는 것은 의기만 가지고는 안 된다."

이하응이 장죽을 끄고 우두커니 허공을 노려보았다.

"일본을 무엇으로 이길 것이냐?"

"……"

"칼로 이길 것이냐? 총으로 이길 것이냐?"

이언은 이하응의 말이 날카로운 비수가 되어 가슴을 찌르는 것을 느꼈으나 대답하지 않았다. 일본을 이기는 것은 칼도 아니고 총도 아닌 경장(更張)이었다. 일본이 조선에 요구하고 있는 것도 경장이었기 때문에 미국과 러시아와 손을 잡는 경장이어야 했다.

"조선이 경장되어야 하지 않습니까?"

"경장은 무슨… 지금 목전에 전쟁이 일어나려고 하는데 경장 타령인 것이냐?"

이하응이 눈을 부릅뜨고 이언을 쏘아보았다. 삼천초목을 벌벌 떨게 했다는 이하응이었다. 왕대비 조씨와 손을 잡고 수많은 천주교인들을 학살하고 쇄국정책을 단행했다.

"왕자가 머리나 깎고… 왜놈이나 다를 바 없지 않느냐?"

"할아버님, 전쟁이 일어나면 손자는 나가서 싸울 것입니다. 반드시 조선을 지킬 것입니다."

"왕자가 어찌 앞에서 전쟁을 하느냐?"

"나라가 망하면 왕실도 없어질 것입니다. 치욕스럽게 살지 않을 것입니다."

이언은 단호하게 말했다. 이하응이 할아버지이기는 했으나 한 번도 따뜻한 눈길을 받아 본 일이 없었다.

"왕실을 잘 보호해라. 죽더라도 왕실을 보호하고 죽어라."

이하응의 머릿속에는 오로지 왕실밖에 없었다.

이언은 대답을 하지 않았다.

"전주화약은 잘했다."

이하응이 이언을 쏘아보다가 말했다.

"지방 수령들의 탐학이 이루 말할 수 없습니다. 동학인들이 난을 일으킨 것은 수령들이 탐학한 짓을 하기 때문입니다."

백성들은 도탄에 빠져 있었다. 유림은 무조건 동학을 처벌하라고 상소를 올리고 있었다. 유학을 공부한 자들이 수령이 되어 백성들을 침학하고 있으니 난을 일으키는 것이다.

"일본 공사관의 동정이 심상치 않다. 왕궁을 침범할지도 몰라."

"예?"

이언은 가슴이 철렁했다.

"네 처가 죽었으니 길례도 올려야 할 것이다. 혼처는 안동 김씨 김영식의 손녀딸이다. 가을에 길례를 올릴 것이다."

이하응의 말에 이언은 부용의 얼굴이 먼저 떠올랐다. 부용은 신분이 장악원 기생이기 때문에 왕자인 그의 본부인이 될 수 없다.

김영식은 판서를 지낸 인물이다.

청일전쟁

소가 끄는 달구지가 가평의 북면에 이르렀다. 부용은 말을 타고 달구지 뒤를 천천히 따라갔다. 다행히 그녀를 미행하는 자도 없고 일본 군도 보이지 않았다.

달구지에는 쌀이 가득 실렸다.

"아씨, 이제 어디로 갑니까?"

늙수그레한 쌀장수 양덕보가 말에 앉아서 물었다. 부용과 양덕보는 말을 타고 있었다.

"화악리로 갑시다."

부용이 이마의 땀을 손등으로 훔치면서 말했다.

"화악리까지 달구지가 들어갈지 모르겠습니다."

"하하. 걱정하지 마세요."

부용이 유쾌하게 웃었다. 양덕보는 부용을 힐끗 쳐다보았다. 얼굴은 앳되어 보이는데 남장을 하고 어깨에는 활을 맸다. 거금을 들여 쌀 90가마를 구입하여 운반하고 있는 중이었다. 쌀을 어디에 사용하는지, 누가 구입하는 것인지는 비밀이라고 했다.

'젊은 여자가 쌀이 왜 이렇게 많이 필요하지?'

양덕보는 속으로 의문을 품었다. 그러나 여자는 철저하게 비밀이라고 했다. 나라를 위해 하는 일이라고만 알고 있으라고 했다.

여자는 말도 잘 타고 활도 잘 쏘았다. 나이는 기껏해야 20세 안팎으로 보였다.

이 정도의 쌀을 구입하려면 보통 뒷배가 있는 것이 아닐 것이다.

양덕보는 오랫동안 미곡상을 해왔다. 젊은 여자가 이 정도로 큰 규모의 쌀거래를 하는 것을 본 일이 없었다.

날짜는 잘 잡은 것 같았다. 한여름의 날씨가 후텁지근했으나 비가 그쳐 있었다. 아침나절에 빗줄기가 뿌리는가 했더니 금세 그쳤다.

화악산 일대는 초여름의 녹음이 우거져 있었다.

"이랴!"

달구지를 끄는 장정들이 소리를 질렀다. 소들이 느리게 달구지를 끌고 움직였다.

부용은 소달구지를 따라 느릿느릿 말을 타고 갔다.

군대를 양성하는 것은 많은 물자가 들어가는 일이다.

'전쟁이 이제 총과 대포로 이루어지는데……'

활과 창의 시대가 아니었다. 조선은 현대화된 총과 탄약을 생산하지 못했다.

'서양에 한번 가보고 싶다.'

서양이 총과 대포로 전쟁을 하는 것을 알고 싶었다. 일본이나 서양에 다녀온 사람들은 조선이 달라져야 한다고 주장했다.

'내가 조선을 바꿀 수는 없는데……'

조선의 앞날이 갈수록 어려워지는 것 같았다.

화악리 노루목에 이른 것은 해가 설핏이 기울고 있을 때였다.

"아씨, 더 이상 들어갈 수가 없습니다."

양덕보가 부용을 쳐다보면서 말했다.

"여기면 되었소. 쌀을 내려놓으시오."

부용이 사방을 둘러보면서 말했다.

"예? 여기는 아무도 없는데요?"

양덕보가 사방을 둘러보았다.

"여기에 내려놓으면 가지러 오는 사람이 있을 거요. 자세한 것은 묻지 마시오."

"예."

양덕보는 장정들에게 쌀을 내려놓으라고 지시했다. 장정들이 달구지에서 쌀을 내려쌓았다. 부용이 말에서 내렸다. 이내 장정들이 쌀을 달구지에서 모두 내렸다.

"수고했소."

부용이 품속에서 어음을 꺼내주었다. 양덕보는 일일이 어음을 확인했다. 현금이나 다름없는 한양 갑부 이덕유의 어음이었다.

"아씨, 그럼 물러가겠습니다."

"그래요. 장정들은 이걸로 가다가 목이라도 축이시오."

부용이 다시 품속에서 동전 한 꾸러미를 꺼내주었다.

"고맙습니다."

장정들이 인사를 하고 달구지를 끌고 돌아가기 시작했다. 부용은 쌀가마 위에 올라가 앉았다. 사방은 조용하고 햇살은 아직도 뜨거웠다.

"아씨."

천달이 지루한 표정으로 말했다. 그도 땀을 흘리고 있었다.

"왜?"

"더워서 죽겠습니다. 여기는 아무도 없는데요?"

"기다려라."

"화적들이라도 나타나면 어떻게 합니까?"

"그럼, 죽어야지."

"예? 무섭게 왜 그런 말씀을 하십니까?"

"무섭기는 뭐가 무서워?"

"아씨는 안 무서워도 소인은 무섭습니다. 지난번에는 호랑이도 나오지 않았습니까?"

한 달 전 쌀을 운반할 때 호랑이가 나타나 쌀을 운반하는 사람들이 공포에 떨었었다. 호랑이는 어슬렁거리면서 돌아다니다가 숲속으로 사라졌다.

'와! 정말 무섭게 생겼다!'

호랑이를 본 부용은 식은땀이 흘러내리는 것 같았다.

화악산 부대가 훈련도 할 겸 산을 타고 다니면서 총을 쏘아 호랑이를 먼 곳으로 쫓아 보냈다.

일단의 장정들이 지게를 지고 산에서 내려온 것은 한식경이 지났을 때였다.

"하하. 오늘도 날짜를 맞춰 오셨군요."

수염이 덥수룩한 사내가 호탕하게 웃으면서 다가왔다. 유격대의 대장을 맡고 있는 박승훈 참령이었다.

부용이 쌀가마 위에서 훌쩍 뛰어내렸다.

"일동 차렷!"

대원들이 부영의 앞에 와서 서자 박승훈이 갑자기 구령을 붙였다. 부용은 깜짝 놀랐다. 대원들이 일제히 차려 자세를 했다.

"경례!"

대원들이 일제히 경례를 했다. 부용은 웃으면서 경례를 받았다.

"바로!"

장정들이 손을 내렸다.

"아유, 왜 저에게 경례를 하세요?"

"날씨도 더운데 이렇게 무거운 군량을 가지고 오셨으니 얼마나 고마운지 모르겠습니다. 너무 고생하셨습니다."

"제가 가져왔나요? 달구지가 가져왔어요."

부용이 밝게 웃었다. 박승훈도 덩달아 호탕하게 웃었다.

대원들이 쌀을 지게에 지고 운반하기 시작했다. 부용은 말을 끌고 부대로 올라갔다.

부대는 특별한 이름이 없었다. 매킨 다이의 말에 따라 화악산 부대라고만 부르고 있었다.

"와아!"

부용이 부대로 올라가자 훈련을 마치고 쉬고 있던 대원들이 함성을 지르면서 박수를 쳤다.

늦봄부터 화악산 부대에 식량과 필요한 물품을 공급하고 있는 부용이었다. 부대는 불필요한 오해를 받지 않고 존재를 숨기기 위해 축령산, 가리왕산, 유명산까지 두루 옮겨 다니다가 다시 화악산으로 돌아왔다.

부용은 화악산에서 이틀을 보냈다. 낮에는 대원들과 함께 훈련을 하고 밤에는 조선 조정과 외국 공관, 청나라와 일본에 대한 소식을 알려주었다. 왕궁시위대의 동정에 대해서도 그들에게 이야기해 주었다.

대원들이 모두 그녀의 이야기에 귀를 기울였다. 동학농민군, 청나라와 일본군의 상륙도 알려 주었다.

"일본놈들이 문제야."

"일본놈들을 조선에서 쫓아내야 돼."

대원들이 흥분하여 소리를 질렀다.

부용은 대원들의 가족들에게도 쌀을 보내고 있다는 사실도 알려주었다. 대원들의 녹봉이었다.

"우리도 시위대에 참여하여 왕궁을 지켜야 하는 건데……."

화악산 부대의 소대장인 이헌일 참위가 말했다.

"왕궁시위대가 반드시 좋은 것은 아니에요."

"왜요?"

"일본이 가장 먼저 노리는 것이 왕궁시위대예요. 가장 먼저 죽을 수도 있어요."

"나라를 위해 죽는 것은 우리의 소원입니다."

이헌일이 비장한 목소리로 말했다.

부용은 한숨을 내쉬었다. 화악산의 대원들은 조선을 위하여 죽을 각오가 되어 있었다.

달이 높이 떠올랐다.

밤이 되자 화악산 중턱도 서늘했다.

부용은 막사 앞의 풀숲에 앉아서 화악산 위의 하늘을 바라보았다.

이언은 오늘도 왕궁시위대에서 근무를 하고 있을 것이다. 청나라와 일본의 전쟁이 임박해 오고 있었다.

이언은 일본의 동정이 심상치 않아 시위대를 떠나지 못하고 있었다. 그러나 이러한 일을 알고 있는 것은 몇 사람밖에 되지 않았다. 조정대신들은 일본의 군사력에 전전긍긍하고 있었고, 왕과 왕비는 청나라의 군사력에 은근히 기대하고 있었다.

매킨 다이도 왕궁에서 자고 있었다. 그는 일본이 조선의 상징인 왕궁을 공격할까 봐 걱정하고 있었다.

'전쟁은 피할 수 없을 것이다.'

부용은 화악산 위의 밝은 달을 바라보다가 군막으로 돌아와 잠을 잤다.

이튿날 부용은 아침을 먹고 화악산 부대를 출발했다.

천달은 첫날 계동궁으로 돌아갔다.

부용은 해질 무렵에 도성에 도착했다. 부용은 왕궁으로 들어가서 이언에게 군량을 무사히 운반했다는 사실을 보고하고 박승훈 참령의 보고서도 바쳤다.

"수고 많았다."

이언은 박승훈의 보고서를 읽고 태웠다.

"나는 왕궁을 지켜야 하니 집으로 돌아갈 수 없구나."

이언이 부용을 쳐다보면서 미소를 지었다.

"왕자님, 몸을 보중하세요."

부용은 달리 할 말이 없었다. 전쟁 상황이 빨리 끝나기만을 간절하게 바랐다.

부용은 집으로 돌아왔다. 저녁을 먹고 묄렌도르프가 남기고 간 책을 읽었다. 그가 남기고 간 책 때문에 덕어를 더욱 잘할 수 있었다.

문득 이언의 얼굴이 떠올라왔다.

'길례를 올리면 왕자님과 함께 살아야겠지.'

이언의 몸속에서 잠이 들고 이언의 품속에서 깨어나고 싶었다.

이언은 외로운 왕자였다. 얼마 전까지만 해도 이언은 왕실에서도 냉대를 받으면서 외롭게 살았다.

이제는 왕비 민씨가 그를 신임하고 있었다.

하인리히 레겔의 얼굴도 떠올라왔다. 지난 봄에 그와 함께 살곶이로 봄나들이를 갔었다.

술을 마시자 그는 기분이 좋아졌는지 노래까지 불렀다. 모차르트의 세레나데라고 했다.

오 사랑하는 이여 창가로 와주오.
여기서 내 슬픔을 없애주오.
내 피로운 마음을 몰라주면
그대 앞에서 목숨을 끊으리.

목소리가 부드러우면서 달콤했다. 마치 노래가 가슴속으로 젖어드는 것 같았다.

외국 노래는 신기했다. 조선의 노래와 전혀 달랐다.

그에게 많은 이야기를 들었다. 조선의 바깥에 다른 세상이 존재하고 있었다. 가보고 싶은 세상이었다. 서양은 어떻게 생긴 곳인가. 미지의 세상으로 훨훨 날아가고 싶었다.

부용은 고개를 흔들었다.

밤이 깊어지자 빗방울이 떨어지기 시작했다. 책을 덮고 밖을 잠을 청했다.

이언은 조선의 운명이 풍전등화 같아서 우울해하고 있었다. 이언이 힘들어 할 때 도와주어야 했다.

날이 밝았다. 새벽에 오던 비가 그치고 날씨가 화창했다.

"나는 봉원사에 좀 다녀올게."

아침을 차려준 오 씨가 말했다.

"절에는 왜?"

"시국이 뒤숭숭하니 불공이라도 드려야지."

오 씨가 대문으로 나갔다.

부용은 아침을 먹은 뒤에 거문고를 연주하기 시작했다.

동산의 꽃 화려해도 내 눈에 볼만한 것이 없고

삼현삼소 오란해도 귀를 울리지 않네

좋은 술 아름다운 여인은 내 마음에 없으니

참다운 즐거움은 서책에 있노라.

부용은 거문고를 연주하면서 청아한 목소리로 노래를 불렀다.

이언이 좋아하는 노래인데 삼현삼소(三絃三簫)는 세 가지 현악기와 세 가지 통소를 말하는 것이었다.

좋은 술 아름다운 여인이 마음에 없을까

진정한 즐거움은 님을 만나는 것인데…

그때 웃음 섞인 노랫소리가 들리면서 춘이 치맛자락을 펄럭거리면서 들어왔다.

부용은 놀라서 거문고 연주를 멈추고 춘을 쳐다보았다.

"언니."

"아침부터 그런 노래를 부르니? 그게 어디 노래야? 참 속되다."

"그럼 무슨 노래를 불러?"

"이런 노래를 불러야지."

"이린 노래라니?"

부용은 어리둥절하여 눈살을 찌푸렸다. 춘이 마루에 털썩 걸터앉더니 노래를 부르기 시작했다.

북방에 한 미인이 있어서
세상에 홀로 우뚝 서 있네.
한 번 돌아보면 성이 기울고
두 번 돌아보면 나라가 기운다네.

부용도 춘을 따라 노래를 부르기 시작했다. 〈북방의 미인〉이라는 노래였다.

한서(漢書) 이부인전(李婦人傳)에는 한무제(漢武帝)를 모시고 있던 가수(歌手) 이연년(李延年)이 자신의 누이를 가리켜 이러한 노래를 지어 불렀다고 하는데, 이때부터 미인을 일컬어 경국지색(傾國之色)이라고 하였다.

부용은 이언에게 이 노래를 불러주면 좋아할 것이라고 생각했다.

"부용아."

춘이 문득 정색을 하고 부용을 불렀다.

"응?"

부용이 춘을 쳐다보았다.

"너 왜 옷은 홀딱 벗고 있는 거니?"

"내가 언제 옷을 홀딱 벗었다고 그래?"

"속바지에 속저고리… 이게 홀딱 벗은 거 아니야? 너 누구 기다리는 사람이라도 있어?"

"언니 미쳤어? 내가 누굴 기다려?"

"그럼 대문은 왜 활짝 열어 놓았어?"

"내가 열어 놓은 거 아니야. 어머니가 나간 뒤에 깜박 잊고 잠그지 않은 거야."

"에그… 아무래도 수상해."

"수상하기는 뭐가 수상해?"

"혼례도 안 올린 규수의 가슴이 왜 이렇게 커? 어디 봐."

춘이 갑자기 부용의 속저고리 옷고름을 풀었다.

"언니 미쳤어?"

부용은 깜짝 놀라 재빨리 두 손으로 가슴을 가렸다.

"봐봐. 젖꼭지도 크고 이상해. 분명히 남자의 손을 탄 가슴이야."

"언니!"

부용이 뾰족하게 소리를 질렀다.

"호호. 얘 얼굴 빨개지는 것 좀 봐. 너 왕자님과 잤지? 그치? 말해 봐. 잤지?"

춘이 깔깔대고 웃음을 터트렸다.

"그런 걸 뭘 물어봐. 언니는 영감님하고 안 잤어?"

부용은 춘에게 눈을 흘겼다.

"부용아, 우리 잡화전에 머리꽂이 사러 가자."

"머리꽂이를 뭐하러 사?"

"내가 사 줄게. 너도 이제 왕자님과 길례를 올릴 거잖아? 내가 축하하기 위해 선물 사 주려고 했어. 어서 옷 입어."

부용은 춘이 재촉하자 옷을 입고 쓰개치마를 둘러썼다.

"날이 개니까 또 더워지고 있어. 벌써 숨이 턱턱 막히네."

춘이 쓰개치마를 여미면서 손사래를 했다. 비가 그친 지 얼마 되지 않았는데도 벌써 푹푹 찌고 있었다.

거리는 장작지게를 진 사람이며 가마 행렬, 종복을 데리고 나귀를 탄 사람들이 바쁘게 오가고 있었다.

날씨가 더운 탓인지 육의전도 한적했다. 가게마다 사람들이 부채질을 하면서 더위를 식히고 있었다.

부용은 춘을 따라 육의전을 지나 청계천 수표교를 건너 잡화전 거리에 이르렀다. 잡화전 거리에는 여자들이 장신구를 파는 가게들이 즐비했다. 부용과 춘은 뚱뚱한 아낙이 주인인 잡화전으로 들어갔다.

"아유! 장악원 규수들이 오니 우리 가게가 훤하네. 어서들 와요."

아낙이 부용과 춘을 반기면서 너스레를 떨었다. 부용과 춘이 단골로 다니는 잡화전이었다.

"부용아."

그때 장악원 동료인 연과 은이 달려오면서 소리를 질렀다.

"이것들이! 너희들 부용은 보이고 나는 안 보여?"

춘이 연과 은을 때리는 시늉을 하면서 일부러 새침한 표정을 지었다.

"어머!"

"미안해요, 언니!"

연과 은이 까르르 웃음을 터트렸다. 여자들 넷이 모이자 잡화전이 금세 와자해졌다.

"머리꽂이는 여기 국화꽃무늬가 가장 예뻐. 옥잠이잖아? 옥잠을 꽂고 앞에 나비첩지를 달면 선녀가 따로 없지."

부용은 잡화전 아낙이 골라 준 머리꽂이가 마음에 들었다. 머리꽂이의 국화 문양이 아름다웠다.

"난 이거 살 테야."

부용은 머리꽂이 하나를 사고 춘은 머리꽂이와 소삼작노리개를 샀다.

"너희들은 뭘 사러 왔어? 빨리 골라."

춘이 연과 은에게 물었다.

"나는 미묵(眉墨)……."

"나는 분을 살 거야."

연과 은이 웃음기를 거두지 않고 대답했다.

"너희들 꺼는 너희들이 계산해라."

"춘 언니는 부용이만 예뻐하더라."

"맞아. 우리는 동생 취급도 안 해."

"이것들이… 그래 너희들 것도 언니가 계산한다."

춘이 호기롭게 말하자 연과 은이 발을 구르며 좋아했다.

잡화전 아낙이 수박화채를 만들어주어 그것을 먹으면서 물건을 사고 수다를 떨다가 헤어졌다.

부용은 춘과 함께 청계천 둑길을 걸어 집으로 돌아오기 시작했다.

"우리 대감님이 그러는데 전쟁이 일어난다고 하더라."

춘이 수표교를 건너면서 무심하게 말했다. 청계천은 비가 내린 탓에 물이 콸콸대고 흘러내렸다.

"전쟁?"

"청나라군이 상륙하고 일본군도 조선으로 몰려오고 있대."

춘이 청계천을 내려다보면서 한숨을 내쉬었다.

부용은 전쟁이 시작된다는 사실에 가슴이 덜컥 내려앉으면서 발밑이 한없이 꺼지는 것 같았다.

전쟁은 이제 피할 수 없게 되었다.

어깨에 멘 장구가 오늘따라 유난히 무겁게 느껴졌다.

치맛자락을 날렵하게 허리에 감싸서 매고 오른손에는 채를, 왼손에는 궁굴채를 들고 춤사위를 펼치면서 발을 사뿐사뿐 놀렸다.

처음에는 부용이 독무를 추었다. 느린 장단에 맞추어 흥청흥청 어깨를 흔들고 살랑살랑 엉덩이를 흔들었다. 무릎을 살짝 구부렸다가 펼 때마다 채를 든 오른손은 높이 들고 궁굴채를 든 왼손은 낮추어 대칭이 되게 했다. 두 손을 머리 위로 들어 올리는 동작에서는 몸이 수양버들처럼 좌우로 한들거렸다.

"타고났구나."

첨정 민영길이 부용의 장구춤 춤사위를 보면서 감탄했다.

"키가 커서 더욱 아름답게 선이 살아나는 것 같습니다."

부용을 지도한 초선이 민영길에게 맞장구를 쳤다. 자신이 지도한 제자답지 않게 부용의 춤사위가 현란하여 저절로 탄성이 흘러나왔다.

장구 춤 한 자락이 끝나면서 기다리고 있던 아생들이 일제히 부용의 뒤로 가서 장구를 치면서 합류했다. 장단이 빨라지면서 채와 궁굴채를 든 부용의 손이 빠르게 움직이고, 아생들도 발을 옮기고 채와 궁굴채로 장구를 두드리면서 일제히 춤을 추었다.

장구춤은 굿거리와 농악에서 비롯되었다. 굿거리장단을 펼칠 때 남녀노소가 신명나게 장구를 두드리면서 굿판을 돌고 농악을 할 때는 힘든 농사일의 피로를 풀기 위해 추는 것으로 일정한 형식이 없었다. 그러나 왕궁에서 바치는 정재가 대부분 느린 장단이었기 때문에 백성들의 춤인 장구춤을 장악원에서도 추게 된 것이다.

'천재다!'

부용의 춤사위를 보고 있던 초선의 눈이 커졌다. 장단이 점점 빨라지면서 부용이 중앙에서 빠르게 돌기 시작했다. 한줄기 회오리바람인 양 손을 높이 들어 장구를 치면서 돌고 있었다. 한 바퀴, 두 바퀴,

세 바퀴…….

부용은 보는 사람이 어지러울 정도로 빠르게 돌았다.

'아!'

초선은 눈이 부시다고 생각했다.

장구 춤에서 도는 동작은 좌로 한 바퀴, 우로 한 바퀴를 번갈아도
는 것이 형식이었다. 민간에서는 흥이 오를수록 빠르고 자유자재로
돌지만 장악원에서는 일정한 형식을 갖추고 있었다. 그런데 부용이
형식을 무시하고 오로지 신명으로 춤을 추고 있는 것이다.

부용은 무아의 경지에 빠져 있었다.

이언과 김영식의 딸이 길례를 올릴 것이라는 사실이 장악원에 파
다하게 퍼져 있었다. 부용은 가슴을 가득 채운 슬픔을 밀어내기라도
하듯이 신명을 일으켜 춤을 추었다.

이언은 사저인 계동궁에 잠시 들렀다가 왕궁을 향해 걸음을 떼어
놓았다. 전쟁을 앞두고 있어서인지 왕궁도 긴장하고 있는 것 같았다.
왕궁이 태풍전야처럼 고요했다.

이언은 경회루를 지나 건청궁으로 향했다.

왕궁 곳곳에 여름꽃들이 피어 있고, 초목은 잎사귀가 무성했다.

왕은 곤령합에 왕비 민씨와 함께 앉아 있었다.

"소자, 문후 올립니다."

이언은 왕과 민씨에게 절을 올렸다.

"동학 때문에 조정이 어지럽다."

왕이 이언을 힐끗 살피고 말했다. 왕은 잠을 자지 못하는지 눈이

충혈되어 있었다.

"속히 동학을 허한다는 교지를 내리십시오."

이언이 무릎을 꿇고 말했다. 이미 동학인들이 봉기했으나 뒤늦게라도 진정시켜야 했다.

"유림은 어떻게 하라고 그런 말을 하느냐?"

왕이 차갑게 내뱉었다. 조정은 동학을 처벌하라는 주장만 되풀이하고 있었다.

"동학은 혹세무민하는 교가 아닙니다. 1년 전에 동학을 허락했으면 오늘과 같은 일은 일어나지 않았을 것입니다."

"나도 동학을 허락하고 싶었다. 허나 조정대신들이 하루도 거르지 않고 처벌하라고 주장하지 않았느냐?"

왕은 조정과 유림의 등쌀에 지쳐 있었다.

"서학도 허락을 하지 않았습니까? 서학도 되는데 동학은 왜 안 됩니까?"

"조정대신들이 모두 동학을 처벌하라고 요구하고 있다."

"동학을 처벌하기 전에 나라가 먼저 무너질 것입니다."

"닥쳐라!"

왕이 눈을 부릅떴다.

"왕실을 지켜야 한다."

민씨가 날카롭게 말했다. 이언은 흠칫했다. 민씨도 거대한 유림의 압박 앞에 저항하지 못했다. 조정대신들은 어릴 때부터 유학을 공부한 사람들이었다.

"시위대는 200명도 안 됩니다. 일본이 왕궁을 침범하려고 하면 막아내지 못할 것입니다."

"훈련대가 있지 않느냐?"

"훈련대는 일본 장교의 손에 교육받았습니다."

"허면 어떻게 하는 것이 좋으냐?"

"훈련대 대장을 홍계훈으로 교체하십시오."

"홍계훈은 믿을 수 있느냐?"

"임오군란 때 마마를 피신시켜 준 자가 아닙니까?"

민씨가 무겁게 신음을 삼켰다.

"홍계훈은 관군을 이끌고 전라도에 내려가 있다."

왕이 말했다.

"화악산의 군사는 얼마나 되느냐?"

민씨가 이언에게 물었다.

"2백 명 정도 됩니다."

"그들을 왕궁으로 데리고 오는 것이 어떠냐?"

"미국에서 총과 탄약이 도착하지 않았습니다."

총과 탄약을 구입하는 데 많은 돈이 들어갔다. 그러나 미국에서 그
것들이 오는 데는 석 달이 걸린다.

"군량은 잘 전달되고 있느냐?"

"잘 전달하고 있습니다."

"아이가 영특하다."

민씨가 만족한 듯이 고개를 끄덕거렸다. 민씨가 내놓은 왕궁의 보
물을 부용이 가져다가 군량으로 바꾸어 전달하고 녹봉으로도 지급했
다. 미국에서 총을 구입하는 비용도 민씨가 마련했다.

군량을 전달하는 날은 술과 고기까지 가지고 갔기 때문에 화악산
대원들은 부용이 올 때만을 기다렸다.

"대원위 합하께서 너에게 판서 김영식의 딸과 길례를 올리라고 하
셨다. 너는 어떻게 할 생각이냐?"

160

"저는 부용과 길례를 올리겠습니다."

"법도에 어긋난다."

왕이 눈살을 찌푸리면서 말했다. 그는 이언이 항상 도전적으로 말하는 것이 눈에 거슬렸다.

"저를 왕가의 자식으로 생각하지 말고 평민의 자식으로 생각해 주십시오."

이언의 눈에서 광채가 뿜어졌다. 왕이라고 해서 두려워하지 않고 있었다.

"그래라."

민씨가 재빨리 허락했다.

"한낱 계집에게 빠져 왕실의 법도를 버리려고 하느냐?"

왕의 목소리에서 쇳소리가 났다. 좀처럼 화를 내지 않는 왕이다. 그러나 이언에게는 항상 차가운 눈길을 보내고 있었다.

"소자는 전쟁이 일어나면 병사들과 함께 싸우겠습니다."

이언이 반발을 하듯이 목소리를 높였다.

"뭐라?"

"병사들과 싸우다가 죽겠습니다."

"네가 감히 반항을 하는 것이냐?"

"송구합니다."

"너가 싸우지 않더라도 청나라군이 싸울 것이다."

왕은 청나라군에 기대를 하고 있었다. 조선인들은 대부분 청나라군이 일본군을 격파할 것이라고 믿고 있었다.

"좋다. 병사가 되어 싸워라. 그래도 길례는 올려야 한다."

"부용과 올리겠습니다."

이언이 강경하게 말했다.

왕이 이언의 반발에 당황한 표정을 지었다. 이언이 이렇게 노골적으로 반발을 하는 것은 처음이다.

"그리하라. 나라가 이 지경에 이르렀는데 법도가 무슨 소용이냐?"

왕비가 날카로운 목소리로 말했다. 민씨도 유교의 도리만 찾는 조정대신들이나 선비들에게 지쳐 있었다.

왕이 놀란 듯이 민씨를 응시했다.

"이번 사태가 진정된 뒤에 보자."

왕이 마땅치 않은 듯이 말했다.

쏴아. 비가 세차게 쏟아지고 있었다.

부용은 점심을 마치자 문을 열고 밖을 내다보았다. 세차게 쏟아지는 빗줄기가 장독대를 때리고 처마 밑 섬돌로 들이쳤다.

장마로구나.

부용은 책상에 턱을 괴고 장대질을 하는 빗줄기를 응시했다.

담장을 기어 올라가는 나팔꽃이 세찬 빗줄기에 마당으로 떨어져 둥둥 떠다녔다. 나팔꽃만이 아니었다. 장독대 밑에 곱게 피었던 봉선화도 꽃가지가 부러져 도랑으로 쓸려갔다.

'에그 불쌍해라.'

부용은 마당에 고인 물에 꽃이 떠다니는 것을 보고 가슴이 저렸다.

'저 꽃이 나와 같구나. 저 꽃이 무너져 가는 우리 조선과 같구나.'

부용은 아버지가 탄식하던 말을 떠올리면서 곱게 아미를 접었다. 조선이 풍전등화의 위기라거나 누란의 위기에 빠졌다는 것은 아버지를 통해 늘 듣는 말이었다.

아버지는 통역관을 역임했다. 아버지는 왕궁에서 돌아올 때마다 나라가 망한다고 한탄했다.

"모진 비바람이 꽃을 침노하노라."

아버지는 술을 마시면서 우울해 했다.

장대질을 하던 비는 저녁 무렵이 되자 그쳤다.

저녁을 마쳤을 때 이언이 부용을 데리러 왔다. 부용은 이언을 쳐다 보았다. 이언은 시위대 군복 차림이었다.

"왕자님."

부용이 이언을 보고 환하게 미소를 지었다.

'아아, 저 눈……'

부용은 이언과 눈이 마주치자 얼굴이 화끈거리고 가슴이 뛰었다.

"세검정에 가자."

이언이 눈에 미소를 가득 담았다.

"네."

"말에 타거라."

이언이 부용에게 손을 내밀었다. 부용은 이언의 손을 잡고 말에 올라탔다. 어머니 오 씨가 대문에서 내다보고 어리둥절한 표정을 지었다.

부용은 얼굴을 붉히면서 오 씨에게 손을 흔들었다.

"이랴!"

이언이 말을 달리기 시작했다.

부용은 이언의 등에 바짝 매달렸다. 바람이 뺨을 스치고 지나갔다. 비가 와서 눅눅한 습기가 묻어 있는 바람이었다.

'아아 왕자님……'

부용은 이언의 등이 편안하고 아늑했다. 이언이 말을 달리자 행인 들이 황급히 길을 비켰다. 이언은 빠르게 세검정을 향해 말을 달렸다.

창의문을 지나 이내 세검천에 이르렀다. 인조반정이 일어날 때 반정인사들이 칼을 씻었다는 세검천이다.

세검천은 지난해처럼 물이 범람하지 않았다. 계곡을 지나 산중턱의 초옥에 이르렀다.

부용은 말에서 내리자 멀리 산자락을 둘러보았다. 오랜만에 온 세검정의 초옥이었다. 이언이 말을 매어놓고 와서 부용을 뒤에서 포옹했다.

부용은 몸을 돌려 이언을 바라보았다.

"호젓해서 좋구나. 창의문만 지나도 이렇게 좋은데……."

이언이 부용의 입술에 자신의 입술을 얹었다가 뗐다.

"일본군이 제물포에 상륙했다고 합니다."

부용이 눈을 지그시 감고 속삭였다.

"걱정하지 마라."

이언이 부용을 힘껏 껴안았다.

"왕자님께서는 어찌하실 생각이십니까?"

"나는 일본군과 싸울 것이다."

"그럼 저도 왕자님과 함께 싸우겠습니다."

"하하, 전쟁은 남자들이 하는 것이다."

"전쟁은 위험합니다. 혹여 왕자님이 다치기라도 하면 저는 어찌합니까?"

"나는 조선의 왕자다. 일본군과 싸우는 것이 당연하지 않겠느냐?"

"저는 왕자님의 여자니 왕자님을 따르는 것이 당연하지 않습니까?"

"너는 어찌 겁이 없는 것이냐?"

"저는 왕자님 뒤를 따를 거예요."

"하하, 내 뒤에 너가 있다고 생각하니 행복하구나."

이언이 부용을 더욱 힘껏 껴안았다.

초옥 밖에서 다시 빗소리가 들렸다. 또 비가 오고 있었구나.

부용은 이언을 두 팔로 안고 빗소리에 귀를 기울였다. 이언이 그녀에게 엎드려서 가쁜 숨을 고르기 시작했다.

깊고 뜨거운 사랑을 나누었다.

떨림과 흥분, 기쁨과 격정이 휘몰아친 순간이었다.

그리고 지금은 여운을 즐기는 시간······.

이언이 부용에게 입을 맞추었다.

몇 번을 되풀이해도 싫지 않은 입맞춤이었다.

부용은 눈을 감고 그의 입맞춤을 받았다.

"왕자님, 비가 또 와요."

"부용이와 빗소리를 들을 수 있어서 행복하구나."

"왕자님, 저를 사랑하셔요?"

부용이 부드러운 목소리로 물었다.

"그래. 나는 부용이를 사랑한다. 너는 부용꽃처럼 예쁘구나."

이언이 부용의 귓전에 낮게 속삭였다. 부용은 이언의 목소리가 하늘에서 들리는 것 같았다.

새벽이 되자 이언과 부용은 일어났다. 이언은 다시 왕궁시위대로 돌아가야 했다.

비는 그쳐 있었다. 물소리가 초옥까지 들렸다. 장마철이라 비가 그쳤다 왔다 했다.

"너에게는 특별히 선물을 주겠다. 러시아 공사에게 받은 것을 너에게 주겠다."

이언이 소매에서 회중시계를 꺼냈다.

"고개를 들어라."

부용은 조심스럽게 얼굴을 들었다. 그녀의 눈앞에서 이언이 환하게 웃고 있었다. 부용은 이언의 얼굴을 보자 눈이 부셨다.

"이것은 시계라는 것이다. 여기 뒤에 동그란 것이 태엽이다. 하루에 한 번씩 이것을 감아 주어야 한다."

이언이 자상하게 설명했다.

부용은 이언의 말에 귀를 기울였으나 알아들을 수 없었다. 그녀는 시계를 처음 보았고 속으로 기이한 물건이라고 생각하고 있었다.

"자세히 보아라. 자세히 알지 못하면 사용할 수 없다."

이언이 부용의 손을 잡아당겨 시계를 들여다보게 했다.

"알겠느냐? 태엽은 이렇게 감는 것이다."

"예."

부용은 모기소리처럼 작게 대답했다. 시계에서 초침 돌아가는 소리가 째깍째깍 들렸다.

"이것은 시간을 표시한 것이다. 동그란 원을 열둘로 나누어 여기가 12… 여기가 6… 여기가 3… 여기가 9… 오시부터 자시까지가 12시간… 자시부터 다음날 오시까지가 또 12시간으로… 이렇게 하면 하루 24시간이 되는 것이다."

이언이 부드러운 목소리로 설명했다.

"알겠느냐?"

이언이 다시 물었다.

"예."

부용은 기어들어가는 목소리로 대답했다. 문득 이언이 그녀를 뚫어질 듯이 응시하다가 갑자기 턱을 치켜들고 얼굴을 들여다보았다.

"이 시계는 내가 너를 사랑한다는 증표다."

이언이 그녀의 턱에서 손을 떼었다. 부용은 조심스럽게 이언에게서 떨어졌다.

마당에 매어놓은 말이 발길을 재촉하듯이 히히힝하고 울었다.

부용은 다시 이언에게 안겨서 품속으로 파고들었다. 이언이 말없이 그녀의 등을 쓰다듬었다.

부용이 마당으로 나오자 이언이 그녀를 안아서 말에 태우고 자신도 올라탔다.

"이랴."

이언이 성안을 향해 말을 달리기 시작했다.

부용은 이언과 함께 말을 타고 달리는 것이 꿈만 같았다.

이언은 창의문으로 들어가지 않고 일부러 길을 돌아 청파동으로 해서 만리재 방향으로 달렸다. 들판과 마을이 휙휙거리고 지나갔다.

날이 밝아오기 시작하여 길에 사람들이 하나둘씩 나왔다.

그들이 만리재에 이르렀을 때 일본군이 제물포 쪽에서 행군을 해오는 것이 보였다.

만리재에는 일본군 군영이 있었다. 이언은 부용을 안고 달리다가 말을 세우고 일본군 군영을 노려보았다.

일본군 군영이 부산하게 움직이고 있는 것이 느껴졌다.

"일본군이 기어이 전쟁을 벌일 모양이구나."

이언이 탄식을 하듯이 중얼거렸다. 부용은 이언이 바짝 긴장하고 있는 것을 느낄 수 있었다.

"이랴!"

이언이 다시 말을 달리기 시작했다.

부용의 집앞에 이르자 빗줄기가 굵어졌다.

"밖에 나오지 마라."

이언이 부용을 말에서 내려주면서 말했다.

"왕자님, 조심하셔요."

"만약에 무슨 일이 있으면 계동궁에 와 있어라."

이언이 부용에게 이르고 왕궁을 향해 달려갔다. 부용은 이언이 보이지 않을 때까지 대문 앞에 오도카니 서 있었다.

"늦었구나."

어머니가 부용을 맞이하면서 말했다. 부용은 어머니와 함께 집으로 돌아왔다.

쏴아아아.

비는 하루종일 그쳤다가 내리기를 반복했다. 부용은 어머니가 잠이 든 뒤에도 잠을 이루지 못하고 방문을 열어놓고 마당을 내다보았다.

이언은 계동궁에 와 있으라고 했다. 그러나 쉽지 않은 일이다.

계동궁의 하인들이 모두 그녀를 인정하고, 그녀가 머리를 올렸다고 해도 길례를 올리지 않은 것이다.

부용은 붉은 봉선화 꽃이 빗줄기에 떨어져 마당으로 둥둥 떠다니는 것을 보았다.

꽃은 왜 빗줄기를 견디지 못하고 떨어지는 것일까. 이언이 보아 준다면 하루를 화려하게 피었다가 져도 좋을 것이라고 생각했다. 이언과 헤어진 지 하루가 지나지 않았는데도 그가 보고 싶어졌다.

그는 지금 무엇을 하고 있을까.

밤이 되었으나 잠을 자지 못하고 왕궁을 지키고 있을 것이라고 생각했다.

조선의 도읍 한양은 비가 내리고 있었다.

오도리 일본공사는 2층 집무실 창으로 창밖을 내다보았다.

일본군의 작전 개시 사건이 다가오고 있었다.

2층 공사관 창으로는 비가 쏟아지는 한양거리가 내다보였다.

한양은 대부분 불이 꺼져 칠흑 같이 어두웠다. 이러한 어둠과 빗속에서 군대가 움직이는 것은 쉬운 일이 아니다. 그러나 내각으로부터 작전을 개시하라는 긴급 훈령이 내려와 있었다.

"장군, 비가 오는데 괜찮겠소?"

오도리 공사는 부동자세로 서 있는 제1혼성여단 여단장 오오시마 소장에게 물었다.

일본은 5월 9일에 육군 8백 명을 한양에 입경시키고, 5월 13일에 혼성여단 3천3백 명을 제물포에 상륙시켜, 5월 22일에 한양으로 들어오게 하여 만리창과 아현리 일대에 주둔시키고 있었다.

"핫! 명령만 내리시면 즉시 작전을 개시할 수 있습니다."

오오시마 소장이 긴장한 목소리로 대답했다.

"내각 훈령이 왔다. 오늘 자정이 지나 04시에 경복궁을 점령하라. 점령 후의 일은 내가 처리한다."

"핫!"

오오시마 소장이 부동자세로 경례를 바쳤다.

'조선은 이제 일본의 손아귀에 들어왔다.'

오도리 공사는 오늘 밤 잠을 잘 수 없을 것이라고 생각했다.

1894년 7월 22일 자정이 가까운 시간이었다.

오오시마 소장은 오도리 공사의 명령을 받자 즉시 부대로 돌아갔다. 그는 11연대와 21연대에 작전 명령을 하달했다.

"제11연대는 서대문으로 진격하라."

오오시마 소장은 아현리에 주둔하고 있는 11연대에 명령을 내렸다.

"핫!"

제11연대 연대장이 부동자세를 취했다.

"21연대는 서소문으로 진격하라."

오오시마 소장이 잇달아 명령을 내렸다.

"핫!"

21연대 연대장도 부동자세로 대답했다.

오오시마 여단장이 명령을 내리자 11연대는 서대문으로 진입하여 곧장 경복궁의 외곽을 둘러싸고, 21연대는 서소문으로부터 진입하여 일대를 백악에 매복시키고 다른 일대를 경복궁의 동쪽 고지에 포진했다.

공격은 자정이 지나고 날이 바뀌어 7월 23일 새벽 4시가 되자 일제히 시작되었다.

일본군은 광화문, 영추문, 건춘문 등 왕궁의 여러 문으로 일제히 쇄도하여 공격을 감행했다. 왕궁의 영추문에 가장 먼저 도착한 것은 일본군 제21연대 1대대였다. 그러나 영추문은 굳게 닫혀 있었다.

"오잇! 대포를 끌고 와라!"

대대장 모리 소좌의 명령에 억수같이 쏟아지는 빗줄기를 뚫고 병사들이 여러 문의 대포를 끌고 왔다.

모리 소좌는 전신이 팽팽하게 긴장되는 것을 느꼈다. 조선의 왕궁을 점령하는 일이었다.

"쏴라!"

모리 소좌는 군도를 휘두르며 살벌한 명령을 내렸다. 일본군 포병대가 일제히 포를 발사했다.

"쾅-!"

거대한 폭음이 잇달아 터지면서 포탄이 성벽과 문에서 작렬했다. 모리 소좌는 귀를 틀어막았다. 빗속에서 포연이 자욱하게 퍼졌다.

불기둥이 치솟으면서 영추문이 부서져 나가고 성곽이 와르르 무너져 내렸다.

"돌격!"

성문이 부서져 나가자 모리 소좌가 군도를 휘두르면서 명령을 내렸다. 그러자 일본군이 와 하는 함성을 지르며 일제히 영추문으로 달려 들어갔다.

일본군 보병 21연대도 영추문에 도착하여 제3중대를 경복궁의 서쪽에, 제6중대를 동쪽에 배치했다. 그들은 포격이 끝나자 일제히 경복궁을 향해 돌격했다.

총성이 요란하게 울리고 함성이 일어났다.

"적이다!"

조선의 왕궁시위대 병사들이 포성과 총성에 놀라 일제히 응사하기 시작했다.

전투는 치열하게 전개되었다.

왕궁시위대는 왕궁에 일백 명 남짓밖에 없었다. 그러나 미국인 퇴역장군 매킨 다이가 훈련을 시킨 정예 병사들이었다. 게다가 그들에게 지급된 총도 미국에서 구입한 최신식 총이어서 성능이 우수했다.

총성이 울리자 친별영에서 잠을 자던 왕궁시위대 4백 명이 즉각 출동하여 왕궁으로 들어와 일본군과 전투를 벌였다.

일본군이 광화문과 영추문을 포탄으로 부수는 사이 건춘문에 주력이 배치되어 필사적으로 일본군과 치열하게 사격전을 벌였다.

왕자 이언은 자정이 지나서야 잠을 잤다. 비가 쉬지 않고 내리고 있었고 일본군이 왕궁을 침범할 것이라는 불안감이 뇌리를 떠나지 않았다. 다행히 자정이 될 때까지 일본군이 침범을 하지 않아 조금은 안심이 되어 잠을 청한 것이다.

　조선이 무너져 가고 있는 것은 슬픈 현실이었다. 국왕도 알고 왕비도 알고 있었다.

　왕자 이언은 매킨 다이 장군과 친하게 지냈다. 그로부터 미국이 어떻게 발전을 했는지 들었다. 그러나 조선을 일시에 부흥시킬 수 없었다. 게다가 그는 왕자라고 해도 정치에 일체 관여할 수 없었다.

　비가 올 때면 잠을 이루지 못했다. 그러나 부용에 대해 생각하자 기분이 좋아졌다. 부용의 하얀 얼굴과 맑은 눈을 생각하자 행복한 느낌이 충만해져 오는 것을 느끼면서 잠이 들었다. 밖에서 내리는 빗소리도 즐거웠다.

　부용이 옆에 있는 것 같고, 부용의 체취가 느껴지는 것 같았다. 그 행복감이 충만해 있을 때 요란한 총성이 울렸다.

　그는 총성을 듣자마자 가슴이 철렁하여 벌떡 일어났다.

　"적인가?"

　이언은 옷을 입으면서 내시 이담희에게 물었다. 이담희는 이언이 어릴 때부터 계동궁에서 그의 일을 도왔다. 이담희가 당황하여 밖으로 달려 나갔다.

　"왕자님, 일본군이 왕궁을 공격하고 있습니다."

　이담희가 밖에서 돌아와 잔뜩 긴장하여 소리를 질렀다.

　'놈들이 기어이 쳐들어왔구나.'

이언은 전신이 팽팽하게 긴장되는 것을 느꼈다.

"어느 쪽인가?"

"건춘문 쪽인 것 같습니다."

이언은 옆에 놓아두었던 총을 꺼냈다. 일본군이 기어이 왕궁을 공격하고 있어서 가슴이 뛰었다.

"왕자님."

이담희가 불안한 얼굴로 앞을 막았다. 전각에서 일을 하는 궁녀들과 내시들이 몰려나와 건춘문 쪽을 보면서 웅성거리고 있었다.

"뭔가?"

"밖으로 나가시면 안 됩니다."

"너희들은 밖으로 나오지 마라."

이언은 내시와 궁녀들에게 명을 내리고 총을 들고 건춘문을 향해 달려갔다. 사방이 캄캄하게 어두운데 빗줄기가 세차게 쏟아지고 여기저기서 총소리가 요란하게 들리고 있었다. 그는 전각의 모퉁이를 돌아 빠르게 뛰었다. 빗줄기가 사정없이 그의 얼굴로 들이쳤다.

"왕자님, 위험합니다."

건춘문에 이르자 왕궁시위대 대장인 현흥택 참령이 놀라서 소리를 질렀다.

왕궁시위대는 빗속에서 일본군을 향해 치열하게 사격하고 있었다.

이언은 얼굴의 빗물을 훔쳤다.

"일본군이 공격을 하고 있는데 어찌 방관하겠는가?"

이언은 현흥택 옆으로 가서 건춘문 쪽을 쏘아보았다. 건춘문에서 일본군이 대궐로 진입하기 위해 총을 쏘고 있었다.

'남의 나라를 침략하는 야만인들!'

이언은 시위대 군사들과 함께 일본군을 향해 맹렬하게 총을 쏘았다. 현홍택은 탄환이 빗발치듯 날아오자 더 이상 이언을 막지 않았다.

'부용아, 나는 조선을 위해서 싸운다.'

이언은 맹렬하게 사격을 하면서도 부용을 생각했다. 전투는 쏟아지는 빗줄기 속에서 치열하게 전개되었다.

"악!"

시위대 병사가 비명을 지르면서 나뒹굴었다. 이언은 옆에 있던 병사가 처절한 비명을 지르자 가슴이 철렁했다.

"사격!"

현홍택이 목이 터져라 소리를 질렀다.

시위대는 어둠 속을 향해 맹렬하게 사격을 했다. 빗속에서 화약 연기가 자욱하게 퍼졌다. 일본군은 왕궁시위대의 치열한 저항에 부딪쳐 한 발자국도 왕궁으로 진입하지 못했다.

"대장님, 일본군이 영추문으로 진입하고 있습니다. 영추문에 지원 병력을 보내 주십시오."

영추문에서 시위대 병사가 피를 흘리면서 달려와 현홍택에게 보고했다.

"여기는 누가 지휘하나?"

현홍택이 당황하여 소리를 질렀다.

"현 참령! 참령이 병력을 이끌고 가라. 여기는 내가 지휘한다."

이언이 일본군을 향해 총을 쏘면서 외쳤다.

"너희들은 나를 따르라."

현홍택이 건춘문의 시위대 병력 절반을 이끌고 영추문으로 달려갔다.

"사격!"

이언은 건춘문으로 진입해 들어오는 일본군을 향해 맹렬하게 총을 쏘았다. 그러나 그때는 이미 일본군이 신무문을 돌파하여 국왕의 침전인 건청궁으로 진격하고 있었다.

건청궁 밖에는 약 50명 안팎의 시위대 병사들이 지키고 있었다. 그들은 일본군이 밀려오자 치열하게 전투를 벌였다.

일본군은 경복궁 여러 곳을 동시에 공격하여 왕궁시위대를 분산시키고 신무문을 대대적으로 공격했다.

신무문을 방어하던 왕궁시위대는 수천 명의 일본군과 치열하게 전투를 벌이다가 대부분이 장렬하게 전사했다.

일본군은 신무문을 돌파하자 건청궁으로 노도처럼 쇄도해 들어갔다.

"이럴 수가, 이럴 수가 있는가?"

왕은 당황하여 얼굴이 사색이 되었다. 궁녀들과 내시들이 비명을 지르며 아우성을 쳐댔다. 일본군이 쏘는 탄환이 왕비의 침전인 곤령합까지 빗발치듯 날아오고 있었다.

일본군의 공격으로 피를 흘리며 나뒹구는 궁녀와 내시들도 있었다.

건청궁이 아수라장으로 변했다. 모리 소좌는 병사들을 지휘하면서 건청궁을 노려보았다. 그때 조선의 국왕과 왕비가 내시와 궁녀들에게 둘러싸여 밖으로 나왔다.

"사격 중지!"

모리소좌가 명령을 내렸다. 일본군은 사격을 멈추고 국왕과 왕비를 향해 일제히 총을 겨누었다.

"이놈들, 당장 물러가라. 여기는 지엄한 조선의 왕궁이다."

대전내시가 눈을 부릅뜨고 소리를 질렀다.

"이것들을 다른 방으로 끌고 가라."

모리 소좌가 조선의 국왕을 노려보면서 명령을 내렸다. 일본군이 우르르 달려들어 궁녀와 내시들에게 개머리판을 휘둘렀다.

궁녀들이 처절한 비명을 질렀다.

"멈춰라."

그때 조선의 왕비가 앞으로 나서면서 외쳤다.

모리소좌는 흠칫하여 왕비를 쏘아보았다. 왕비는 여장부라는 소문
이 파다하여 일본인들이 경계를 하고 있었다.

"어찌 왜인이 감히 조선 왕궁을 침범하느냐?"

왕비가 다시 소리를 질렀으나 모리 소좌는 들은 체도 하지 않고
왕을 향해 앞으로 나갔다. 유순하게 생긴 왕의 얼굴이 창백하게 질려
있었다.

"물, 물러나라."

왕이 몸을 떨면서 뒷걸음을 쳤다.

"전하!"

모리 소좌가 왕을 노려보면서 소리를 질렀다. 그의 눈빛은 무시무
시한 살기를 띠고 있었다.

"전하, 조선군에게 즉시 전투를 중지하고 일본군에 투항하라는 어
명을 내리십시오. 어명을 내리지 않으면 국왕전하와 왕비전하의 안
전을 보장할 수 없습니다."

모리 소좌가 차갑게 내뱉었다. 일본인이 그의 말을 통역했다. 안전
을 보장할 수 없다는 말은 죽이겠다는 협박이었다.

"전투 중지?"

왕이 당황한 표정으로 물었다. 왕은 가련하게 부들부들 떨고 있었다.

왕을 위협하려는 듯이 병사 하나가 궁녀의 목을 베었다. 궁녀가 처
절한 비명을 지르면서 나뒹굴었다. 그녀의 목에서 피가 왈칵 솟구쳤다.

왕비가 고개를 돌렸다.

"일본군이 이미 경복궁을 점거했습니다. 전하께서 왕명을 내리지

않으면 왕궁이 피바다가 될 것입니다."

모리 소좌가 살기를 번뜩이면서 왕을 위협했다. 왕은 몸을 떨면서 왕비를 보았다.

"너희들이 조선의 왕과 왕비를 죽이라는 명령을 받았느냐? 그렇다면 죽여라!"

왕비가 모리 소좌를 향해 호통을 쳤다. 왕비의 눈에서 불이 뿜어졌다.

모리소좌는 당황했다. 왕과 왕비를 죽이라는 명령을 받지는 않았다.

"전투 중에 실수를 했다고 하면 상관이 없습니다."

모리 소좌가 야수와 같은 눈으로 왕비를 쏘아보았다. 모리소좌와 왕비는 팽팽하게 대치했다.

"대전 내시는 들으라. 왕궁시위대에 전투를 중지하고 일본군에 투항하라는 영을 내리라!"

왕은 공포에 몸을 떨면서 어명을 내렸다. 왕의 전투중지 명령은 즉시 왕궁시위대에 하달되었다. 건춘문 일대에서 일본군과 치열한 공방전을 벌이고 있던 조선군 병사들에게는 청천벽력 같은 왕명이었다.

'아…'

이언은 전투 중지와 일본군에 투항하라는 왕명이 떨어지자 비통했다.

비는 여전히 쉬지 않고 내리고 있었다. 그는 머리에서 흘러내리는 빗물을 주먹으로 훔쳤다.

"어명이다. 시위대는 전투를 중지하고 일본군에 투항하라."

대전 내시가 시위대를 향해 소리를 지르면서 뛰어다녔다.

"전하!"

이언은 분통을 터트렸다.

"전하께서 위험하다. 즉시 영을 받들라."

내시들이 빗속에서 목이 터져라 소리를 질러댔다.

이언은 분노하여 총을 던지고 일어섰다.

전투 중지 명령은 일본군에게 투항하는 것을 의미하는 것이다. 시위대가 사격을 중지하자 일본군이 일제히 달려들어 무장해제를 하기 시작했다. 시위대 병사들은 빗속에 주저앉아 통곡했다.

"전하! 어찌하여 이런 왕명을 내리십니까?"

시위대 일부 병사들은 총통을 부수고 군복을 찢어버리면서 울부짖었다.

시위대에 내린 왕의 전투중지 명령은 병사들에게 피눈물을 흘리게 했다. 그러나 왕의 왕명을 거역할 수는 없었다. 시위대 병사들은 백악 방향으로 철수하면서 일본군을 만나면 닥치는 대로 사살했다.

"왕자마마, 저희들은 화악산으로 갑니다."

시위대 병사들이 백악 쪽으로 철수하면서 소리를 질렀다.

"내 반드시 그대들을 찾아갈 것이다."

이언은 빗속에서 멀어져 가는 병사들을 향해 외쳤다. 일본군들은 순식간에 시위대의 무장을 해제하고 이언을 연금했다.

야만의 시간

부용은 요란한 포성에 놀라 벌떡 일어났다.

캄캄한 어둠 속에서 포성이 천지를 진동하고 있었다. 마치 하늘에서 벼락을 치는 것 같았다. 밖에는 아직도 빗줄기가 세차게 쏟아지고 있었다. 빗소리에 섞여 포성과 총성이 어지럽게 들려왔다.

'난리가 났구나.'

부용은 포성과 총성에 귀를 기울이고 있다가 문을 열고 대청으로 뛰어나왔다.

"얘, 밖으로 나가면 안 된다."

오 씨가 안방에서 대청으로 나오면서 소리를 질렀다.

부용의 집은 왕궁과 이웃해 있었다. 포탄이 터질 때마다 집이 흔들리고 고막이 터질 것 같았다.

"어머니, 난리가 났나 봐요."

부용은 가슴이 뛰는 것을 느끼면서 왕궁 쪽을 쳐다보았다.

"그래. 밤에 일본군이 왕궁을 에워싸더니 그예 왕궁을 침범한 모양이다."

어머니의 얼굴도 어두워져 있었다.

'기어이 전쟁이 벌어지는구나. 왕자님은 어떻게 되셨을까?'

일본군이 왕궁을 공격했으면 이언도 싸우게 될 것이다.

부용은 이언이 걱정이 되어 발을 동동 굴렀다. 그때 포성이 그치고 요란한 총성이 들리기 시작했다.

'아……!'

부용은 가슴이 세차게 뛰었다.

왕궁 쪽에서 어디론가 달려가는 함성소리와 군사들의 비명소리가 들렸다. 왕궁 쪽에서 들리는 소리로 보아 전투가 치열해지고 있는 것 같았다.

"어머니, 어떻게 해요?"

부용은 조바심이 나서 견딜 수가 없었다.

"진정해라. 왕자님은 괜찮으실 거다."

어머니가 재빨리 대청에 걸린 불을 껐다.

부용은 왕자 이언에게 무슨 일이 일어나지 않기를 간절하게 빌었다. 사방이 캄캄하게 어두워졌으나 총성이 쉬지 않고 들려왔다.

'왕자님이 무사하셔야 할 텐데…….'

부용은 대청마루에 주저앉았다. 총소리 때문에 불안하여 잠을 잘 수 없었다. 총소리가 그쳤다가 다시 요란하게 들려왔다.

부용은 시계를 꺼내서 이리저리 살폈다. 이언이 준 시계는 새벽 5시를 가르치고 있었다. 날이 밝아오려는지 창호지가 하얬다.

'그래. 왕자님을 위해 기도해야 돼.'

부용은 왕궁을 향해 무릎을 꿇고 앉았다. 이언이 무사하게 해달라고 천지신명께 정성껏 기도드렸다.

부용은 기도를 마치고 자리에 누웠다. 잠이 오지 않아 엎치락뒤치락 하는데 어느 사이에 총소리가 그쳤다. 빗소리 외에는 사방이 기이할 정도로 조용했다.

부용은 문을 살그머니 열고 밖으로 나왔다. 어머니는 대청에서 웅크리고 잠들어 있었다.

부용은 조심스럽게 대문으로 나갔다. 날이 밝아오고 있었으나 빗줄기 때문에 사방이 온통 물바다가 되어 있었다. 대문 틈으로 밖을 내다보자 영추문 앞에 수많은 일본군들이 늘어서 있었다.

'정말 일본군이 왕궁을 침범했구나.'

부용은 방망이질을 하듯이 가슴이 세차게 뛰었다. 빗속에서 말을 탄 사관이 일본 말로 소리를 지르고 호각을 길게 불었다. 그러자 일본군들이 분주하게 움직였다. 부상당한 병사들과 죽은 병사들이 들것에 실려 옮겨지는 모습도 보였다.

조선군 시위대 복장을 한 병사들이 피투성이가 되어 들것에 실려 나오고 있었다.

'왕자님은 다치지 않았을 거야.'

부용은 들것에 실려 나오는 병사들을 보면서 가슴을 졸였다. 시간이 흐를수록 왕궁 밖에는 조선인들이 몰려들어 웅성댔다.

"왜놈들이 왕궁을 침범했어. 조선의 군사들은 다 무얼 하고 있는 거야?"

"왜놈들이 국왕전하와 중전마마를 포로로 잡고 있대."

조선인들은 분노한 표정으로 일본군을 노려보면서 수군거리고 있었다. 대포를 쏴서 육중한 왕궁 담장이 허물어져 있었다.

"부용아, 밖에서 무얼하는 거야?"

어머니가 집에서 나와 부용을 잡아끌고 대문을 닫았다.

부용은 대문 틈으로 한참 동안 밖을 내다보다가 몸을 돌렸다.

"어머니, 왕궁 담이 부서졌어요."

"밖에 나가지 마라. 무슨 일이 일어날지 모르니……."

부용은 대청에 올라가 앉았다. 날이 점점 밝아오면서 비가 그쳐 가고 있었다.

"어머니, 왕자님은 괜찮으시겠지요?"

"괜찮으실 게다."

부용은 어머니가 차린 아침 식사를 한 뒤 대문께로 나가서 밖의 동정을 살폈다.

영추문 앞에는 아직도 일본군이 진을 치고 있었으나 숫자는 줄어 있었다. 대신 더 많은 조선인들이 몰려들어 왕궁 담을 살피면서 웅성거리고 있었다.

그날은 비가 오고 있었다.

조선은 여름이 한창이었고 우기였다. 나는 후텁지근한 날씨에 잠을 설치다가 자정이 지나서야 잠이 들었다. 그러나 요란한 총성과 포성이 일어나는 바람에 잠에서 깨어났다.

'일본이 기어이 도발을 하는 것인가?'

나는 정신이 번쩍 들었다. 포성이 얼마나 요란한지 집이 부르르 흔들릴 정도였다. 나는 옷을 입고 담 하나 사이에 있는 영사관으로 달려갔다. 영사관은 병사들이 바짝 긴장하여 경비를 서고 있었다. 나는 안으로 들어갔다.

영사관은 불을 환하게 켜고 모두 일어나 있었다.

"일본군입니까?"

나는 랜스돌프에게 물었다.

"일본군이겠지."

랜스돌프가 가라앉은 목소리로 대답했다. 그는 말을 많이 하지 않는 성품이다. 언제나 조용했다. 이자벨은 엠마를 안고 소파에 앉아 눈을 감고 있었다.

"어디를 공격하는 겁니까?"

"왕궁을 공격한 거야."

"침략이네요."

랜스돌프는 대답하지 않았다. 그는 독일군 장교 출신이다. 총소리와 포소리가 어디서 나는지 알고 있었다.

나는 영사관의 의자에 앉았다. 조선과 일본이 전쟁을 벌인다고 해도 영사관은 안전했다.

그러나 조선은……

나는 왕자와 부용을 생각했다. 그들도 이제는 전쟁에 휘말리게 될 것이다. 총소리와 포성이 계속되었다. 총소리는 그쳤다가 다시 계속되었다.

'야만적인 침략을 하다니……'

나는 일본이 비열하다고 생각했다. 조선에서의 일본 움직임에 대해 독일정부는 일체 관여하지 않았다. 오히려 수교를 한 지 10년이 되었는데 공사관으로 승격시키지 않고 영사관에 머물러 있었다.

'독일은 조선에 관심이 없어.'

독일은 프랑스와의 〈보불전쟁〉, 오스트리아와의 〈보오전쟁〉에서 모두 승리하여 군사력이 강대해졌다. 인구도 6천만이 넘어 전쟁이 일어나면 많은 병사를 동원할 수 있었다.

그러나 조선에는 이익이 없다. 사방이 여러 나라에 둘러싸여 있기 때문에 주위 나라들도 경계해야 했다.

총소리가 그쳤다. 나는 창밖을 내다보았다. 어두운 하늘에 비가 쉬지 않고 내리고 있었다.

'인간들은 짐승이나 다를 바 없어.'

침략은 야만적인 행위다.

나는 여러 가지 생각을 했다.

조선이 멸망하면 왕자 이언과 부용은 갈 곳이 없어질 것이다. 그러나 어떻게 하겠는가. 인구는 1천만이 조금 넘고 산업은 낙후되어 있다. 일본인들이 말하는 것처럼 고깃덩어리에 지나지 않는다.

날이 서서히 밝아오기 시작했다. 총소리는 그쳤다.

랜스돌프는 병사들의 호위를 받으면서 왕궁으로 향했다. 조선 왕의 상태를 파악하는 것도 영사의 일이었다. 나는 영사관 앞에서 거리를 살폈다. 조선인들이 웅성거리면서 왕궁 쪽으로 몰려가고 있었다.

일본군이 경복궁을 완전히 점령한 것은 1894년 7월 23일 오전 7시 30분이었다. 일본군의 경복궁 점령 소식은 한양의 조선군 각 부대에 전해졌다.

"일본군이 경복궁을 침입했다! 일본군이 국왕전하를 볼모로 잡고 있다!"

비통한 소식은 비바람처럼 각 부대로 날아갔다.

"일본군이 조선군을 해산시키려고 한다!"

조선군은 크게 술렁였다.

"우리가 비록 보잘것없는 군사에 지나지 않으나 죽기를 맹세하고 싸웁시다!"

"일본군과 싸웁시다!"

조선군은 총을 흔들면서 맹세했다.

7월 24일 오후 1시, 일본군 11연대가 친군 통위영을 접수하러 왔으나 조선군은 맹렬하게 저항했다. 일본군은 통위영을 에워싸고 포격하여 점령했다.

창경궁 홍화문 앞의 천군 총위영에도 일본군이 무장해제를 하러 왔다. 조선군은 맹렬하게 저항했으나 일본군은 총위영까지 포탄을 쏟아 부어 점령했다.

총위영 군사들은 뿔뿔이 흩어졌다.

일본군은 경복궁에 있던 각종 대포 30문, 기관포 8문, 소총 3천 정, 방대한 수량의 탄약을 경회루 연못에 던져 못쓰게 만들었다.

왕궁시위대에 빼앗은 소총도 공이를 빼고 연못에 집어넣었다. 이어 일본군은 경복궁 내탕고에 있던 수많은 보물을 약탈하기 시작했다.

"우리 보물을 무엇 때문에 약탈해 가는가? 그대들은 군인인가, 도적들인가?"

왕과 왕비는 일본군이 보물을 약탈해 간다는 보고를 받자 손수 내탕고까지 나와서 일본군 장교를 비난했다.

"우리는 상부의 명령에 따를 뿐입니다."

모리 소좌는 왕과 왕비의 말을 듣지 않았다.

"닥쳐라! 지금 외무독판이 일본 공사관에 가서 항의하고 있으니 약탈을 멈춰라!"

민씨가 피눈물을 흘리듯이 절규했다. 그러나 일본군은 일체 대꾸

하지 않았다.

　조선군의 무장해제로 한양과 경복궁에는 단 한 명의 조선군도 없는 비참한 상태에 몰려 있었다.

　일본군이 경복궁에서 탈취한 각종 무기와 보물은 워낙 방대한 양이라 일본군 수송병 240명이 동원되었으나 그것도 부족해서 병참부에서 50명의 인원과 야전병원의 인원까지 동원해서 운반했는데, 7월 23일과 7월 24일 이틀에 걸쳐서 운반했을 정도로 방대한 양이었다.

　일본군은 조선왕궁의 보물을 닥치는 대로 도둑질해 간 것이다.

　일본은 조선군의 무장해제를 전국으로 확대해 갔다. 경복궁을 점령한 일본군은 각 궁문마다 보초를 세우고 일일이 이름을 확인하고 대신들을 입궐시켰다. 김홍집, 김병시, 조병세, 정범조 같은 원로대신들이 일본군의 허락을 받아 입궐했다. 그러나 친청당이라는 낙인이 찍혀 있는 심순택은 조방(朝房, 대신들이 조회를 기다리는 방)에 3일 동안이나 갇혀 있다가 간신히 입궐할 수 있었다. 대신들이 임금에게 문안을 끝내자 각국 공사들이 들어와 왕에게 문안을 드리고 위로했다.

　"일본이 조선의 왕궁을 침범했소. 일본군이 물러가게 공사들이 힘써 주시오."

　왕이 눈물을 흘리면서 공사들에게 호소했다.

　"국왕전하, 저희들이 본국에 연락하여 일본군이 물러가도록 하겠습니다."

　공사들이 왕에게 대답했다.

　"일본군은 야비한 도적들이오. 왕궁의 보물을 약탈해 갔소."

　왕이 비통하게 말했으나 각국 공사들은 대답하지 못했다.

　대원군은 대정을 위임받자 곧 조각에 착수했다 군국기무처가 설치되고 영의정 겸 군국기무처 총재에 김홍집을 임명했다. 이른바 제

1차 김홍집 내각이었다. 군국기무처는 10인 평의회 성격을 띠고 있었다. 일본이 경복궁 점령 실행 과정으로 내세운 국왕의 연금, 대원군의 추대, 왕비 민씨를 축으로 한 민씨 일파의 추방, 친일 개화파의 등용이 군국기무처에도 그대로 적용되었다. 민영준, 민영규, 심상훈, 민응식, 민영익 등이 모조리 파직되어 유배되고 그 후임으로 김학진, 신정희, 조의연, 안경수, 어윤중, 김가진, 유길준 등이 임명되었다.

오도리 일본 공사는 군국기무처가 설치되자 무쓰 외무대신에게 긴급 보고를 했다.

[외무대신 각하, 조선 정부는 이제야말로 우리 대일본제국의 수중 지물(手中之物)이 되었습니다. 조선에서의 일은 안심하고 각하의 일을 추진하십시오.]

각하의 일이라는 것은 청일전쟁을 뜻했다. 일본이 군국기무처를 설치한 것은 철저한 배일주의자인 대원군을 견제하기 위해서였다.

일본은 경복궁 점령이 마무리되자 청일전쟁의 개전에 나섰다. 이미 청일전쟁을 염두에 두고 대본영을 설치한 일본은 곧장 아산으로 혼성여단을 급파하는 동시에 조선 조정의 구축의뢰(驅逐依賴)를 요구했다. 구축의뢰는 일본군이 청군을 공격할 때 조선에서 모든 전쟁 물자를 공급하고 조선이 청나라에 선전포고를 하라는 내용으로 되어 있었다.

왕은 몸이 아프다는 핑계로 일본의 요구를 거절했다.

대원군과 외무독판 조병직은 차일피일 미루는 지연책을 썼다.

[일본 군대가 통과하는 연도의 조선 지방관은 군량, 신탄(薪炭), 운반자재 등을 주선하여 편의를 도모해야 한다는 조선 정부의 공문 몇 장을 얻는 일에 대하여서는 일찍이 소관(小官)이 각하에게 누누이 설명한 바 있으므로 각하께서도 잘 아시리라 믿습니다. 그런데도 이 쉬

운 일 하나 각하께서 제대로 처리해 주지 못했기 때문에 우리는 미증유의 곤란을 겪고 있습니다. 우리는 지금 하루분의 군량만을 가지고 출발하므로 도중에 굶어 죽을 위기에 처해 있습니다.]

오오시마 여단장의 강력한 항의를 받은 오도리 공사는 다시 입궐하여 대원군의 머리에 칼을 들이대고 위협했다.

조병직은 한사코 반대했으나 김가진, 유길준이 이를 허락하여 마침내 구축의뢰를 획득했다. 그러나 대원군이 강력하게 반발하여 일본군의 구축의뢰는 원안보다 한결 약화되어 있었다. 그들이 강제로 체결한 〈조일의정서〉는 일본군을 분노하게 했다.

"공사로부터 멍텅구리 같은 통첩을 받았다."

오오시마 여단장은 오도리 공사에게 분통을 터뜨렸다.

조선인들로서는 비참한 의정서였다. 의정서는 조선인들과 물자를 일본군을 위하여 동원할 수 있게 허락한 것이다.

그러나 일본군은 아산만으로 향하면서 조선인들을 대대적으로 징발하기 시작했다. 곳곳에서 장정들과 소달구지가 징발되어 일본군의 탄약 수송과 군량 수송에 동원되었다.

"왜놈들은 우리 임금을 위협하고 있다고 한다. 임금이 왜놈의 포로가 되었는데 우리가 임금의 원수를 갚지는 못할망정 원수를 도울 수 있는가?"

"옳소! 우리가 왜놈들을 도와준다고 해도 전쟁터에 이르면 향도(嚮道, 총알받이)로 선두에 세울 것이오! 우리 모두 집으로 돌아갑시다!"

일본군이 수원이 이르렀을 때 징발된 조선인들은 우마차 4백 대를 끌고 도주했다. 일본군은 우마차가 사라지자 당황했다.

수원 일대에 거주하는 조선인들도 일본군에게 징발 당하지 않기 위하여 우마차를 끌고 모조리 달아났다. 이에 책임을 통감한 일본군 코시 마사츠사 소좌는 끝내 할복자살하고 말았다.

일본군은 다급해졌다. 수원을 지나 진위(振威, 대전 부근)에 이르러서는 일본군이 징발부대까지 동원했으나 탄약과 군량을 수송할 인부는 모두 달아나고 자취도 없었다.

[일본군에게 교부한 통리아문의 지시는 어쩔 수 없는 상황에서 내린 것이므로 각 지방관은 인민을 우마와 함께 가능한 일본군 주둔지로부터 멀리 피난시켜라.]

조정은 일본에게 협조하는 척하면서 밀지를 지방으로 내려 보내 협조하지 말 것을 지시했다. 진위에서 일본군 징발부대가 조선의 농가에 들어가 우마를 징발하려고 했을 때 그 농가에는 이미 진위 군수의 명령을 받은 관리들이 농부에게 우마를 가지고 피신할 것을 지시하고 있었다.

일본군 징발부대는 관리들을 포박하고 진위 군수를 무풍루(無風樓)의 기둥에 묶어 마구 구타하여 피투성이로 만들었다.

일본군은 식량 징발 문제에 대해서도 곳곳에서 난관에 봉착했다. 일본군은 행군을 하면서 연도의 농가에서 소, 돼지, 닭을 징발했으나 조선인들은 '소를 강탈해 갔다', '닭을 훔쳐 갔다' 하고 소리를 지르며 저항했다.

경부로(京釜路)의 조선인들 사이에는 일본군에게 협조하는 자는 참살해야 한다는 말까지 나돌았다.

원산에 상륙한 마츠야마의 제22연대는 7월의 불볕더위 속에서 행군을 하여 3백여 마리의 소가 무참하게 쓰러져 죽고 조선인 인부들이 일사병에 걸려 전진할 수가 없었다.

조선인 인부들은 "이 고생을 하느니 차라리 죽여 달라"고 요구했다.

일본군은 군기를 세운다는 구실로 조선인 인부의 목을 칼로 쳤다. 그러나 다른 인부들은 두려워 벌벌 떨면서도 짐을 지려고 하지 않았다. 그들은 길가에 웅크리고 앉아서 죽음을 기다리고 있을 뿐이었다.

조선인들 밤만 되면 무리를 지어 도망쳤다.

일본군은 생각하다 못해 조선인 인부들을 10명 내지 20명씩 조를 편성하고 일본군에게는 채찍과 몽둥이를 주어 감시하게 하는 고육지책까지 써야 했다.

일본 육군인 혼성여단은 남하를 계속해 아산만의 바로 위에 있는 성환에서 청군과 맞닥뜨렸다. 청군은 일본군이 남하한다는 정보를 입수하자 평야지대인 아산을 떠나 성환에 방어선을 구축했다. 청군 병력은 3천4백 명, 일본군 혼성여단은 약 4천 명에 이르렀다.

일본군은 해전에서와 같이 기습공격을 감행했다. 일본군은 공격개시 1시간 반 만에 청군을 괴멸시켜 청일전쟁의 서전을 승리로 장식했다.

성환에서 패배한 청군은 뿔뿔이 흩어져 평양으로 후퇴의 길에 올랐고 한양이 있는 일본인들은 승전보가 전해지자 흥분으로 들끓었다.

일본인들은 거리로 뛰어나와 만세를 부르고 상점이 철시를 하는 등 축제 분위기에 휩싸였다. 그러나 조선인들의 얼굴에는 어두운 그림자가 드리워지고 있었다.

왕궁은 무겁게 가라앉아 있었다.

일본군이 왕궁을 점령한 뒤에 왕궁은 태풍이 휩쓸고 간 것 같았다. 왕궁을 오가는 궁인들의 얼굴도 침울해 보였다.

이언은 건청궁 쪽으로 걸음을 옮기기 시작했다.

경회루 쪽으로 가까이 가자 시위대 병사들이 총을 소제하고 있는 것이 보였다. 이언은 천천히 병사들 앞으로 걸어갔다. 병사들이 일제히 일어나 이언에게 인사를 했다. 왕궁시위대는 일본군이 경복궁을 점령하자 일부는 화악산으로 가고 나머지는 무장해제를 당했다가 다시 왕궁으로 돌아와 있었다.

"왕자님."

매킨 다이가 이언에게 인사를 했다. 매킨 다이 장군은 일본군이 연못에 버린 소총과 탄약을 꺼내 닦으면서 분노를 삭이고 있었다.

"장군, 청군이 성환에서 패했으니 어찌될 것 같소?"

이언이 매킨 다이에게 물었다.

"청나라에서 평양으로 군대를 파견한다는 말이 있습니다."

매킨 다이는 조선말이 능숙했다.

"그럼 평양에서 대회전을 치르게 되겠군요."

"그렇습니다. 일본과 청나라는 평양에서 대회전을 치를 것입니다. 그런데 왜 물으십니까?"

"일본군이 경복궁을 침범하여 조선을 손아귀에 넣었습니다. 일본을 몰아내지 않으면 조선이 멸망할 것입니다."

"그럼 왕자님께서 일본군과 직접 싸우실 생각입니까?"

"그렇습니다."

"일본이 가만 있지 않을 것입니다. 한양에 일본 밀정들이 많다는 소식이 있습니다."

"나는 나라를 위해 목숨을 바칠 것입니다. 현흥택 참령은 어디에 있소?"

"시위청에 있을 것입니다."

이언은 매킨 다이와 헤어져 시위청으로 갔다. 시위청에는 현흥택이 4, 5명의 병사들과 밀담을 나누고 있었다.

"왕자님."

현흥택과 병사들이 일제히 일어나서 이언에게 머리를 조아렸다.

"평양으로 떠나는 병사들인가?"

이언은 병사들의 굳은 얼굴을 살피면서 물었다. 그들은 평양에 가서 일본군과 싸우려는 병사들이었다.

"예."

"언제 떠나는가?"

"오늘 서대문 밖 무악재에 만나 평양으로 갈 것입니다."

이언은 병사들의 말을 듣고 잠시 생각에 잠겼다. 그는 일본군을 반드시 조선에서 몰아내야 한다고 생각했다. 그렇다면 평양에 가서 청군과 연합하여 일본군과 싸워야 했다.

"나도 평양으로 갈 것이다. 밤에 나도 갈 터이니 먼저 출발하지 말고 기다리라."

"왕자님, 왕자님께서 손수 일본군과 싸우실 필요는 없습니다."

현흥택이 비장한 표정으로 말했다.

"군사들만 죽음의 구렁텅이로 나가게 하고 싶지 않다."

이언은 시위청에서 나와 건청궁으로 갔다. 평양으로 떠나면 살아서 돌아오기 어려울지 모른다. 아버지인 임금에게 하직 인사를 해야 했다.

일본군이 경복궁을 침범하던 날부터 그는 오로지 평양으로 갈 생각만 했다. 매킨 다이 장군에게 하루에도 몇 시간씩 사격훈련을 받았다. 그가 건청궁에 이르자 내시와 궁녀들이 일제히 머리를 조아렸다. 이언은 건청궁으로 들어가 왕에게 절을 올렸다.

"왔느냐?"

왕이 이언을 힐끗 살피고 물었다. 그는 눈가에 짙은 우수가 깃들어 있었다.

"예, 하직 인사드리러 왔습니다."

이언은 임금의 얼굴을 조심스럽게 살폈다.

"하직이라니… 어디를 가려는 것이냐?"

"평양에 유람을 가고자 합니다."

"지금 시절이 어떻게 돌아가는데 유람을 간다는 말이냐? 네가 제정신이냐?"

왕이 버럭 역정을 냈다. 이언은 머리를 숙인 채 대답하지 않았다. 임금에게 평양에 가서 일본군과 싸운다고 사실대로 말할 수 없었다. 잠시 어색한 침묵이 흘렀다. 왕궁 어디에선가 매미가 우는 소리가 들렸다.

저놈은 시절도 모른다는 말인가. 조선의 국운이 바람 앞에 등불처럼 위태로운데 울어대고 있는 것인가. 이언은 매미가 우는 소리조차 귀에 거슬렸다.

"솔직히 말하거라. 평양에 유람을 가려는 것이 아니지? 일본군과 싸우려는 것이냐?"

"예."

이언은 비로소 시인했다.

"일본군과 싸워서 승산이 있다고 생각하느냐?"

"오직 사직을 위하여 싸울 뿐입니다."

이언은 왕의 얼굴을 뚫어질 듯이 쏘아보았다. 그를 볼 때마다 맹렬한 분노가 가슴 속에서 치밀고 올라왔다.

그것은 나약한 군주여서 일본에 굴욕을 당하고 있는 일에 대한 불만이었다. 왕비 민씨는 입술을 깨물고 있었다.

"내 이런 날이 올 줄 알았다. 살아 있는 것이 치욕스럽구나."

민씨가 눈물을 주르르 흘러내렸다.

왕과 왕비는 일본군에 연금되어 치욕을 당했다. 왕세자 척은 일본
군에게 개머리판으로 구타를 당해 기절하기까지 했다.

왕세자의 생모인 민씨는 슬픔을 참을 수가 없었다.

"반드시 이 치욕을 갚아야 한다."

민씨가 손등으로 눈물을 훔쳤다.

"고정하십시오."

"내가 고정할 수 있느냐?"

"일본군이 왕궁의 보물까지 도둑질해 갔다. 하다못해 궁녀들의 요
강까지 가져갔다고 한다."

일본군은 왕궁의 보물은 물론 궁녀들의 비녀, 속옷까지 훔쳐가 조
선인들의 입을 다물지 못하게 했다.

"좀 더 많은 보물을 빼돌려야 했는데 이렇게 도둑질까지 할 줄은
몰랐습니다."

이언은 일본군의 도둑질이 황당했다.

"나라가 망해 가는데 너와 같은 아들이 있어서 다행이다. 가거라.
허나 네가 왕자라는 것을 누구에게도 말하지 마라."

왕이 소매에서 종이봉투를 꺼내서 주었다. 이언은 두 손으로 공손
히 봉투를 받았다. 이언이 봉투 안의 것을 꺼내자 여러 장의 어음이
들어 있었다.

"전하."

이언은 왕의 얼굴을 바라보면서 가슴이 타는 것 같았다. 그는 우유
부단한 아버지였다. 그는 여러 차례 나라를 부강하게 할 기회가 있었

으나 강력하게 밀어붙이지 못했다. 이언은 망국의 군주가 아버지라는 사실이 서글펐다.

"평양에 가면 군비가 많이 필요할 것이다. 군비에 써라."

"고맙습니다."

"밀정들을 조심해라. 왕궁의 내시와 궁녀 중에도 밀정이 있다고 한다."

"명심하겠습니다."

이언은 다시 절을 올리고 고개를 들었다. 그러자 임금의 얼굴에 눈물이 흐르고 있었다.

'아버지……'

이언은 임금의 눈물을 보자 비로소 눈시울이 뜨거워졌다.

이언은 경회루 옆으로 느릿느릿 걸었다.

조선의 왕세자가 있는 동궁전에 가서 하직인사를 하고 돌아가는 길이었다. 일본군과 치열한 사격전을 벌인 경복궁은 곳곳에 총탄 자국이 남아 있었다. 일본군의 경복궁 점령사건으로 시위대 병사 70, 80명이 죽고 내시와 궁녀들도 10여 명이 죽었다. 전각과 누각 곳곳에 핏자국이 말라붙어 있었다.

'일본군은 야만인이다.'

이언은 일본군이 왕궁의 보물까지 도둑질해 가자 분노가 치밀었다.

'평양에서 반드시 일본군을 몰살시킬 것이다.'

이언은 어둠에 둘러싸인 동궁전을 바라보다가 영추문 쪽으로 걸음을 옮겼다.

동궁전 내시 김재현이 등롱을 들고 조심스럽게 길안내를 하고 있었다. 어둠에 잠긴 왕궁이 사람이 없는 것처럼 괴괴했다.

"왜놈들이 왕궁을 침범했다. 이 일을 어찌하는 것이 좋겠느냐?"

왕세자 척은 슬픔에 잠겨 있었다.

"저하, 평양에서 청군과 함께 왜적을 격파하겠습니다."

이언은 왕세자의 얼굴을 보면서 담담하게 대답했다.

"아우가 몸소 가려고 하는 것이냐?"

"일본군을 조선에서 몰아내기 위해 목숨을 바칠 것입니다."

"아우는 반드시 살아야 한다."

왕세자 척이 이언의 손을 잡고 울었다.

영추문에는 시위대 병사들이 부동자세로 서 있었다. 이언은 영추문을 나서기 전에 건청궁 쪽을 돌아보았다. 어쩌면 다시는 왕궁으로 돌아올 수 없을지 모른다는 생각이 들어 착잡했다.

거리는 사람들의 발길이 끊어져 조용했다.

"나리."

집사인 김만수가 말고삐를 잡고 기다리고 있었다.

"가자."

이언은 말에 올라탔다. 김만수가 말고삐를 잡고 왕자의 사가인 계동궁으로 향했다. 밤인데도 날씨가 후텁지근하여 열기가 훅훅 끼쳐 왔다.

이언은 계동궁으로 돌아오자 평양으로 떠날 준비를 했다. 참령 현홍택이 하인을 보내 무악재로 오라고 청했다. 동대문으로 나가면 일본군이 배치되어 있을 것이므로 서대문을 나가 무악재에서 만나 삼개나루에서 배를 타고 평양으로 가기로 한 것이다.

'누구지?'

이언이 계동궁에서 나왔을 때 쓰개치마를 쓴 여자가 골목에 서 있었다. 여자가 조심스럽게 다가와서 쓰개치마를 벗었다.

'부용이로구나.'

이언은 눈앞이 환해지는 기분이었다. 이언은 부용이 고개를 들자 가슴이 찌르르 울리는 것 같았다.

아아, 어찌하여 이리도 예쁜 여자가 있는가. 까만 눈이 별처럼 반짝이고 살결이 눈처럼 하얗다.

"부용아, 밤에 어찌하여 온 것이냐?"

"왕자님을 배웅하려고 왔습니다."

부용이 곱게 미소를 지었다.

부용은 노란 저고리에 남색 치마저고리를 입고 있었다. 동정(옷깃)과 버선만이 흰색이었다. 머리는 가르마를 타서 단정하게 묶고 비녀를 꽂았다.

"너를 보고 있으니 꽃을 보고 있는 것 같구나."

"마마, 소인의 이름이 꽃입니다."

부용이 생긋 웃었다.

"나는 지금 평양으로 떠난다. 너를 만나고 떠나게 되어 기쁘구나."

이언은 평양성 전투에서 죽을지 모른다고 생각했다.

"왕자님께서 일본군을 물리쳐 달라고 기도할 거예요."

"고맙다."

"마마, 무악재로 떠날 시간입니다."

뒤에서 집사 김만수가 고했다.

"알았다."

이언은 부용을 지그시 응시하다가 몸을 돌리려고 했다.

부용이 놀라서 이언을 쳐다보았다. 부용은 눈물이 핑 돌았다. 이언이 부용의 손을 잡더니 와락 끌어안았다.

"왕자님……."

부용은 이언의 품에 안겨 눈을 감았다.

"부용아."

"예, 왕자님."

이언이 손으로 부용의 턱을 치켜들었다. 부용이 눈을 뜨고 이언을 응시했다.

"눈을 감아라."

부용은 스르르 눈을 감았다. 그러자 이언의 입술이 그녀의 입술에 얹혀졌다.

'아…….'

부용은 숨이 막히는 것 같았다. 이언의 품에 안겨서 몸을 부르르 떨었다.

"부용아."

"예."

이언이 다시 부용의 입술에 입을 맞췄다.

"마마……."

뒤에서 김만수가 재촉을 했다.

"알았다."

이언은 부용을 떼어놓고 말에 올라탔다.

"왕자님."

부용은 넋이 나간 듯이 낮게 뇌까렸다. 계동궁 앞에 시위대 군인들 4, 5명이 기다리고 있었다.

"가자."

이언은 말에 올라타 무악재를 향해 달리기 시작했다.

왕자를 찾아서

무악재는 캄캄하게 어두웠다. 소낙비라도 쏟아지려는 것일까.

이언은 무악재 영마루에 올라서자 말에서 내렸다. 어디선가 부엉이 우는 소리가 들렸다. 영마루에는 몇몇 군인들이 기다리고 있었다. 이언은 군인들로부터 차례로 인사를 받고 무악재를 둘러싸고 있는 숲을 살폈다. 숲도 캄캄하게 어두운데 상수리나무의 무성한 잎사귀들이 검푸른 빛으로 살랑대고 있었다.

"모두 모인 것이냐?"

이언은 군인들을 살피면서 물었다.

"아직 친별영의 군사들이 오지 않았습니다."

시위대 출신의 사관 조하영이 대답했다.

"삼개나루로 먼저 간 것이 아니냐?"

"여기서 왕자님을 기다리기로 약조했습니다. 먼저 갈 리가 없습니다."

"그럼 반시진만 더 기다리자."

이언은 사방을 둘러보았다. 무악재 주위의 검은 숲에는 불을 켜놓은 인가가 하나도 없었다. 어두운 하늘에 별이 몇 개 떠서 반짝이고 있었다. 무악재 아래 마을에 몇몇 집이 불을 켜놓아 아슴한 불빛이 흘러나오고 있을 뿐이었다.

탕-!

그때 어둠을 산산이 찢어발기는 것 같은 총성이 숲에서 들려왔다. 이언은 가슴이 철렁하여 재빨리 주저앉았다.

"매복이다."

"피하라."

군인들이 사방을 살피면서 우왕좌왕했다. 이언은 당황하여 사방을 둘러보았다.

총성이 어디에서 들렸는지 알 수 없었다. 한 발의 총성이었으나 전신이 팽팽하게 긴장되었다. 그때 다시 요란한 총성이 울리고 군인들이 비명을 지르면서 나뒹굴었다.

"왕자님!"

김만수가 고통스러운 목소리로 소리를 질렀다.

"만수야!"

이언은 어둠 속을 향해 외쳤다.

"소인이, 총을 맞았습니다!"

총성은 더욱 요란하게 울리고 있었다. 이언은 좌우의 숲에 수십 명의 적이 매복하고 있다고 생각했다.

조선의 군인들이 여기저기서 비명을 지르면서 쓰러졌다. 그들은 적의 공격에 미처 대응조차 못 하고 죽어가고 있었다.

"이놈들!"

이언은 어두운 숲속을 향해 맹렬하게 총을 쏘기 시작했다. 캄캄한 어둠 속이었다. 적이 어디에 있는지 알 수 없었다. 피아간에 맹렬하게 총을 쏘아댔다. 그때 왼쪽 어깨가 화끈하면서 엄청난 통증이 엄습해 왔다. 그는 어깨를 움켜쥐고 나뒹굴었다. 왼쪽 어깨에서 피가 주르르 흘러내렸다.

'내가 여기서 죽는 것인가?'

이언은 피눈물이 흘러내릴 것 같았다. 평양에 가서 싸워보지도 못하고 죽는다고 생각하자 비통했다.

총성이 그친 것은 한참이 지나서의 일이었다. 사내들이 숲속에서 우르르 달려 나왔다.

"조선군은 사살되거나 달아났습니다."

어둠 속에서 누군가에게 보고하는 소리가 들렸다. 이언은 입을 벌리고 신음을 토했다. 맹렬한 통증 때문에 정신을 차릴 수가 없었다.

"왕자를 찾아라."

사내의 지시에 사내들이 일제히 횃불을 밝혀들었다. 그들은 모두 조선인 옷을 입고 있었다. 사내 하나가 횃불을 들고 이언의 얼굴을 비쳤다.

"왕자를 찾았습니다."

"총에 맞았느냐?"

"어깨에 부상을 당했습니다."

이언은 어깨의 통증 때문에 이를 악물고 있었다.

"왕자님입니까?"

적들의 괴수로 보이는 자가 이언의 얼굴을 살폈다.

"그렇다. 나는 조선의 왕자다."

이언은 얼굴을 찡그리고 대답했다.

"이 밤중에 어디로 행차하려고 하셨습니까?"

"말하지 않겠다. 너의 정체가 무엇이냐?"

"우리 일본군과 싸우려고 평양에 가려고 한 것이 아닙니까?"

"네 이름이 무엇이냐? 네가 감히 조선의 왕자를 총으로 쏘고도 살 것 같으냐?"

"나는 일개 낭인에 지나지 않습니다."

일본인이 가소롭다는 듯이 웃었다.

"포로가 되어 치욕을 당하지 않겠다. 차라리 나를 죽여라."

"정녕 죽고 싶습니까?"

"그렇다. 어서 죽여라."

"조선의 왕자 의연군 이언이 용맹하다고 하더니 사실이군요."

사내가 코웃음을 쳤다. 이언은 적의 괴수가 비아냥대는 말에 눈에 핏발이 서는 것 같았다.

"입을 막고 손발을 묶어라."

사내의 지시에 우락부락한 사내들이 이언에게 달려들어 재갈을 물리고 손발을 묶었다. 이언은 발버둥을 쳤으나 그들의 완력을 당할 수 없었다. 사내들이 그의 어깨에 지혈제를 뿌리고 헝겊을 감쌌다.

"마차에 태워라. 오늘 밤 안에 제물포로 가야 한다."

사내들이 이언을 짐짝처럼 들어서 마차에 태웠다.

'이놈들이 마차까지 준비하다니… 사전에 철저하게 준비했구나.'

이언은 왕궁에 첩자가 있다고 생각했다. 어디선가 또 부엉이가 울었다. 이언은 어깨에서 피가 흘러내려 정신이 몽롱했다.

사내들은 조선옷을 입고 조선말을 하고 있었으나 억양 때문에 일본인들이라는 것을 알 수 있었다.

"이랴!"

마차가 어둠 속을 향해 빠르게 달리기 시작했다.

이언은 마차가 덜컹대고 달리자 눈을 감았다. 어둠 속에서 그들의 말을 떠올려보았다. 그들의 말에 의하면 제물포로 끌고 가는 것이 분명했다.

'제물포에서 나를 일본으로 끌고 가려는 것인가……'

이언은 어떻게 하든지 탈출해야 한다고 생각했다.

이담희는 계동궁의 집사 김만수의 말을 듣고 망연자실했다.

무엇인가 불길한 일이 닥칠 것 같아 날이 밝기가 무섭게 내시부로 나오고 얼마 되지 않았을 때였다.

김만수는 옆구리에 총을 맞아 피를 흘리고 있었다. 그는 왕자 이언이 일본군으로 보이는 수상한 자들에 의해 납치되었다고 고했다.

이담희는 즉시 시위대에 알리고 무악재로 달려갔다.

무악재는 이미 수상한 자들이 떠나고 없었다. 조선인들 7, 8명이 총을 맞고 시체가 되어 나뒹굴고 있었다.

일본인들로 보이는 시체는 없었다. 그들이 시체를 가져간 것이 분명했다.

"수상한 자들이 어디로 간다고 했느냐?"

이담희는 내시부로 돌아오자 내의원 의원에게 치료를 받고 있는 김만수에게 물었다.

"제물포로 간다는 말을 얼핏 들었습니다."

"어째서 이제야 고하느냐?"

"소인이 부상을 당했고 성문이 닫혀 도성으로 들어올 수가 없었습니다."

날은 이미 완전히 밝아 있었다. 성문이 닫혀 있었으니 김만수가 들어오지 못한 것은 어쩔 수 없었다. 그는 내시부 마당을 서성거리면서 생각에 잠겼다. 시위대에 알렸으니 왕궁이 발칵 뒤집혔을 것이고 김홍집 내각이 일본 공사관에 사실 여부를 확인할 것이다. 그러나 일본 공사가 잡아떼면 왕자를 구할 수 없다.

"추격대를 편성해야 하겠다. 시위대에 가서 군사 50명을 빌려 와라."

이담희는 김만수에게 영을 내리고 머리를 두드렸다. 왕자를 납치한 일본인들이 제물포로 갔다면 뒤쫓는 일이 쉽지 않을 것이다.

'늙은 내가 왜놈들과 싸워야 하는가?'

이담희는 옷을 갈아입고 총을 준비했다.

이담희는 풍전등화의 위기에 빠진 조선을 위해 이언을 구해야 한다고 생각했다. 그는 육혈포를 찾아 품속에 챙기고 탄창도 준비했다.

육혈포는 이언 왕자로부터 선물 받은 것이었다. 그가 육혈포를 쏘는 방법을 가르쳐 주고 탄약까지 주었다. 미국으로부터 구입한 것이었다.

"나리, 시위대가 20명밖에 내주지 않습니다. 시위대는 왕궁을 지켜야 한답니다."

김만수는 반 시진이 되어서야 시위대 군인들 20명을 데리고 왔다.

군인들을 지휘하는 사관 유학성이 이담희에게 경례를 바쳤다.

"왕자님이 일본인들에게 납치당한 것이 사실입니까?"

유학성이 분개한 표정으로 물었다.

"확실하다."

유학성은 30대 초반으로 보였으나 눈빛이 강렬했다.

"가자."

이담희는 밖으로 나와 말에 올라탔다.

"이랴!"

이담희는 삼개나루를 향해 말을 달리기 시작했다.

"이랴!"

시위대 군인들도 말을 달리기 시작했다.

사직동에서 서대문이 가까웠기 때문에 그쪽으로 방향을 잡았다. 어느 사이에 해가 서서히 떠오르고 있었다. 서대문은 활짝 열려 있고 사람들이 부지런히 오가고 있었다. 조선의 분주한 아침이 시작되고 있었다.

서대문을 벗어나 청파동 쪽으로 달렸다. 청파동 일대의 논에는 벼들이 파랗게 웃자라 있었다. 삼개나루는 아침부터 혼잡했다. 새우젓을 파는 사람들이 나루에 가득하고 각종 해산물을 산처럼 쌓아놓고 파는 사람들로 시끌복잡했다.

"나루꾼들에게 지난밤에 강을 건넌 자가 있는지 확인하라."

이담희가 군인들에게 지시했다. 군인들이 일제히 흩어져 나루로 달려갔다.

"지난 밤 자시에 마차 한 대와 일본인들이 말을 타고 강을 건넜다고 합니다."

유학성이 나루터를 돌아다니다가 돌아와 보고했다.

"우리도 나루를 건넌다."

이담희는 군인들을 지휘하여 배에 올랐다.

말과 함께 건너야 했기 때문에 큰 배를 빌렸다.

배에서 한강을 살피자 잠두봉과 멀리 선유봉까지 한 눈에 들어왔다. 한강에는 10여 척의 배가 떠서 물자를 실어 나르고 학이 하얀 날개 짓을 하면서 날고 있었다. 일본만 아니라면 지극히 평화로운 조선의 아침이었다.

"나리, 놈들이 이미 제물포에 도착하지 않았을까요?"

유학성이 말고삐를 잡고 이담희에게 물었다.

"제물포에 있다면 샅샅이 뒤져서 찾아야 한다."

"그들이 왜 하필 제물포로 데리고 간 것입니까? 혹시 일본으로 끌고 가려고 한 것이 아닙니까?"

"일본으로 끌고 간다면 일본까지 추적할 것이다."

이담희는 비장하게 입술을 깨물었다. 이내 배가 양천의 공암나루에 이르렀다.

"가자."

이담희는 배에서 내리자 말에 올라타 질풍처럼 달리기 시작했다.

탕탕탕-!

이른 아침이었다. 대문을 요란하게 두드리는 소리에 부용은 눈을 번쩍 떴다. 무엇인가 불길한 예감이 뒤통수를 엄습해 왔다.

탕탕탕-!

대문을 두드리는 소리가 계속 들리고 어머니가 일어나서 밖으로 나갔다. 부용은 눈을 부비고 일어나 주섬주섬 옷을 입었다.

새벽에 잠깐 잠이 들었기 때문에 눈꺼풀이 천근처럼 무거웠다.

"아주머니, 저 춘이에요."

옆집에 살고 있는 춘이었다.

"무슨 일이니? 꼭두새벽에……"

"부용에게 소식을 전하러 왔어요. 왕자님이 무악재에서 일본군에게 납치되었대요."

부용은 춘의 말에 가슴이 철렁했다. 대문께로 맨발로 달려 나가 춘의 손을 잡았다.

"언니."

"부용아, 큰일 났어."

"어떻게 된 거예요? 왕자님이 정말 일본군에게 잡혀 갔어요?"

"그래. 왕자님이 무악재에서 일본인들에게 납치되었대."

부용은 눈앞이 캄캄해지는 것 같았다. 아아, 왕자님은 어떻게 된 것일까. 부용은 발을 동동 굴렀다.

"무악재에 가 볼래."

"나도 같이 갈게."

춘이 부용의 손을 잡았다.

"지금은 안 돼. 성문이 아직 안 열렸을 거야."

어머니가 반대했다.

"아니에요. 성문은 사경(四更)만 되면 열려요. 옷 갈아입고 올게 잠깐 기다려."

춘이 다시 그녀의 집으로 갔다. 부용은 황급히 쓰개치마를 머리에 둘렀다.

"조심해라."

어머니가 근심이 가득한 표정으로 말했다. 부용이 대문을 나오자 춘도 대문에서 나오고 있었다.

"대감님은 안 계셔?"

부용은 서대문을 향해 걸음을 재촉하면서 춘에게 물었다. 서대문으로 가는 길은 이미 부지런한 사람들이 오가고 있었다.

"대감님은 대원위 대감께 가셨어."

춘이 부용을 보고 웃었다. 서대문을 나선 뒤에는 뛰듯이 걸음을 빨리했다. 무악재로 오르자 붉은 해가 두둥실 떠올랐다. 그러나 어디에서 총격전이 벌어졌는지 알 수 없었다. 마침 서부 관령(官令, 한양 5부의 하나)과 포졸들이 달려오는 것을 보고 그들을 따라갔다.

"핏자국이야."

관령이 풀숲에 흩어져 있는 핏자국을 살피면서 말했다.

"어떻게 해?"

부용은 울 듯한 표정으로 발을 굴렀다. 총격전이 벌어진 곳인 듯 곳곳에 탄피가 뒹굴고 있었다.

"왕자님은 괜찮을 거야. 우리 대감님이 그러는데 왕자님은 장수할 거래. 관상쟁이가 그랬대."

춘이 말했다.

"그대들은 어디에서 왔소?"

관령이 부용에게 물었다.

"계동궁에서 왔어요."

부용이 대답했다.

"계동궁 아씨예요."

춘이 관령에게 말했다. 관령이 부용에게 허리를 숙여 인사를 올렸다. 그는 풀숲을 수색하여 수십 발의 탄피를 찾아냈다.

"이건 일본군 탄피 아닌가?"

"미군 탄피도 있습니다."

관령과 포졸이 탄피를 살피면서 말했다.

"탄피 하나만 주세요."

부용이 관령에게 말했다.

"어떻게 하시려고요?"

"중전마마께 고하겠습니다."

부용은 녹음이 무성한 숲을 둘러보았다.

지난 밤 이곳에서 무슨 일이 벌어진 것일까. 이른 아침의 무악재는 초목이 싱그러운 녹향을 뿜고 있었고 저 아래 마을에서는 아침을 짓는 연기가 푸르게 피어오르고 있었다.

"왕자님은 납치되었다고 하니까 안전할 거야."

춘이 이마의 땀을 손등으로 훔쳤다.

"왜놈들이 왜 왕자님을 납치했을까?"

"모르지. 내려가자."

부용은 춘과 함께 무악재를 내려오기 시작했다.

"계동궁으로 가 볼래."

부용은 춘과 헤어져 계동궁으로 돌아왔다.

"아씨."

부상을 당한 계동궁 하인 천달이 뛰어나오면서 머리를 조아렸다. 부용은 천달에게 자세한 이야기를 들었다.

부용은 일단 왕비 민씨에게 보고하기 위해 왕궁으로 들어갔다.

"어떻게 할 것이냐?"

부용에게 보고를 받은 민씨가 한숨을 푹 내쉬었다.

"왕자님을 찾겠습니다."

부용이 결연한 어조로 말했다.

"일본군이 왕자를 함부로 죽이지는 못할 것이다. 제물포 첨사에게 지시하여 일본으로 끌고 가지 못하게 하겠다."

부용은 왕궁에서 계동궁으로 돌아왔다.

부용은 말을 끌고 나왔다. 천달이 나와서 머리를 조아렸다.

"말이 있지?"

"예."

"말을 끌고 나와."

"예."

천달이 마구간으로 달려갔다. 부용은 대청으로 올라가 벽에 걸려 있는 이언의 활과 화살을 챙겨가지고 나왔다.

"아씨, 어찌하시려고요?"

천달이 물었다.

"왕자님을 찾아갈 것이다."

"소인도 가겠습니다."

부용은 천달과 함께 말을 타고 제물포를 향해 달리기 시작했다.

이언은 정신이 몽롱했다. 여기는 어디일까. 나는 왜 이렇게 구름 위에 두둥실 떠있는 것처럼 기분이 좋은 것일까. 시간이 얼마나 흘렀는지도 알 수 없었고 자신이 무엇을 하고 있는지도 알 수 없었다.

유카다(浴衣)를 입은 일본 유녀(遊女)들이 그의 품에 안겨서 깔깔 대고 웃고 있었다.

"왕자님, 즐거우십니까?"

이언을 납치한 사내가 희미하게 웃으면서 물었다. 그는 정신을 바짝 차려야 한다고 생각하면서 비굴하게 웃는 시늉을 했다. 마치 꿈을 꾸고 있는 것 같고 안개 속을 헤매고 있는 것처럼 머릿속이 어지러웠다.

"즐겁소."

이언은 사내를 향해 헤벌쭉 웃었다. 어깨의 상처는 많이 회복되어 있었다. 일본인들이 치료를 한 것 같았다.

"유녀들과 이곳에서 평생을 즐기시는 것이 어떻습니까?"

사내가 이언을 비웃듯이 말했다.

"그거 아주 좋은 일이오."

이언은 웃으면서 유녀들을 껴안았다. 유녀들이 웃으면서 그에게 안겨왔다. 사내는 이언과 여자들이 뒤엉켜 있는 것을 보고 방을 나갔다.

'여긴 아편굴인 것 같다. 왜놈들이 나를 폐인으로 만들려는 거야.'

이언은 사내가 나가자 여자들을 뿌리쳤다.

중국에서 아편 때문에 수많은 인민들이 폐인이 되었다는 말을 들은 일이 있었다. 아편을 피우면 정신이 황폐해질 것이라고 생각했다.

이언은 여자들에게 뒤엉켜 있으면서도 부용을 머릿속에 떠올렸다. 부용을 생각하자 몽롱하던 정신이 찬물 속에 한 줄기 햇살이 비치듯 맑아지는 것 같았다.

이언은 문득 자신을 납치한 사내를 어디서 본 것 같다는 생각을 했다. 그를 어디서 보았을까.

그래. 홍선대원군 이하응의 집에서 본 왜인이야. 이언은 벼락을 맞은 듯한 기분이었다.

오카모토 유노스케. 일본 포병소좌 출신으로 일본공사관 부무관이다.

'일본의 사무라이인가?'

이언은 소름이 오싹 끼치는 듯한 기분이 들었다.

'놈들을 안심시키기 위해서는 아편에 취한 척해야 한다.'

이언은 감시자들의 눈을 철저하게 속였다. 그들의 눈을 피해 탈출한 뒤에 평양으로 가야 했다. 그는 감시자들이 나타날 때마다 히죽히죽 웃었다.

"여기는 어디인가?"

에이코라는 이름을 갖고 있는 여자에게 이언이 물었다. 그녀는 아편에 취해 백치처럼 웃고 있었다. 에이코는 뻐드렁니에 보조개가 패는 얼굴을 갖고 있었다.

"유곽입니다."

"유곽이 무엇을 하는 곳이지?"

"여자들이 남자들을 목욕시켜 주고 몸을 파는 곳입니다."

유곽의 여자들은 아편에 취해 이언이 묻는 말에 웃으면서 대답했다. 그녀들은 일본에서 기녀들보다 천한 신분이라고 했다.

이언이 권하는 아편을 피우면서 오히려 해롱거렸다.

"여기의 책임자는 누구지?"

"스즈키상입니다."

"나를 이곳에 끌고 온 자는 누구인가?"

"오카모토 유노스케라고 합니다. 공사 각하의 심복이라고 들었습니다."

이언은 오카모토의 정체가 궁금했다.

"그는 무얼 하는 사람인가?"

"자세한 것은 몰라요. 공사관에서 근무하는 높은 사람이래요."

에이코의 옆에 있던 유녀 사토미가 까르르 웃음을 터트렸다.

'나를 납치하라고 명령을 내린 자는 일본 공사구나.'

이언은 오도리 공사의 교활한 얼굴을 떠올리고 눈을 부릅떴다. 유곽에서 탈출하면 반드시 오도리 공사를 죽일 것이라고 생각했다.

"내가 여기에 온 지 얼마나 된 것이냐?"

"모르겠어요. 이틀인 것 같기도 하고 사흘인 것 같기도 하고……."

에이코가 아편 연기를 길게 내뿜었다.

이언은 틈틈이 바깥의 동정을 살폈다. 일본인들이 이 유곽에 주로 출입을 하고 있었다. 그러나 안채는 출입이 완전하게 통제되고 있었다. 일본의 전통 양식에 따라 지은 오카베집, 2층 목조건물이었다.

'어떻게 이곳을 탈출하지?'

이언은 유곽을 탈출할 방법을 골똘하게 생각했다. 이언은 여자들을 통해 그가 있는 곳을 파악하기 시작했다.

유곽은 방탕하고 추한 곳이었다. 유곽은 제물포에 거주하는 일본인들의 거주촌이었다. 일본인 거주촌은 처음에 제물포의 각국 조계 장정 체결에 의해 만들어진 것이었다.

제물포 조계 장정은 조선 정부가 미국, 일본, 영국, 청국 등 4개국과 체결한 것이었다. 그러나 미국과 영국은 조계가 마련되었는데도 사람들이 오지 않았고 일본 조계와 중국 조계만 사람들이 몰려와 있었다.

각국 조계에는 표지석이 세워져 있었으나 일본인과 중국인이 미국과 영국의 조계를 차지하여 자신들의 거주촌으로 만들었다. 조계 지역에서는 기원, 도박장, 연관(烟館, 아편 여관) 등의 설립이 금지되었으나 일본은 무시하고 있었다.

일본 거주촌에는 유곽이며 음식점과 도박장까지 있었다. 일본에서 낭인 노릇을 하던 자들이 조선에서 일확천금을 하기 위해 몰려와 무뢰배들의 소굴이나 다를 바 없었다. 거리에 하오리와 기모노를 입은 일본인들이 활기차게 돌아다니고 있었다.

'이곳은 제물포에 있는 일본인 거류지역이다.'

이언은 며칠 만에 자신이 감금되어 있는 곳을 파악했다.

제물포는 바다가 가까웠으나 폭염은 오히려 한양보다 더 뜨거웠다.

이담희는 제물포 일대를 샅샅이 누비면서 왕자 이언을 찾았다. 그러나 드넓은 제물포에서 이언을 찾은 것은 쉽지 않았다. 시위대 병사들도 이담희도 지치기 시작했다.

왕비 민씨가 제물포 첨사 김경일에게도 영을 내리고 이담희에게도 비밀리에 영을 내렸다.

제물포 일본인 거주 지역은 조계 장정이 체결된 지 10년이 지나자 완전히 일본 땅으로 변해 있었다. 집들이 일본풍으로 건축되어 있고, 일본 상점들이 즐비했다. 상인들도 일본인들이었다. 기모노를 입은 여자들, 하오리를 입은 남자들이 거리를 오가고 있었다.

'저자가 이곳에 있구나.'

이담희는 오카모토 유노스케가 일본인 거리에 나타난 것을 보고 전신이 팽팽하게 긴장되는 것을 느꼈다.

이담희는 시위대 병사 한 명에게 그를 미행하게 했다. 오카모토 유노스케가 제물포에 있는 것이 이상한 일은 아니었으나 그는 일본공사관의 부무관이었다.

"조선의 왕자를 보지 못했소?"

이담희는 거리를 오가는 일본인들에게 물었다. 몇몇 일본인들은 조선말을 알아듣지 못 하는 시늉을 했다.

"조선의 왕자가 왜 여기에 와 있겠소?"

일본인들이 눈을 흘기면서 내뱉었다. 일본인들 중에는 조선말을 하는 사람들이 많았다.

"일본인들에게 납치당했다고 하오."

"큰일 날 소리. 일본인들이 왕자를 납치하면 조선의 군대가 이 마을을 그냥 두겠소? 우리 마을을 쑥대밭으로 만들 작정이오?"

일본인들이 눈을 부릅떴다.

"그럼 며칠 전에 마차가 한 대 오지 않았소?"

"오지 않았소이다. 조계 안에서는 말을 타거나 수레가 다니는 것이 금지되어 있소."

일본인들은 손을 내저으면서 술집으로 몰려갔다.

일본군이 아산과 성환에서 대승을 거두어 일본인 거리가 온통 축제 분위기에 들떠 있었다.

'아아 왕자님께서는 어디에 계신가?'

이담희는 일본인 거리에서 망연자실했다. 그때 제물포첨사 김경일이 부하들을 데리고 왔다.

"이제 어떻게 해야 합니까?"

제물포 첨사 김경일이 이담희를 따라오면서 물었다.

"방이라도 붙이시오. 어떻게 하든지 왕자님을 찾아야 하오."

이담희가 더위에 지친 목소리로 대답했다.

"알겠습니다."

김경일이 제물포 병사들을 거느리고 물러갔다.

"조선인 왕자에 대한 소문을 들은 일이 있소?"

이담희는 거리를 오가는 일본인들에게 물었다. 일본인들이 황급히 고개를 흔들었다.

일본인들 거리에는 담벼락마다 일본군이 대승을 거두었다는 승전보가 나붙어 있었다. 이담희는 그 벽보를 볼 때마다 무력감을 느껴야 했다.

대원군은 청일전쟁이 발발하자 일본군에 협조하지 말라는 밀명을 전국 팔도에 내렸다. 대원군의 밀명에 따라 많은 관리가 일본군을 멀리했다.

'조선을 이끌 사람은 세자가 아니라 의연군이다.'

이담희는 세자보다 이언 왕자를 더 좋아했다. 이언은 왕궁에서 나와 민가에서 살았기 때문에 백성들의 어려운 삶을 잘 알고 있었고 서양인들과 교류하여 개화에 대해 긍정적인 생각을 하고 있었다.

조선의 지식인이라 불리는 선비들은 철저하게 양이를 배척하고 있었다. 병인대박해로 병인양요가 일어난 이후 대원군은 척화비를 세웠고 유학을 하는 선비들은 양이를 배척하는 것이 본분이라고 생각했다. 그러나 양이는 중국과 일본보다 더 강했다. 김경일은 제물포 첨사가 된 뒤에야 그 사실을 깨달았다.

조선의 선비들은 왕비보다 국제정세에 더 어두웠다. 왕비는 일본이 노골적인 야욕을 드러내자 인아거일 정책을 세워 일본을 멀리하고 러시아를 가까이했다. 그러나 개화당은 일본의 힘을 빌려 조선을 개화시키고 오로지 독립이라는 명분을 세워 청국을 몰아내려고 혈안이 되었다.

조선의 선비들이나 개화당은 어리석었다.

"어르신, 일단 요기라도 하시지요. 술집에 들어가서 사람들에게 물어보기도 하구요."

체구가 우람한 유학성이 땀을 흘리며 권했다.

"그렇게 하세."

이담희는 시위대 군사들을 데리고 일본인 거리에 있는 술집으로 들어갔다. 일본인들은 술집에 모여 앉아 왁자하게 떠들고 있었다. 전쟁에서 승리하여 술집이 흥청대고 있었다.

"우리들이 먹을 음식을 내오게."

이담희는 군사들에게 식사와 술을 시켜주었다.

일본인들은 조선인들이 들어오자 갑자기 조용해졌다. 그들은 이담희 일행을 경계하고 있었다.

"주인장, 조선인 왕자가 이곳에 오지 않았소?"

이담희는 음식을 먹으면서 주인에게 물었다.

일본 말은 작년부터 독선생을 불러다가 부용과 함께 배웠다.

"조선인 왕자가 왜 이런 곳에 오겠습니까?"

술집 주인이 고개를 흔들었다.

"마차를 본 일은 없소?"

"없습니다."

술집 주인의 말에 이담희는 얼굴을 찡그렸다.

일본 음식점에서 점심을 먹고 선착장으로 향했다. 일본 조계가 선착장 근처에 있고 선착장 옆에는 백사장이 하얗게 펼쳐져 있었다.

4부 싸늘한 시체로 떠내려온
이연 왕자를 껴안다

제물포의 일본군

파도가 하얀 포말을 일으키면서 백사장으로 밀려오고 있었다.

태양이 작열하는 하늘에는 욱일승천기가 펄럭였다. 제물포첨사 김경일은 검은 제복을 입은 일본군이 군함에서 내려 상륙하는 것을 보고 씁쓸했다. 일본군은 이미 한 달 전부터 제물포에 군대를 상륙시키고 있었다.

"첨사님, 내각에 보고를 해야 하지 않습니까?"

천총 김태균이 분개한 표정으로 말했다.

일본군이 제물포에 상륙하고 있는데 아무것도 할 수 없어서 분개하고 있었다.

"내각에서 일본군에 협조하라는 훈령이 내려왔네."

김경일은 한숨을 쉬듯이 말했다.

"우리 정부가 허락한 것입니까?"

"우리 정부는 반대했지."

"그러면 저들의 상륙을 막아야 하지 않습니까?"

제물포의 조선 군사로 일본군을 막는 것은 불가능했다.

일본군은 총과 대포로 무장하고 있는데 조선의 군사는 아직도 활과 창으로 무장하고 있었다. 군사들도 불과 1백 명 남짓밖에 되지 않았다.

"내각이 일본과 조일협정을 체결했네. 그 협정에 따라 우리는 일본군을 도와야 하네."

"그럼 우리가 일본군을 위해 일해야 한다는 것입니까?"

김태균이 언성을 높여 말했으나 김경일은 대답하지 않았다. 일본은 조선이 청국으로부터 독립을 해야 한다고 주장했다.

"조선은 수백 년 전부터 청국의 속국이었다. 조선을 독립시키라."

청나라는 일본의 요구를 거절하고 일본은 이를 구실로 전쟁을 일으킨 것이다.

두두두두.

그때 이담희가 시위대 병사들을 거느리고 달려왔다. 말들이 달려오면서 흙먼지가 자욱하게 일어났다.

이담희는 일본군이 상륙하는 것을 보고 가슴이 철렁했다. 대규모의 일본군이 상륙하는 것을 본 것은 처음이었다.

날씨는 몹시 더웠다. 바닷바람이 불어오고 있었으나 옷이 몸에 달라붙을 정도로 땀이 흘러내렸다.

"자네가 일을 하나 해야겠네."

이담희가 깊은 침묵에 잠겨 있다가 입을 열었다.

"무슨 일입니까?"

김경일이 더위에 달아오른 공기 때문에 괴로워하면서 물었다. 멀리서 아이들이 바다에 뛰어들어 놀고 있는 것이 보였다.

"오늘밤 제물포 곳곳에 방을 붙여 조선의 장정들은 평양으로 떠나

라고 하게. 소달구지를 가지고 있는 사람들은 모두 백리 밖으로 피하
라는 방을 붙이고……"

"어찌 그런 방을 붙이라고 하십니까?"

김경일은 이담희의 말을 이해할 수 없었다.

"제물포에 남아 있으면 일본군의 종노릇을 하게 되네."

"종이요?"

"일본 군수품을 평양까지 운반하는 일에 동원될 것이네. 일본군의
종노릇을 하고 싶지 않으면 평양으로 가라고 하게. 일본군을 위해 일
할 바에야 평양에서 청군을 위해 싸우는 것이 낫지 않겠나?"

"알겠습니다."

김경일이 머리를 조아리고 천총 김태균을 불렀다. 김태균이 다가
오자 그는 이담희의 지시 사항을 전달했다.

김태균이 말을 타고 황급히 돌아갔다. 김경일은 그가 점점 멀어지
는 것을 우두커니 응시했다. 백사장에 상륙한 일본군은 부산하게 움
직이고 있었다. 사관들이 호루라기를 불고 고성을 지르면서 군사들
을 정렬시키고 군수물자를 하역하고 있었다. 사관들은 말까지 타고
있었다.

백사장에는 많은 조선인들이 몰려와 불안한 눈빛으로 일본군이 상
륙하는 것을 지켜보고 있었다.

'일본군이 수천 명이 되겠군.'

이담희는 침이 마르는 듯한 기분이었다. 그때 일본군들이 김경일
에게 말을 타고 달려왔다. 김경일은 관복을 입고 있었다.

"그대가 제물포 첨사요?"

일본군 장군이 말위에 앉아서 김경일에게 물었다.

"그렇소."

김경일이 위압감을 느끼면서 일본군 장군을 응시했다.

"나는 대일본제국 육군 제8여단 여단장 이케다 소장이오."

"나는 대조선국 제물포 첨사 김경일이오."

김경일은 목소리를 높여 이케다 소장에게 맞섰다.

"그대는 내각의 훈령을 받았을 것이오. 내일 아침 군수품을 운반할 조선인 장정 8백 명, 소달구지 1백 대를 군영 앞으로 대령시키시오."

이케다 소장이 명령을 내리듯이 말했다.

"장군, 나는 그런 훈령을 받은 일이 없소."

"뭐요?"

"조선인이 어찌 일본군의 노무자 노릇을 하겠소?"

김경일은 위압적으로 나오고 있는 이케다 소장에게 맞섰다. 그는 일본군에 협조할 생각이 추호도 없었다.

"조일협정을 맺었으니 훈령이 없어도 우리에게 협조해야 하오."

"나는 조선의 관리지 일본의 관리가 아니오. 내각의 훈령이 없이는 협조할 수 없소."

김경일은 이케다 소장의 말을 일축했다.

"빠가야로! 오도리 공사는 일을 어떻게 처리하는 것인가?"

이케다 소장이 분노하여 김경일을 쏘아보았다. 그의 뒤에는 수십 명의 일본군들이 삼엄하게 도열해 있었다.

"내각의 훈령을 받고도 협조하지 않으면 살려두지 않겠소."

이케다 소장이 눈을 부릅떴다. 김경일은 이케다 소장의 말에 대꾸도 하지 않았다.

"일본군이 얼마나 상륙했소?"

김경일이 이케다 소장에게 물었다.

"그건 왜 묻는 거요?"

"여기는 조선땅이오. 조선땅에 상륙한 일본군을 파악할 의무가 있소."

"군사 비밀을 말할 수 없소."

이케다 소장이 일본군을 향해 달려갔다. 그는 일본군을 향해 무엇인가 사납게 소리를 지르고 있었다.

"잘했소."

이담희는 제물포 첨사 김경일에게 감탄했다. 그는 일본군이 상륙하는 것을 한 시진 동안이나 노려보다가 제물포 첨사부로 돌아왔다.

천총 김태균은 병사들과 함께 제물포 일대 곳곳에 방을 붙이고 있었다.

[조선의 장정에 고한다. 제물포 장정들은 내일 아침에 제물포에 상륙한 일본군의 군수물자를 운반해야 한다. 이들의 군수품을 운반하면 대역죄인이 된다. 소달구지를 갖고 있는 백성은 먼 지방으로 피하라. 장정들은 일본군과 싸우려면 평양으로 가라. 청군을 도와 일본군을 격파하라.]

방에는 소속을 명시하지 않았다. 방을 본 제물포 백성들이 곳곳에서 웅성거렸다.

"방을 붙여도 모르는 백성들이 많을 거요. 집집마다 다니면서 백성들을 피신시키시오."

이담희가 김경일에게 지시했다.

김경일은 제물포 병사들을 동원하여 마을마다 돌아다니면서 소달구지가 있는 백성들을 먼 곳으로 피신하게 했다.

제물포에 때 아닌 소달구지의 이동이 시작되었다. 조선인 장정들도 친척집으로 가거나 평양으로 떠났다. 제물포 곳곳이 술렁거렸다.

"일본군에 협조하지 않는 것은 잘한 일이오."

이담희는 첨사부에서 김경일에게 사례했다.

"그나저나 왕자님을 찾지 못해 걱정입니다."

김경일이 길게 한숨을 내쉬었다.

"일본 조계에 있는 것이 확실하니 염탐을 할 것이오."

이담희는 왕자 이언을 찾기 전에는 돌아가지 않을 생각이었다.

"알겠습니다. 저희도 최선을 다해 왕자님을 찾겠습니다."

"일본군이 내일 아침에 그냥 있지 않을 것이오."

"나는 죽어도 일본군의 명령을 따르지 않을 것입니다."

김경일은 의지가 뚜렷했다. 이담희는 첨사부를 나와 제물포거리를 걷기 시작했다.

밤이 깊었으나 잠을 잘 수 없는 것은 이언의 행방을 알 수 없기 때문이었다. 사방이 캄캄한데도 소달구지가 횃불을 들고 떠나는 것이 보였다.

"에이. 이게 무슨 생고생이야?"

"오늘 밤 떠나지 않으면 일본군 군수품 운반을 해야 한다잖아?"

"군수품을 운반하면 돈을 주지 않나?"

"돈을 주기는커녕 채찍에 맞아 죽는다고 하네."

소달구지를 끌고 가는 사람들이 중얼거리는 소리가 들렸다.

이담희는 느릿느릿 일본인 조계를 향해 걸었다. 일본군이 상륙하고 있어서인지 일본인 조계는 떠들썩했다.

이담희는 조계 안으로 들어가 계속 걸었다. 그러자 2층 목조 건물에 깃발 하나가 걸려 있는 것이 보였다. 일본말로 씌어 있어서 글자를 알 수 없었으나 목욕을 하는 곳인지 술집인지 알 수 없었다.

대문 앞에 일본 여자가 서서 지나가는 사람들에게 손짓을 하고 있었다.

"이곳이 무엇을 하는 곳인가?"

이담희는 여자에게 다가가서 물었다.

"목욕을 하는 곳입니다."

여자가 서투른 조선말로 대답했다.

"술도 마실 수 있는가?"

"물론입니다."

"그럼 안내하게."

이담희는 여자를 따라 방으로 들어갔다. 2층으로 향하는 계단을 올라가자 방에는 다다미가 깔려 있고 창문이 활짝 열려 있었다. 어디선가 일본 여자들의 노랫소리와 사미센 소리가 들리기도 했다.

"저는 마사코라고 합니다."

이담희를 안내한 여자가 물러가고 얼마 되지 않아 젊은 여자가 들어와 무릎을 꿇고 절을 올렸다.

"목욕하시겠습니까?"

마사코가 차를 권하면서 물었다. 그녀는 화장이 진하고 흰색의 유카다를 입고 있었다.

"목욕은 안 하겠네. 술이나 가져 오게."

"하이."

마사코가 절을 하고 물러갔다. 이담희는 창으로 안채를 내려다보았다.

안채의 한 곳에 아직도 불이 켜져 있고 여자들의 웃음소리가 들리고 있었다.

이내 마사코가 술상을 가지고 들어왔다.

이담희는 마사코가 따르는 술을 천천히 마셨다. 마사코에게도 술을 권하자 조심스럽게 마시면서 배시시 웃었다.

"안채에는 누가 사는가?"

술기운이 오르자 이담희가 마사코에게 물었다.

"주인이 살고 있습니다."

"주인은 무엇을 하는 사람인가?"

"오사카에서 유곽을 하는 분입니다."

"안채에서 여자들 웃음소리가 들리더군. 안채에서도 손님을 받고 있나?"

"저희들은 모릅니다만 귀한 손님이 와 있다고 합니다."

"귀한 손님이 조선인인가?"

"모릅니다."

마사코는 갑자기 경계하는 표정이 되었다.

이담희는 마사코의 눈빛이 달라지자 수상하다고 생각했다. 일본인 조계에서 왕자를 숨길 수 있는 곳은 가장 큰 유곽일 것이라고 생각했다.

"악기를 연주할 줄 아는가?"

"사미센을 조금……."

"그럼 연주해 봐라."

마사코가 밖으로 나가더니 사미센을 가지고 들어와 연주하기 시작했다. 그녀는 이담희가 시키지도 않았는데 노래까지 부르기 시작했다.

사쿠라 사쿠라
3월의 하늘은
끝이 없어 보이는구나

마사코의 노래는 어딘지 모르게 애조를 띠고 있었다. 반복되는 사쿠라는 가락이 더욱 애절했다.

사쿠라 사쿠라
봄안개인가, 구름인가
그윽한 향기로구나

이담희는 마사코와 함께 술을 마시기 시작했다.

마사코는 술을 잘 마셨고 취기가 오르자 경계하는 마음이 풀어지고 있었다.

이담희는 그녀에게 미리 준비해 두었던 금가락지도 하나 주었다. 그러자 마사코가 즐거워하면서 유카다의 허리띠를 느슨하게 풀었다.

그녀의 옷깃이 벌어지면서 하얀 가슴이 드러났다.

'내가 환관인데 어찌하라고 이러는 거야? 참으로 난처하구나.'

이담희는 가슴이 철렁했다. 마사코가 그의 정체를 모르고 허연 가슴을 들이대고 있었다.

"마사코, 조선인도 안채에서 술을 마실 수 있나? 안채를 구경하고 싶군. 안채에서 술을 마실 수 있는 사람은 특별하겠지?"

"안채에서는 술을 마시지 않아요. 그냥 손님일 뿐이에요. 오카모토 님의 청탁을 받았지요."

이담희는 오카모토라는 말에 술이 확 깨는 기분이었다. 오카모토는 일본 공사관사의 부무관이니 왕자 이언을 납치했을 가능성이 높았다.

"오카모토가 누군데?"

"한양에서 활동하는 사무라이입니다."

"칼잡이라는 말인가? 칼잡이는 안채에서 술을 마실 수 있군."

"술을 마시지 않는다니까요."

"손님이 마차를 타고 왔지?"

이담희가 넘겨짚었다.

"어떻게 아세요?"

마사코가 눈을 동그랗게 뜨고 이담희를 쳐다보았다.

이담희는 왕자가 유곽에 감금되어 있는 것이 틀림없다고 생각했다.

'유학성을 시켜 유곽을 조사해야겠구나.'

이담희는 마사코에게서 정보를 얻어 흡족했다. 마사코는 밤이 깊어질수록 횡설수설했다. 이담희는 술이 취한 체하고 유곽에서 나왔다.

조계는 일본군들이 가득했다.

첨사부로 가는데 벽 앞에 사람들이 모여서 웅성거리고 있었다.

[금월에 아일본황군(我日本皇軍)이 아산과 성환에서 청국을 극복하여 적 1만 명을 오살(鏖殺)하니 무일인득면자(無一人得免者)라. 아일본황병은 사상(死傷)이 지극히 경미하니라. 아일본황병 만세.]

일본군이 붙여 놓은 벽보였다.

이담희는 벽보를 보고 찬바람이 부는 것 같았다.

조선의 국왕은 가배차를 한 모금 마시고 일본공사 오도리를 쏘아보았다. 햇볕이 쨍쨍하여 근정전 안이 후텁지근했다. 오도리 공사는 짧은 머리에 검은 양복을 입고 가슴에 훈장을 달고 있었다. 그의 뒤에는 허리에 칼을 찬 일본군 장교가 부동자세로 서 있었다.

"전하, 조선과 일본은 조일협정을 체결했습니다. 협정에 따라 조선은 일본군을 도와야 합니다."

오도리 공사가 위압적인 목소리로 말했다. 그의 옆에는 총리가 된 김홍집이 서 있었다. 개화당이라고 불렸으나 국왕은 그가 내각을 맡은 일이 달갑지 않았다.

"조선은 일본군에 협조할 것이오."

국왕은 오도리 공사와 눈을 마주치지 않았다.

오도리 공사는 경복궁을 침범했을 때 그가 보는 앞에서 궁녀의 목을 베었다. 그때 피가 그의 용포에 튀었었다. 잔인하고 냉혹한 자였다.

'승냥이보다 더 악랄한 놈.'

국왕은 오도리 공사를 죽이고 싶었다.

"전하, 제물포 첨사가 일본군에 협조를 하지 않고 있습니다. 제물포 첨사를 교체해 주십시오."

"그것은 내각에서 할 일이오."

"전하께서 특명을 내려 주십시오."

"임금은 그러한 일에 특명을 내리지 않소."

"전하께서 제물포 첨사를 교체하지 않으면 외신은 돌아가지 않겠습니다."

오도리 공사가 눈에 비웃음기를 담고 말했다. 국왕은 선뜻 대답을 하지 않았다.

"일본군은 왕궁을 침범했소."

국왕이 무겁게 침묵을 지키고 있다가 입을 열었다.

"그것은 조선의 신민이 원해서 한 일입니다. 대일본제국은 조선이 청국으로부터 독립하기를 바랍니다. 대일본제국의 충심을 알아 주십시오."

"일본군이 왕궁의 보물을 약탈해 갔소."

국왕이 낮은 목소리로 말했다. 마치 기어들어가는 듯한 조용한 목소리였다.

"전하, 대일본제국의 황병을 모욕하지 마십시오. 일본 황병은 그런 짓을 하지 않습니다."

그때 왕궁 어느 쪽에선가 총소리가 요란하게 들렸다.

오도리 공사를 따라 들어온 일본군이 임금을 위협하기 위해 총을 쏘고 있는 것이다.

국왕의 얼굴이 딱딱하게 굳어졌다. 유약하고 두려움이 많은 그의 눈빛이 흔들리고 있었다.

'일본 공사는 사악한 놈이다. 왕궁의 보물을 약탈해 가고도 잡아떼는구나.'

국왕은 몸을 부르르 떨었다.

오도리 공사는 빠르게 조선 국왕의 눈치를 살폈다. 그는 총소리에 잔뜩 긴장하고 있었다.

"전하, 일본군은 남산에 대포를 설치했습니다. 조일협정을 지키지 않으면 왕궁으로 대포가 발사될 것입니다. 만국공법에 의해 조약을 지키지 않으면 대가를 치러야 합니다."

오도리 공사가 조선의 임금에게 노골적으로 협박했다.

조선 국왕의 얼굴이 창백하게 변했다. 그때 왕비가 궁녀들을 이끌고 근정전으로 나왔다.

"외신이 왕후마마를 뵙습니다."

오도리 공사는 허리를 숙여 인사를 했다.

조선의 왕비가 나타나자 오도리 공사와 오오시마 여단장이 긴장했다. 그녀는 일본에 넘어갔던 철도부설권을 비롯하여 각종 이권을 러시아와 미국에 넘겨 일본과 대립하고 있었다. 우유부단한 국왕과 달리 영특하면서도 과단성이 있었다. 그녀는 조선의 왕궁에서 일본군이 보물을 약탈하자 각 국 공사들에게 일본이 도둑질을 한다고 하여 망신을 주기까지 했다.

"공사, 공사는 일본군이 왕궁을 침범한 것이 불법이라는 사실을 모르시오? 일본국의 총리가 내린 명령이오? 아니면 일왕이 내린 명령이오?"

왕비가 서릿발이 내리는 목소리로 오도리 공사를 질책했다.

"왕후마마, 부녀자가 조정 일에 개입해서는 안 됩니다."

오도리 공사가 눈을 부릅뜨고 왕비를 쏘아보았다. 그녀의 눈에서 파랗게 불길이 뿜어지고 있는 것 같았다.

"내 질문에 답해 보시오."

"부녀자의 질문에 답하지 않겠습니다."

오도리 공사가 왕비를 부녀자라고 깎아내렸다.

"일본군이 보물을 약탈하는 것을 내 눈으로 보았소."

"일본군은 그런 짓을 하지 않습니다."

"참으로 낯도 두껍소. 미국의 알렌 공사와 러시아의 웨베르 공사에게 내가 모두 이야기했소. 그러고도 문명국이라고 할 수 있소?"

"전하, 제물포 첨사를 교체해 주십시오."

오도리 공사가 왕비의 말을 무시하고 임금에게 소리를 질렀다.

"전하, 윤허하여 주십시오."

총리대신 김홍집이 조심스럽게 아뢰었다.

"윤허하겠소."

임금이 영을 내렸다.

"전하, 감사합니다. 외신은 이만 돌아가겠습니다."

오도리 공사가 임금에게 머리를 조아렸다.

"공사."

왕비가 소리를 버럭 질렀다. 오도리 공사는 근정전에서 물러가려다가 멈칫했다.

"우리 둘째 왕자는 어떻게 할 것이오?"

"왕비전하."

"우리 둘째 왕자에게 무슨 일이 있으면 공사가 책임져야 할 것이오."

왕비의 목소리는 비수처럼 날카롭게 그의 가슴을 찌르고 있었다.

김홍집은 왕과 왕비 앞에 무릎을 꿇고 엎드렸다. 비가 오려는 것일까. 하늘이 낮고 어둠침침했다. 임금의 편전인 희정당은 무거운 침묵이 흐르고 있었다.

"경은 총리대신을 맡았으니 복도 많소."

왕비가 김홍집을 비웃었다.

"황공하옵니다."

김홍집은 머리를 바짝 조아렸다. 무너져가는 조선의 총리대신을 그가 원하고 있는 것은 아니었다. 그는 이제 시골에 낙향하여 책이나 읽으면서 지내고 싶었다.

"제물포 첨사는 교체했소?"

"내각에 훈령을 내렸습니다."

김홍집은 우유부단한 임금의 얼굴을 힐끗 쳐다보았다. 그는 얼굴이 둥그스름하고 눈빛이 온화했다. 성품이 두루뭉술해 국가적인 위기가 닥쳤어도 제대로 대처하지 못하고 있었다.

"총리대신은 일본 공사의 지시를 받고 있구려. 그대는 일본의 총리대신이오?"

왕비가 김홍집을 향해 날카롭게 쏘아붙였다.

김홍집은 어리둥절하여 왕비를 쳐다보았다. 왕비는 임금과 전혀 달랐다. 얼굴이 길음하고 눈매가 날카로웠다. 여성인데도 중국의 역사에 대해서 잘 알고 있었고, 서양에 대해서도 깊이 이해하고 있었다. 그러나 조선은 풍전등화의 위기에 빠져 있었다.

일본군이 경복궁을 점령했을 때 김홍집은 벼락을 맞은 듯한 기분이었다. 일본군을 조선에 상륙시키지 않으려고 조정은 부단하게 노력을 했다. 그러나 일본은 조선 조정의 강력한 반대에도 불구하고 대규모의 일본군을 상륙시켰다. 그것은 사실상 조선을 침략한 것이었다.

"중전마마……."

김홍집이 머리를 깊숙이 조아렸다.

"일본이 저렇게 방자한데 어찌 그냥 두고 있는 것이오?"

김홍집은 가슴이 답답해져 왔다.

"일본은 왕궁의 보물을 약탈했소. 문명국이라고 자처하면서 좀도둑 같은 짓을 했소."

"중전마마, 신이 어찌해야 합니까?"

김홍집은 이마를 방바닥에 짓찧으면서 울음을 터트렸다.

"조선의 총리라면 일본군을 몰아내야지요."

"무엇으로 몰아냅니까? 일본군을 어찌 몰아냅니까?"

왕은 김홍집이 울음을 터트리자 당황하여 어쩔 줄을 몰라했다.

"총리대신, 왜 울고 있는 것이오?"

왕이 난처한 듯이 헛기침을 했다.

"신은 조선이 부강해질 수 있다면 당장 이 자리에서 죽는다고 해도 여한이 없을 것입니다."

"무슨 일이 있소?"

"조선은 경장을 해야 합니다."

"경장을 하다니 그게 무슨 말이오?"

"조선에 철도를 놓고, 학교를 세우고, 공장을 건설하고, 신문을 발행해야 합니다. 그렇게 해서 유신을 해야 합니다."

"유신이라고 했소?"

"일신… 일신… 우일신… 날마다 새롭게… 날마다 새롭게… 그리고 또 날마다 새롭게 모든 것을 바꾸어야 합니다."

"그렇게 하면 되지 않소?"

"5백 년 동안 조선이 받들어 온 유학을 어찌합니까? 공자 왈 맹자왈 하면서 개화를 반대하는 양반들을 어찌하옵니까? 신은 갈 곳을 모르겠습니다. 조선의 앞날을 모르겠습니다. 조선이 캄캄한 굴속을 헤매고 있는 데 어찌해야 합니까?"

김홍집은 울음을 그치지 않았다.

"총리대신, 대책이 없소? 조선의 살길이 없소?"

"두 번 세 번 말씀을 올려도 같은 대답뿐입니다. 경장을 해야 합니다."

"경장은 일본이 요구하고 있는 것이 아니오?"

왕비가 눈살을 찌푸렸다. 김홍집이 통곡을 하여 그녀도 멋쩍어하고 있었다.

"일본이 요구해도 해야 합니다. 조선의 살길은 경장밖에 없습니다."

"일본을 통해서 경장을 할 수 없소. 차라리 러시아와 손을 잡고 경장을 하겠소."

왕비가 냉랭하게 말했다. 김홍집은 놀라서 통곡을 멈추었다.

이언은 슬그머니 눈을 떴다. 머리가 지근거리고 눈앞이 안개가 내린 것처럼 몽롱했다. 여자들은 모두 여지저기 쓰러져 잠들어 있었다.

아편에 취해 여자들의 옷가지들이 흩어져 허연 살덩어리들이 드러나 있었다.

시간이 얼마나 된 것일까.

이언은 온 신경을 집중하여 주위의 동정에 귀를 기울여 보았다. 밖에서 아무 소리도 들리지 않는 것으로 보아 감시자가 없는 것 같았다. 새벽이었다. 감시자도 잠을 자고 있는 것이 분명했다.

'이 기회를 놓치면 안 돼.'

이언은 다다미 위에서 조심스럽게 몸을 일으켰다. 몸 안에 아편 기운이 남아 있어서 정신이 흐릿하고 몸이 휘청댔다.

'내가 며칠이나 감금되어 있었을까?'

이언은 며칠이 지났는지 알 수 없었다. 감시자들은 그가 쉬지 않고 몽롱해 있는 시늉을 하자 아편에 취해 있는지 알고 감시를 소홀히 했다.

이언은 일부러 감시자들이 방심을 하게 만든 것이다.

이언은 문을 살며시 열고 밖을 내다보았다. 밖은 캄캄하게 어두웠고 사람들이 보이지 않았다. 이언은 감시자가 보이지 않았으나 바짝 긴장하여 문을 열고 뜰로 나섰다. 얼굴에서 땀이 흘러내리고 가슴이 쿵쾅거리고 뛰었다.

일본인들에게 발각되면 살아나기 어려울 것이라고 생각했다. 그는 재빨리 주위를 둘러보고 담쪽으로 빠르게 달려갔다. 어느 집에선가 개들이 요란하게 짖어댔다.

'이걸 어떻게 넘지?'

담은 거의 그의 키만치나 높았다.

이언은 담을 넘으려고 했으나 잘되지 않았다. 몇 번이나 담장에 손을 얹고 매달리다가 간신히 올라섰다.

"왕자가 보이지 않는다!"

안채에서 여자들이 다급하게 소리를 질렀다.

이언은 가슴이 철렁했다.

"조선의 왕자가 달아났다!"

사내들이 왁자하게 소리를 질렀다.

이언은 당황하여 뒤를 돌아보았다. 이방 저 방에서 불이 켜지고 있었다.

이언은 사내들에게 발각될 것 같아 담 위에서 그대로 뛰어내렸다. 높은 곳에서 뛰어내려 다리가 시큰했다. 그는 사내들에게 발각되지 않기 위해 담에 바짝 붙어 섰다.

문이 열리고 일본인 사내들이 뛰어나오는 것이 보였다.

"어디로 갔나?"

"모르겠습니다. 제물포 첨사부 쪽으로 달아나지 않았겠습니까?"

"첨사부로 가자."

사내들이 다른 골목으로 빠르게 달려가기 시작했다.

이언은 반대 방향으로 달리기 시작했다. 어둠 때문에 길이 보이지 않았으나 건물들의 윤곽이 희미하게 드러났다.

한참을 달리자 커다란 웅덩이가 있었다.

"어이쿠."

이언은 발을 헛디뎌 웅덩이로 굴러 떨어졌다.

'여기에 왜 이런 것이 있지?'

이언은 웅덩이에서 악취가 풍기는 것을 느꼈다.

"왕자를 찾아라."

그때 일본인들이 왁자하게 소리를 지르면서 달려왔다. 그들은 횃

불과 칼을 들고 있었다.

이언은 웅덩이에 바짝 엎드렸다.

일본인들이 들고 있는 칼에서 살기가 뿜어지는 것 같았다. 웅덩이의 고약한 냄새가 코를 찔렀다. 그러나 이를 악물고 참았다.

일본인들이 사방을 비추면서 멀어져가자 이언은 웅덩이에서 기어나왔다.

[청국조계]

이언은 골목에 표지석이 세워져 있는 것을 보고 놀랐다.

이언은 청국조계로 달려갔다. 땀이 비 오듯이 흘러내렸다.

'어디로 가야 하지?'

이언은 다리가 몹시 아팠으나 주위를 살폈다. 사방이 캄캄하게 어두워 길이 보이지 않았다. 그러나 그는 어둠 속에서 귀를 기울이면서 계속 뛰었다.

"왕자를 찾아라."

일본인들이 칼을 들고 청국조계로 달려왔다.

이언은 청국인들의 집 담에 바짝 붙어 섰다. 멀리서 일본인들이 뛰어다니는 것이 보였다.

'숲이다.'

이언은 청국조계 끝에 있는 숲으로 들어갔다. 한참을 뛰어 들어가자 풀숲이 무성하고 멀리 바다가 보였다.

이언은 풀숲에 쓰러져 누웠다.

일본군 제8여단 이케다 소장은 이마의 땀을 훔치면서 막사에서 밖을 내다보았다. 백사장이 하얗게 반짝였다. 갈매기들이 바다 위에서 끼룩거리면서 날았다. 바다는 바람이 없어서 파도조차 일지 않았다. 조개를 캐던 촌민들이 군인들이 상륙하자 일제히 흩어져 바닷가가 조용했다.

백사장 곳곳에 군막이 설치되고 하루 동안 배에 시달린 병사들이 쉬고 있는 막사는 대대기, 연대기, 욱일승천기가 펄럭이고 있었다. 아직 후속부대가 도착하지 않아 전 부대가 이동하지 않고 있었다.

원산에서도 2개 여단이 상륙하고 있었다. 원산의 일본군과 아산의 일본군, 제물포에 상륙한 일본이 평양을 에워싸고 공격할 예정이었다.

대대장들이 그의 막사로 들어왔다.

"제군들! 막사를 산이나 들판으로 옮겨야 하지 않는가?"

이케다 소장은 조선의 더위에 병사들이 일사병에 걸릴지도 모른다고 생각했다.

"바다가 있어서 병사들이 견딜 수 있습니다."

제3대대 대대장 사토 중좌가 부동자세로 대답했다.

"평양까지 한양을 거쳐 진격하는가?"

"공사각하께서는 한양을 경유하기를 바랍니다. 조선의 왕에게 일본군의 무력을 보여주길 원하십니다."

"일본을 위한 것이라면 어쩔 수 없지. 제1대대는 한양을 거쳐 평양으로 진격한다."

"핫!"

사토 중좌가 부동자세로 대답했다.

"조선의 노무자들은 확보했나?"

"아직 확보하지 못했습니다."

이케다 소장은 대대장들을 쏘아보았다. 제물포 첨사가 협조를 하지 않아 군수품 운반에 지장을 초래하고 있었다.

"제물포 첨사는 교체했는가?"

"내각에서 훈령이 내려왔습니다. 곧 새로운 첨사가 부임할 것입니다."

"군량은 얼마나 되는가?"

"사흘 정도밖에 안 됩니다. 속히 군량에 대한 대책을 세워야 합니다."

"사토 중좌!"

"핫!"

"그대의 대대는 제물포에서 식량을 징발하라. 관청에 식량이 없으면 농가에서 획득하라."

"옛."

"물러가라!"

"옛"

대대장들이 부동자세로 대답하고 돌아갔다. 이케다 소장은 허리에 찬 일본도를 탁자 위에 풀어놓았다.

"제물포 조계가 시끄럽다. 무슨 일인가?"

이게다 소장은 부관 미야모토 중위를 쏘아보았다. 미야모토 중위도 땀을 흘리고 있었다.

"일본 조계에서 감금하고 있던 조선 왕자가 탈출했다고 합니다."

"왕자가 탈출해? 왕자를 무엇 때문에 감금했는가?"

"왕자가 평양으로 가서 청군과 연합하여 일본군과 대항하려고 했답니다."

"가소로운 일이군."

이케다 소장은 입언저리에 미소를 매달았다. 그때 막사로 일본군 부무관 오카모토가 들어왔다.

"각하."

"무슨 일인가?"

"제물포 일대에 이런 방이 붙어 있습니다."

오카모토가 가지고 온 방문은 조선 글자로 되어 있었다. 이케다 소장이 처음 보는 글자였다.

"이게 무엇인가?"

"조선 백성들이 쓰는 글입니다. 장정들과 소달구지 주인들에게 일본군에게 협조하지 말고 제물포를 떠나라는 글입니다."

"누가 이따위 방을 붙였나?"

"방을 붙인 자는 알 수가 없습니다."

"조선의 관리들 짓일 것이다. 오카모토 군."

"예."

"조선군의 동향을 파악하여 보고하라. 그대는 낭인 수하들이 있겠지?"

"그렇습니다."

"물러가라."

"예."

오카모토가 허리를 숙이고 물러갔다.

"부관!"

"핫!"

"공병대에 영을 전하라. 지금 당장 군사들을 보내 조선의 장정들과 소달구지를 징발하라. 반대하거나 저항하는 자는 채찍으로 때려도 좋다."

"옛!"

미야모토 중위가 경례를 바치고 막사를 나갔다.

이케다 소장은 군영에 앉아서 담배를 피워 물었다. 조선의 날씨가 더워서 땀이 흘러내리고 있었다. 태양은 중천에 떠 있고 바람 한 점 불지 않았다.

"여단장님, 공사 각하의 지시입니다."

그때 한양의 공사관에서 영사 경찰이 달려왔다. 이케다 소장은 자리에서 일어났다.

"오도리 공사의 지시라고?"

"그렇습니다."

"무슨 일인가?"

"조선 왕자를 서울로 압송하라고 합니다."

"정신이 나갔군. 군대가 그런 짓을 하는 곳인가?"

"공사 각하의 지시를 따라야 합니다. 조선에서의 전쟁은 오도리 공사가 전권을 위임받고 있습니다."

"조선 왕자는 일본 조계를 탈출했다."

"한양으로 가는 모든 길을 봉쇄하십시오. 그를 반드시 잡아야 합니다."

"이건 전쟁이 아니라 치안을 맡으라고 하는군."

이케다 소장은 불쾌했다. 그러나 오도리 공사의 명령이라는 말에 어쩔 수 없다고 생각했다. 그는 부하들에게 명령을 내려 조선 왕자를 검거하라고 지시했다.

'전쟁을 하는 군인이 이런 짓까지 해야 한다는 말인가?'

오도리 공사는 뒷짐을 지고 군막 안을 서성거렸다. 조선은 땀이 줄줄 흘러내릴 정도로 더웠다.

이언은 목이 타는 듯한 갈증을 느꼈다.

얼마나 잠을 자다가 깨어났는지 모른다. 아직도 안개가 낀 것처럼 머릿속이 흐릿했다.

이언은 눈을 뜨자 머리를 세차게 흔들었다. 그가 쓰러져 잠을 잔 곳은 칡넝쿨 안이었다.

정신을 바짝 차려야 한다고 생각했다. 그는 아직도 머릿속이 어지러웠다.

태양이 중천에 떠 있고 배가 너무 고팠다. 머릿속은 뒤죽박죽이었다. 일본 유곽에서 아편을 피우던 일, 왕궁에서 일본군과 총격전을 벌이던 일, 부용과 마지막으로 헤어지던 일이 머릿속에 떠올랐다.

유곽에서 아편을 피우지 않으려고 노력했으나 그래도 정신이 몽롱했다.

'부용……'

이언은 칡넝쿨 사이로 사방을 살폈다.

멀리 제물포 조계의 집들이 보였다. 일본인들의 집은 오카베집으로 2층이 많아 멀리서도 눈에 띄고 있었다. 조계에서 들판을 가로지르는 길로 일본인들로 보이는 사내들이 말을 타고 바쁘게 오가고 있는 것이 보였다.

'일본인들이 나를 찾고 있을 것이다.'

이언은 길로 나가면서 안 된다고 생각했다. 그는 일본 조계와 반대쪽으로 걸었다.

날씨가 후텁지근하여 숲에서 걷는데도 땀방울이 쉬지 않고 흘러내렸다. 그가 쉬고 있던 산은 야산이었으나 칡넝쿨로 뒤덮여 있었다.

이언은 칡넝쿨을 헤치면서 계속 걸었다.

'왜놈들이 제물포 일대에 쫙 깔렸어.'

이언은 일본군에 발각되어서는 안 된다고 생각했다. 야산을 오르다가 등성을 넘자 물이 흐르는 골짜기가 보였다. 바윗돌 사이로 조금씩 흐르는 물이었다. 이언은 손바닥으로 물을 떠서 마셨다. 산속 골짜기로 흐르는 물이라 청량한 느낌을 주었다.

'사람이 있구나.'

이언이 야산을 넘어 반대편으로 내려가자 밭에서 일을 하는 노인이 보였다. 마을과 들판을 살폈으나 수상한 자들은 눈에 띄지 않았다.

"그대는 무엇을 하는 사람인가?"

이언은 노인에게 가까이 가서 물었다. 노인은 마치 미친놈을 보는 듯한 표정으로 이언을 응시했다. 이언의 옷차림이 이상했기 때문이었다.

"동임(洞任)이 있는가?"

이언이 노인에게 다시 물었다. 조선은 행정 단위로 리가 있고 리 안에 동이 있어서 동임, 또는 향임을 두고 있었다.

"동임은 왜 찾소?"

노인이 퉁명스럽게 내뱉었다.

"내가 동임에게 할 말이 있다."

"나를 따라 오시오."

노인이 불만이 가득한 표정으로 이언을 데리고 마을로 갔다.

마을은 무너져가는 초가집 몇 채밖에 없는 빈촌이었다. 마을의 아이들과 여자들이 수상한 눈으로 이언을 따라왔다.

이언은 아이들과 여자들을 보고 눈살을 찌푸렸다. 아이들과 여자들의 옷이 더럽고 해졌을 뿐 아니라 신발도 신지 않고 있었다.

"그대가 동임인가?"

동임은 40대 후반의 사내였다. 탕건을 쓰고 있어서 몰락한 양반으로 보였다.

"그렇소이다. 그런데 뉘시오?"

"나는 이 나라 조선의 왕자다."

"왕, 왕자라구요?"

동임은 믿어지지 않는다는 듯한 눈빛이었다. 그는 당황한 표정으로 어쩔 줄을 모르고 있었다.

"그렇다. 한양에서 일본인에게 납치되어 제물포로 끌려왔다. 왕자에게 예를 올리라."

이언이 동임에게 영을 내렸다. 동임이 머뭇거리다가 무릎을 꿇었다. 그러자 아이들과 여자들도 일제히 무릎을 꿇고 절을 올렸다.

"모두 일어나라."

이언은 동임에게 영을 내리고 마을의 상황을 자세하게 물었다.

마을은 가구 수가 7, 8호밖에 되지 않았다. 서쪽으로 30여 호에 이르는 대촌이 있는데 바다와 접해 있는 어촌이라고 했다.

"일본군을 본 적이 있는가?"

"지난밤에 뒷산을 수색했습니다."

동임의 말에 이언은 깜짝 놀랐다. 그가 칡넝쿨에서 잠이 들었을 때 일본군이 수색을 한 모양이었다.

"일본군이 얼마나 있는가?"

"왜놈들이 계속 상륙하고 있습니다."

"얼마나 많은 군사가 상륙했는가?"

"일본군이 얼마나 되는지는 모릅니다. 해안이 일본군의 까만 군복으로 덮여 있습니다."

이언은 잠시 생각에 잠겼다.

일본군이 제물포에 상륙한 것은 평양에서 청군과 대회전을 치르기 위해서다.

"일본군은 무엇을 하고 있는가?"

"한양으로 가는 길을 봉쇄했습니다."

이언은 한양으로 돌아가는 일이 쉽지 않을 것이라고 생각했다.

"평양으로 갈 방법이 있는가?"

"한양이나 평양으로 가는 길이 모두 봉쇄되었습니다."

이언은 잠시 생각에 잠겼다. 어떻게 해야 할지 막막한데 동임은 엎드려서 눈만 끔벅거리고 있었다.

"나에 대해 소문을 들은 일이 있는가?"

"일본군이 왕자님을 찾으러 다니느라고 혈안이 되어 있다는 말을 들었습니다."

이언은 동임의 보고를 받고 대촌으로 가야겠다고 생각했다. 그는 동임에게 옷을 빌려서 촌민의 옷으로 갈아입었다.

부용은 날이 밝자 나무 밑에서 일어났다. 아침이 부옇게 밝아오고 있는 가운데 어디선가 새들이 지저귀고 있었다.

부용은 제물포를 향해 말을 달리다가 길을 잘못 들어 김포로 오게 되었다.

천달과는 첨사부에서 만나기로 하고 헤어졌다. 김포의 넓은 들에 어둠이 내려 나무 밑에서 쉴 수밖에 없었다. 사방이 칠흑처럼 캄캄해 길을 찾을 수 없었다.

'들판에서 밤을 새야 하겠구나. 그래도 여름이라 다행이야.'

부용은 말에게 풀을 뜯게 한 뒤에 나무 밑에서 쉬었다. 들에서 잠을 자려니 잠이 오지 않았다. 하늘에서는 밤이슬이 내리고 들에는 밤의 세계에서 활동하는 것들이 돌아다니고 있었다. 부용은 나무에 등을 기대고 하늘을 쳐다보았다.

'제물포로 못 가고 김포로 왔으니……'

부용은 김포에서 밤을 새우게 되자 한심했다. 한양에서는 지열 때문에 밤새 잠을 이루지 못했으나 김포의 넓은 들에는 서늘한 바람이 불고 있었다. 처음에는 들에서 자는 것이 무서웠으나 어둠이 눈에 익자 두려움이 사라지고 있었다.

'날이 밝자마자 제물포로 가야 돼.'

제물포에서 이언을 찾아야 한다고 생각했다. 하늘에는 별들이 빼곡하게 들어차 있었다.

'왕자님도 저 별을 보고 계실까?'

부용은 별을 보고 잠을 청했다. 그러나 노숙을 하는 것이 처음이어서 잠이 오지 않았다.

북한산 초옥에서도 이언과 함께 별을 바라보고는 했었다. 그때의 일이 꿈결처럼 아득하게 느껴졌다.

'이제 제물포로 가자.'

부용은 제물포를 향해 말을 달렸다.

이담희는 왕자 이언을 찾느라고 제물포를 샅샅이 누비고 다녔다. 이언이 일본 조계에서 탈출한 것은 분명했으나 그가 어디로 갔는지 행적을 찾을 수 없었다. 일본군도 혈안이 되어 이언을 찾고 있었다.

'대체 왕자님은 어디에 계신 거지?'

이담희는 시위대의 병사들을 이끌고 해안 쪽으로 가기 시작했다. 벌써 여러 마을을 수색하여 시위대 병사들이 더위에 허덕이고 있었다.

"어르신, 일본군입니다."

시위대 사관 유학성이 대로를 지나가는 일본군을 보고 낮게 말했다.

일본군이 조선인들을 동원하여 탄약을 운반하고 있었다. 조선인 노무자들은 폭염 속에서 탄약을 지게에 지거나 등에 지고 운반하느라고 괴로워하고 있었다.

'이 더위에 탄약을 운반하게 하다니……'

이담희는 주먹을 움켜쥐었다. 탄약을 운반하는 행렬은 끝도 없이 길게 이어지고 있었다. 제물포 첨사 김경일이 방을 붙여 소달구지나 장정들에게 피신하라고 했으나 마을을 떠난 장정들은 얼마 되지 않았다.

'조선인들은 매를 맞아야 아픈 줄 아는구나.'

이담희는 김경일이 경고했는데도 떠나지 않은 조선인들이 한심했다.

"빨리 움직여라."

일본군 사관이 말을 타고 돌아다니면서 소리를 질렀다.

"나는 못하겠다. 내가 왜 일본군의 탄약을 운반해야 하는가?"

조선인 장정이 반발했다. 그는 베잠방이와 베저고리를 걸친 건장한 사내였다. 탄약을 운반하던 조선인 노무자들이 걸음을 멈추고 장정을 주시했다. 여기저기서 장정들이 웅성거리고 그에게 동조하는 목소리가 들렸다.

"무엇을 하는 거냐?"

사관이 장정에게 달려왔다. 일본군들도 긴장하여 장정들에게 가까이 왔다.

"나는 탄약을 운반하지 않겠다."

"조선국왕의 명령이다. 국왕의 명령을 거역할 것인가?"

"나는 우리 임금의 왕명을 받은 일이 없다."

"탄약 운반을 거부하면 용서하지 않겠다."

사관이 버럭 화를 내면서 눈을 부릅뜨고 소리를 질렀다. 그러나 조선인 장정은 꿈쩍도 하지 않았다.

이담희는 이마에서 흘러내리는 땀을 주먹으로 훔쳤다.

"빠가야로."

사관이 말 위에서 사납게 채찍을 휘둘렀다. 채찍이 허공을 가르면서 장정의 등을 때렸다. 이담희는 상황이 이상하게 돌아간다고 생각했다.

장정이 눈을 치뜨고 사관을 노려보았다.

이담희는 긴장감으로 침이 마르는 듯한 기분이 들었다. 조선인 노무자들이 한 걸음씩 다가왔다. 사관이 다시 채찍을 휘둘렀다.

조선인 장정이 사관의 채찍을 움켜쥐고 잡아당겼다. 사관이 말 위에서 굴러 떨어졌다.

"죽여라! 조선인이 저항한다."

일본군들이 일제히 장정에게 달려들어 개머리판으로 후려치고 총검으로 찔렀다. 조선인 장정이 처절한 비명을 질렀다.

'저, 저런……'

이담희는 발을 구르면서 안타까워했다.

조선인 장정은 순식간에 피투성이가 되었다. 탄약을 운반하던 조선인들은 경악했다. 그들은 분개하여 일본군에게 달려들려고 했다. 그러자 일본군 사관이 허공을 향해 육혈포를 쏘았다.

탕-!

요란한 총성이 허공에 울려 퍼졌다.

조선인 노무자들이 주춤하여 뒤로 물러섰다. 장내에 팽팽한 긴장삼이 감돌았다.

조선인 장정은 이미 정신을 잃고 있었다. 사관이 일본군에게 무어라고 명령을 내렸다. 일본군들은 장정을 묶어서 무릎을 꿇렸다.

"나리, 저놈들이 무엇을 하려는 것입니까?"

유학성이 발을 굴렀다. 유학성이 지휘하는 시위대 군사들도 긴장하고 있었다. 그들은 보따리 속에 총과 칼을 숨기고 있었다.

"나도 모르겠네."

이담희는 유학성의 질문에 대답을 할 수 없었다. 일본군 사관이 무엇을 하는지 전혀 알 수 없었다.

그때 일본군 사관이 허리에 차고 있던 군도(軍刀)를 뽑아들었다. 군도가 햇살에 하얗게 반사되었다.

'아……'

이담희는 자신도 모르게 눈을 감았다.

일본군 사관이 조선인 장정의 목을 친 것이다. 장정의 머리가 몸에서 분리되어 떨어지고 피가 분수처럼 솟구쳤다.

'잔인한 놈들.'

이담희는 몸을 부르르 떨었다. 웅성거리던 조선인 노무자들이 입을 벌리고 몸을 떨었다.

일본군 사관이 다시 명령을 내렸다. 그러자 일본군이 조선인들에게 달려갔다.

조선인들이 공포에 질려 탄약을 지고 빠르게 움직이기 시작했다. 일본군이 조선인 노무자들을 쫓아가 개머리판으로 마구 후려쳤다.

'악랄한 놈들.'

이담희는 눈에서 불이 일어나는 것 같았다.

"영감, 저놈들은 짐승과 같은 자들입니다."

유학성이 주먹을 불끈 쥐고 말했다. 탄약을 운반하는 조선인 노무자들의 행렬이 길게 이어졌다.

"놈들은 군량도 가지고 오지 않았어."

이담희는 일본군을 노려보면서 주먹을 움켜쥐었다.

"가자."

이담희는 일본군을 피해 산 밑에 있는 마을을 향해 걸음을 떼어놓았다. 그는 걸음이 천근처럼 무거웠다.

일본군의 칼에 목이 잘려 죽은 장정의 시신도 치워주어야 했으나 그렇게 할 수가 없었다. 근처에 있는 마을 누군가가 시체를 치워줄 것이라고 생각했다.

왕자는 행방을 알 수 없고 제물포에 상륙한 일본군이 조선인을 강제로 동원하고 식량까지 징발하고 있었다. 그들은 마을마다 돌아다니면서 강제로 식량을 약탈해 갔다.

"이놈들아, 왜 남의 식량을 빼앗아 가?"

아낙네들이 일본군에게 매달려 울부짖었다.

일본군들은 닭과 돼지와 같은 가축들도 약탈했다. 조선인들은 일본군에게 식량과 가축을 약탈당하지 않으려고 저항했으나 소용이 없었다.

일본군은 군화발로 내지르고 총검으로 후려쳤다. 그들은 조선인을 짐승처럼 취급했다. 제물포 일대의 조선인 마을은 아수라장이 되었다.

"대체 왕자님은 어디에 계신 것일까요?"

유학성이 느리게 움직이는 노무자 행렬을 보면서 물었다.

"제물포 어디엔가 계시지 않겠나?"

"이 근처를 일본군이 샅샅이 뒤졌는데 찾지 못했지 않습니까?"

"그래도 어딘가에 숨어 계시겠지."

이담희는 어두운 표정으로 걸음을 떼어놓기 시작했다. 일본군이 없는 들판은 뙤약볕이 내려쬐 뜨겁게 달아 있었다. 길가의 잡초들도 뙤약볕에 시들시들했다.

"나리, 어디로 가십니까? 그쪽은 어촌으로 가는 길입니다."

이담희가 농로에서 어촌 쪽으로 꺾자 유학성이 말했다.

"우리는 아직 어촌을 살피지 않았네."

"왕자님이 한양 방향으로 가시지 어촌으로 가실 까닭이 없지 않습니까?"

"한양으로 가는 길이 봉쇄되었으니 그쪽으로 가지 않으셨을 것이네. 왕자님이 그렇게 어리석다고 생각하지 않네."

이담희는 어촌 쪽으로 계속 걸었다. 그들이 한식경을 걸었을 때 개울가에서 한 행인이 말과 함께 더위를 식히고 있는 것이 보였다.

"아씨!"

이담희는 냇둑에 앉아 있는 부용을 보고 깜짝 놀랐다.

"어르신……."

부용도 벌떡 일어나서 그에게 달려왔다. 이담희는 반가움과 걱정이 한꺼번에 밀려왔다.

"아씨께서 여기는 웬일입니까?"

"왕자님이 걱정되어서 왔어요."

부용이 환하게 웃었다. 부용의 얼굴은 더위 때문에 벌겋게 달아 있었다.

'아씨께서 왕자님을 찾아왔구나.'

이담희는 부용의 얼굴을 보면서 가슴이 타는 것 같았다.

"왕자님과 길례를 올릴 아씨이시네. 인사 올리게."

유학성이 고개를 숙여 보였다.

"왕자님이 걱정되어서 오신 것 같네."

이담희는 고개를 절레절레 흔들었다. 병사들이 냇물로 내려가 세수를 하면서 땀을 식혔다.

"말을 타고 오셨군요."

"예. 시장하지 않으세요? 제물포에서 인절미를 사 왔어요."

부용이 보자기를 풀어서 인절미를 꺼냈다. 인절미를 본 군사들의 눈이 커졌다.

"허어, 어떻게 이런 걸 준비하셨습니까?"

"길을 다닐 때는 음식을 준비해야지요."

부용이 생글생글 웃으면서 말했다. 이담희는 부용이 속이 깊다고 생각하면서 냇둑에 앉아 유학성의 군사들과 함께 인절미를 나누어 먹기 시작했다.

"왕자님은 아직도 행방불명입니다. 오는 동안 일본군을 보았습니까?"

"한양에서 오는 길마다 일본군이 쫙 깔려 있었어요. 한양으로 가는 길이 모두 봉쇄되었어요."

이담희는 무겁게 한숨을 내쉬었다. 왕자가 한양으로 돌아가려고 한다면 일본군에게 체포될 것이다.

"가자."

이담희는 다시 어촌을 향해 가기 시작했다. 내를 건너자 불볕이 내리쬐기 시작했다. 그들이 3, 4호밖에 되지 않는 작은 마을에 이르렀을 때 사람들이 여기저기 죽어 있었다.

이담희는 초가집 여기저기에 죽어 있는 시체를 보고 가슴이 서늘했다.

"살아 있는 사람은 없는가?"

이담희는 초가집 바깥마당에 널브러져 있는 40대 사내의 시체를 살폈다. 그는 머리가 깨져 있고 배에서 피가 흘러 내려 흙바닥이 낭자했다. 피가 말라붙지 않은 것을 보면 살해당한 지 얼마 되지 않는 것 같았다.

유학성과 병사들이 집집마다 돌아다니면서 시체를 확인했다.

"영감, 살아 있는 사람이 있습니다."

유학성이 시체들을 살피고 돌아와 말했다.

"누군가?"

"여자입니다."

이담희는 유학성을 따라 달려갔다.

여자는 첫 번째 초가집 뒷집 부엌 짚더미에서 피를 흘리면서 괴로워하고 있었다. 상처는 옆구리며 배, 가슴, 허벅지 등 여러 곳에 있었다. 치마가 걷혀 올라가고 저고리가 풀어져 가슴이 드러나 있는 것으로 보아 겁탈을 당한 것 같았다.

'왜놈들의 짓이 분명하다.'

이담희는 눈을 질끈 감았다가 떴다. 부용이 비상약 상자를 가지고 와서 여자의 몸에 바르고 피를 닦아 주었다.

"어떻게 된 일인가?"

이담희는 고통스러워하는 여자에게 물었다.

"왜놈들이……."

"왜놈들이 어찌했는가?"

여자가 울면서 더듬더듬 이야기를 하기 시작했다.

여자의 말에 의하면 일본군 10여 명이 마을에 들이닥쳤다고 했다. 그들은 닥치는 대로 식량을 빼앗고 닭이며 돼지 같은 가축을 약탈했다. 여자는 집에서 점심을 짓고 있었다. 그런데 일본군이 들이닥쳐 식량을 약탈해 가려고 하자 소리를 질렀다.

"도둑이야!"

그러자 일본군들이 그녀를 군홧발로 내질렀다. 텃밭에서 일을 하고 있던 남편이 그 소리를 듣고 달려왔다. 그는 일본군에게 발길질을 당하는 여자를 보자 눈이 뒤집혀 낫을 들고 달려들었다. 그러나 그가 일본군에게 다가가기 전에 다른 일본군이 개머리판으로 그를 후려치고, 쓰러진 그를 총검으로 찔렀다.

일본군은 모여서 구수회의를 했다. 밖에는 조선인들이 몰려와 웅성거리고 있었다. 그때 일본군이 갑자기 흩어지면서 조선인들을 총검으로 찌르기 시작했다. 조선인들은 이리 뛰고 저리 뛰면서 달아났으나 일본군은 마치 사냥을 하듯 쫓아가 살해했다. 그리고 공포에 떨고 있는 여자들을 차례로 겁탈한 뒤에 총검으로 찌르고 달아났다.

여자는 한 식경도 살아 있지 못했다. 부용은 여자가 죽자 소리 내어 울었다. 일본군의 만행은 충격적이었다.

일본군의 학살을 피한 조선인들은 산으로 달아났다. 그들은 이담희 일행이 조선인이라는 것을 알고서야 산에서 내려왔다. 이담희는 그들에게 관청에게 신고하라고 이르고 어촌을 향해 갔다.

"왜놈들을 어떻게 해야 합니까?"

유학성이 비통한 목소리로 물었다. 시위대 병사들도 분노를 참지 못하고 있었다.

"일본군과 싸워야지."

이담희는 목소리가 잠겨서 낮게 중얼거렸다.

'내가 어떻게 일본군을 막을 방법을 알겠는가.'

그가 아는 것이라고는 왕궁에서 임금이나 비빈들의 시중을 드는 것이 고작이었다.

이내 어촌에 이르렀다. 어촌은 이름이 상모리였고 바닷가를 따라 수백 호의 집이 있었다.

왕자와 결혼하다

이언은 몇 번이나 잠을 자다가 깨어났다.

아편의 기운을 몰아내기 위해 의원이 여러 차례 침을 시술했다. 시술을 할 때마다 이언은 잠이 들었다. 잠이 들면 천길 암흑 속으로 떨어져 식은땀을 흘리고 악몽을 꾸었다.

악몽에서 깨어나면 의원이 다시 침을 놓았다. 그렇게 하루 세 차례의 시술을 이틀이나 했다. 써서 구역질이 나올 것 같은 탕약도 여러 차례 마셨다.

이언이 눈을 뜨자 어둠속에서 파도소리가 들렸다. 어쩌면 파도소리에 눈이 떠졌는지 알 수 없었다. 깊은 밤중이었다. 달빛이 휘영청 밝았다. 그는 자리에서 일어나다가 깜짝 놀랐다. 그의 옆에 부용이 엎드려 잠들어 있었다.

"이것이 꿈인가?"

이언은 머리를 세차게 흔들었다. 그러나 아편에 취해 몽롱했던 머릿속이 맑았다. 마치 찬물을 마신 것 같은 청량한 기분이 들었다. 그는 부용의 얼굴을 조심스럽게 살폈다.

'내가 아직도 아편에서 깨어나지 못한 것인가?'

이언은 얼핏 그렇게 생각했다. 그러나 정신이 맑고 뚜렷했다.

아편 기운이 몸에서 완전히 빠져나간 것 같았다. 이언은 자리에서 일어나 바다를 응시했다. 그가 누워 있는 곳은 바닷가의 원두막이라 사방이 터져 있었다.

바다에서 파도가 하얀 포말을 일으키면서 뭍으로 달려오는 것이 보였다.

새벽이 가까워 온 것일까. 숨이 턱턱 막힐 정도로 덥던 날씨가 시원했다.

이언은 조선이 일본군의 침략을 받지 않고 있다면 얼마나 평화로운 밤인가 하는 생각을 했다. 조선의 바닷가 여름밤은 달빛이 신비스러울 정도로 교교했다.

"왕자님……."

이언의 기척을 느꼈는지 부용이 자리에서 일어났다.

"부용아."

이언은 부용을 와락 끌어안았다.

"왕자님, 몸은 괜찮으세요?"

"괜찮구나. 그런데 네가 여기는 웬일이냐? 나는 마치 꿈을 꾸고 있는 것 같구나. 내가 꿈을 꾸고 있는 것은 아니겠지?"

"왕자님을 구하러 왔어요. 왕자님이 무악재에서 납치되었다는 소식을 들었어요."

"네가 나를 구하러 왔다는 말이냐?"

이언은 유쾌하게 웃었다. 일개 아녀자인 부용이 그를 구하러 왔다는 말을 선뜻 납득할 수가 없었다.

"왜 웃으세요?"

"네가 어떻게 나를 구한다는 말이냐? 일본군이 얼마나 무서운지 모른다는 말이냐?"

"일본군이 아무리 무서워도 왕자님이 위험하면 구하러 올 거예요."

"네가 왔으니 걱정이 되는구나."

이언은 부용을 떼어놓고 얼굴을 살폈다.

부용은 이언이 무악재에서 일본인들에게 납치를 당한 일, 이담희가 시위대 병사들을 이끌고 제물포로 달려온 이야기를 했다.

이언은 일본인들에게 납치되어 제물포의 아편굴에 감금되어 있다가 가까스로 탈출한 이야기를 했다.

이언이 상모리로 온 것은 며칠 전의 일이었다.

동임이 형조참판을 지낸 양반 박재구를 상모리에서 데리고 왔다. 박재구는 이언에게 절조차 올리지 않고 수상쩍은 눈빛으로 살피고 있었다. 박재구는 오만하고 교활한 자였다.

"네가 왕실에 대해서 아느냐?"

이언은 신분을 의심하여 우두커니 서 있는 박재구를 쏘아보면서 물었다. 박재구는 50대의 사내로 부유하게 살고 있는 듯 옷차림이 화려했다.

"소인이 어찌 알겠습니까?"

박재구가 불쾌한 표정으로 대답했다.

"왕실에 왕세자 저하 외에 왕자가 하나 더 있다는 것도 모른다는 말이냐?"

"후궁 소생의 왕자님이 있다는 말은 들었습니다."

"내가 의연군 이언이다."

이언이 박재구를 쏘아보면서 다그쳤다. 박재구는 그래도 잠자코 있었다.

"네이놈! 네가 감히 왕자에게 예를 올리지 않느냐? 왕자를 능멸하는 것은 군주를 능멸하는 것이다. 네가 죽고 싶으냐? 여봐라. 저놈을 묶어라. 왕실을 능멸하는 대역죄가 얼마나 무서운 것인지 알게 해 주겠다."

이언은 벌떡 일어나서 눈을 부릅뜨고 호통을 쳤다. 사람들이 깜짝 놀라 우왕좌왕했다.

"송구하옵니다. 소인이 미처 왕자님을 알아 뵙지 못했습니다."

박재구가 그때서야 깜짝 놀라 납작 엎드려서 머리를 조아렸다.

"신하는 군주가 치욕을 당하면 죽어야 한다."

"신이 목숨을 바치겠습니다."

박재구가 벌벌 떨면서 대답했다. 밖에는 소문을 들은 사람들이 구름처럼 몰려와 있었다. 이언은 박재구를 쏘아보다가 다시 자리에 앉았다.

"일본군이 왕궁을 범궐했다. 알고 있느냐?"

"신이 멀리서나마 그 소식을 듣고 피눈물을 흘렸습니다."

이언은 박재구의 말이 가소롭다고 생각했다.

"나는 전하의 밀명을 받고 평양에 가서 일본군과 싸우려고 하다가 왜놈들에게 납치되어 제물포로 끌려왔다. 가까스로 탈출하여 여기에 이른 것이다."

"망극하옵니다."

"일본군이 나를 찾으러 올 것이다. 나를 잘 피신시키면 만대에 충신으로 네 이름이 남을 것이다."

"신이 모든 조치를 취하겠습니다."

"일본군에게 알려지면 안 된다. 사직과 관계가 있으니 나를 비밀리에 보호하고 의원을 불러 치료하라. 네가 나를 도우면 큰 벼슬을 내릴 것이다."

"상모리로 모시겠습니다. 외진 곳이라 일본군이 찾지 못할 것입니다."

박재구가 감격하여 머리를 조아렸다.

박재구는 일본의 추적을 피하기 위해 이언을 상모리로 데리고 왔다.

상모리는 삼면이 산으로 둘러싸여 있어서 외지인들은 알 수 없는 곳이었다. 이언은 그렇게 하여 일본군의 추적을 피할 수 있었고 부용의 일행을 만나게 된 것이다.

'어떻게 해야 일본군을 몰아내지?'

이언은 부용과 함께 백사장을 걸으면서 생각에 잠겼다.

가슴이 답답했으나 부용이 옆에 있어서 마음이 안정되었다. 달빛이 하얗게 깔린 백사장을 걷는 일이 꿈속의 일 같았다.

"왕자님, 일본군이 여기도 올 거예요."

"그래서 배를 타고 평양으로 가려고 한다."

"저도 왕자님을 따라 갈래요."

"내가 가는 곳은 전쟁터인데 어찌 나를 따라 가려고 하느냐?"

"왕자님은 제가 보호할 거예요."

"부용아."

이언이 유쾌하게 웃었다. 그는 아직도 부용이 어리다고 생각했다.

"네?"

"너는 나를 보호할 수 없다. 전쟁터는 춤을 추는 곳이 아니다. 그곳은 사람들이 피를 흘리면서 죽는 곳이야. 팔다리가 잘리고 창자가 튀어나오기도 한다. 나도 평양에서 살아 돌아올 수 있을지 장담할 수 없다."

"왕자님이 돌아오시지 못하면 저도 살 수가 없습니다."

"부용아."

이언은 부용을 가슴에 안았다.

이담희는 전 참판 박재구를 싸늘한 눈빛으로 쏘아보았다. 그는 수염을 쓰다듬으면서 무겁게 침묵을 지키고 있었다.

아아, 저런 자가 어찌 당상관을 지냈다는 말인가.

이담희는 종2품이었기 때문에 박재구보다 품계가 높았다. 갑신정변 때 임금을 업고 뛰었기 때문에 내시로서는 오르기 어려운 종2품 숭정대부의 품계를 받았던 것이다.

"왕자를 평양까지 모실 수가 있겠소?"

"왕자님을 어떻게 평양으로 호위합니까? 일본군이 제물포 일대에 깔려 있어서 벗어나기가 쉽지 않습니다."

박재구는 바다에 일본 군함이 가득하다고 핑계를 댔다.

"그럼 어떻게 하는 것이 좋겠소?"

"일본군이 왕자님을 해칠 수는 없을 것입니다. 왕자님이 일본군에게 가면 이 사태가 가라앉습니다."

"왕자님을 일본군에게 넘기자는 말이오?"

이담희는 두 눈에서 불을 뿜었다. 박재구는 자신의 안전을 위해 왕자의 위험까지 모른 체하고 있었다.

"일본군이 왕자님을 보호해 줄 것입니다."

"닥치시오, 왕자님께서는 나라를 위해 목숨을 버리려고 하는데 모른 체하겠다는 것이오? 당상관을 지낸 사람으로서 부끄럽지 않소?"

"지금 바다로 나가면 일본의 함대와 마주치게 됩니다. 일본군함이 함포사격을 할 것입니다."

박재구는 이담희가 내시라고 경멸하고 있었다.

이담희는 박재구의 어깨너머로 바다를 응시했다. 바다는 달빛을 받아 하얗게 철썩이고 있었다. 상모리에서 가장 부유한 박재구의 집 사랑이었다. 사랑의 문으로 바다가 한눈에 내려다보였다.

"그럼 어선들도 나가지 못한다는 거요?"

"어선들도 못 나가고 있습니다. 어선들도 나갔다가 침몰되었습니다."

"알겠소. 이미 새벽이 되었으니 돌아가서 쉬시오."

이담희는 박재구가 왕자를 돕지 않을 것이라고 생각했다.

"어흠."

박재구가 기침을 하고 방을 나갔다.

"저 자는 위험을 두려워하고 있습니다."

유학성이 옆에 앉아 있다가 불쾌한 표정으로 말했다.

"선주들을 불러오게."

"알겠습니다."

유학성이 밖으로 나갔다. 이담희는 잠시 허공을 노려보았다. 왕자는 평양으로 가는 것을 강력하게 원하고 있었다.

'왕자가 평양으로 간다고 승리할 수 있을까?'

일본군과 청군이 평양에서 결전을 치르려고 하고 있었다.

조선인들은 조정에 실망하여 무엇을 해도 믿지 않았다. 지방 관리들은 부패하여 백성들을 수탈하는 데 혈안이 되어 있었다.

"어르신, 소식을 듣고 왔습니다."

그때 제물포 첨사에서 파직된 김경일이 들어왔다.

"어서 오시오."

이담희는 일어나서 김경일을 반갑게 맞이했다.

김경일은 일본군에게 협조하지 않아 파직을 당했다. 그는 일개 첨사에 지나지 않았으나 일본을 증오하고 있었다.

"왕자님을 찾아서 다행입니다. 왕자님은 어디에 계십니까? 문안인사를 올리고 싶습니다."

"왕자님은 바닷가에 계시오. 새벽이니 날이 밝으면 인사를 올리시오."

"알겠습니다. 위험하지는 않습니까?"

"파수병을 세웠으니 일본군이 오면 동굴로 숨을 것이오. 그대도 좀 쉬시오."

이담희는 시위대 군사들을 곳곳에 배치해 일본군이 불시에 들이닥치는 사태를 대비하고 있었다.

"일본군이 계속 상륙하고 있습니다."

"왕자님을 평양으로 모시고 가야 하는데 걱정이오. 무슨 대책이 없겠소?"

"뱃길로 모시면 빠르지 않겠습니까? 제물포에서 평양까지 하루 이틀이면 갈 수 있습니다."

"바다에는 일본 군함이 수십 척이 있다고 하오."

"뱃길도 위험하겠군요. 낭패입니다."

김경일이 천장을 올려다보고 탄식했다. 그때 유학성이 선주들을 데리고 들어왔다.

"상선 영감께 인사 올립니다."

선주들이 방으로 들어와 절을 했다. 선주는 셋으로 40대의 건장한 사내들이었다.

"평양으로 배를 운항할 수 있겠나?"

이담희가 선주들을 보고 물었다.

"뱃길은 위험합니다. 바다에 일본 군함이 가득합니다."

선주 중에 눈이 부리부리한 사내가 대답했다.

"바다가 넓은데 그 틈새가 없다는 말이오?"

"일본 군함이 어디에 있는지 모르기 때문입니다. 바다에 나갔다가 일본 군함을 만나면 낭패가 아닙니까?"

"날이 밝으면 뱃길을 알아보시오. 이는 조선의 운명이 달려 있는 일이오. 그대들이 이 나라의 운명을 좌우하게 되는 것이오."

"저희 같은 배꾼들을 나랏일에 불러주셔서 몸 둘 바를 모르겠습니다. 왕자님을 위해서 신명을 바치겠습니다."

"고맙소."

이담희는 선주들에게 진심으로 말했다. 선주들이 절을 하고 물러갔다.

"어르신, 마을이 상당히 큽니다. 일본군의 밀정이 올 수도 있습니다."

선주들이 물러가는 것을 지켜보고 있던 김경일이 조용히 말했다. 어느 집에선가 개가 영악스럽게 짖어대고 있었다.

"밀정이 오면 일본군이 들이닥칠 수도 있지 않소?"

"그래서 대책을 세워야 합니다. 동굴로 피한다고 안심할 수 없습니다."

"그럼 어떻게 하는 것이 좋겠소?"

"일본은 러시아를 가장 두려워하고 있습니다. 한양에 러시아 기자가 청일전쟁을 취재하기 위해 들어와 있다고 합니다. 러시아 기자를 데리고 오면 그 앞에서 함부로 하지 못할 것입니다. 일본의 만행이 전세계로 알려질 테니까요."

"묘책이오. 내가 어찌 그 생각을 못했을까?"

이담희가 무릎을 치면서 감탄했다.

"또 왕자님과 부용 아씨의 혼례를 올려서 외국인들을 오게 하여 일본인들이 함부로 나서지 못하게 한 뒤, 틈을 보아 왕자님을 빼돌리는 것이 좋겠습니다."

"혼례를?"

"왕자님과 부용 아씨가 제안한 것입니다."

"그렇다면 한양에 가서 외국인들을 데리고 와야 하지 않소?"

"일본군이 한양으로 가는 길을 봉쇄하여 쉽지 않습니다. 목숨을 걸어야 합니다."

이담희는 허공을 무연히 응시했다. 일본군의 봉쇄를 뚫고 한양으로 가는 일이 문제였다. 그러나 러시아 종군기자와 외국인들을 데리고 온다면 왕자가 위험하지 않을 것이다.

"아씨를 보냅시다."

이담희는 깊은 생각에 잠겨 있다가 김경일에게 말했다.

"예?"

김경일이 의아하여 이담희를 쳐다보았다. 유학성도 놀란 듯 이담희를 쳐다보고 있었다.

"아씨는 말을 잘 타니 충분히 러시아 기자를 데려올 수 있을 것이오."

"허지만 아씨께서 위험하지 않겠습니까?"

"아씨는 왕자님을 위해 기꺼이 목숨을 바칠 것이오."

이담희는 유학성에게 부용을 불러 오게 했다. 날은 아직도 밝아오지 않았으나 별빛이 점점 사위어 가고 있었다.

부용은 빠르게 말을 달리기 시작했다. 이담희가 도성에 돌아가서 러시아 종군기자 나타샤와 외국인들을 데리고 오라는 한 것이다.

"아씨에게 왕자님의 생사가 달려 있습니다."

이담희가 손을 잡고 말했을 때 부용은 무엇인가 쿵 하고 가슴을 울리는 것 같았다.

왕자의 생사라는 말에 가슴이 세차게 뛰었다. 이담희는 부용에게 여러 가지 조심할 것들을 일러 주었다.

"한양으로 가는 길은 일본군이 봉쇄하고 있을 것입니다. 무엇보다 중요한 것은 임기응변을 잘하는 것입니다."

이담희가 근심이 가득한 목소리로 말했다.

"어르신, 어떤 일이 있어도 나타샤와 외국인들을 데리고 오겠어요."

부용은 왕자를 위하여 위험을 감수해야 한다고 생각했다. 왕자에게는 알리지 않고 조심스럽게 상모리를 빠져나왔다.

일본군에게 납치되었던 이언과 하룻밤이라도 지낼 수 있었던 것은 하늘이 도운 일이었다. 이제는 이언이 평양으로 갈 수 있도록 길을 열어 주어야 했다.

상모리는 삼면이 산으로 둘러싸여 있는 바닷가 마을이었다. 달빛을 따라 산을 넘자 넓은 들이 나타났다.

"이랴!"

부용은 힘차게 말을 달리기 시작했다.

달빛이 점점 사위어가고 동녘이 번하게 밝아오고 있었다.

들판은 가뭄이 심한데도 벼들이 푸르게 웃자라 있었다. 보리와 밀은 베었고 감자와 마늘도 캤다.

'일본군들이구나.'

부용은 제물포 경계를 벗어날 무렵 일본군들이 길을 지키고 있는 것을 보았다. 가슴이 철렁하면서 전신이 팽팽하게 긴장되었다.

부용은 말고삐를 잡아당겼다.

'어떻게 하지?'

부용은 잠시 생각에 잠겼다. 새벽이라 사방이 조용했고 들판에 푸른 기운이 가득했다.

한길이 길게 뻗어 있는데 일본군이 차단목으로 길을 막고 있는 것이 새벽의 박명 속에서 보였다.

'그래, 일단 부딪쳐 보자.'

부용은 말을 탄 채 조심스럽게 일본군 앞으로 가까이 갔다.

또각또각 말발굽 소리가 새벽의 정적을 깨웠다. 검은 제복을 입은 일본군이 날이 하얀 칼을 꽂고 있는 총을 어깨에 메고 왔다 갔다 하고 있었다.

"누구냐?"

부용이 다가가자 일본군이 부용의 앞을 막아서면서 물었다.

부용은 바짝 긴장했다. 총에 꽂힌 대검이 가슴을 찌를 것처럼 바짝 다가와 있었다.

"아버지가 아파서 의사를 데리러 가요. 보내 주세요."

부용은 일본 말로 말했다. 부용이 일본 말을 하자 일본군이 놀라는 시늉을 했다.

"일본인인가?"

"네. 제물포 조계에 살고 있어요."

"조계에 의사가 없는가?"

"없어요. 빨리 나가서 의사를 데리고 오게 해 주세요. 아버지가 위독해요."

"대대장님의 지시에 따라 누구도 내보낼 수 없다. 아침에 대대장님이 순찰을 나올 때까지 기다려라."

일본군은 부용을 보내 주지 않았다.

부용은 말 위에 앉아서 주위를 살폈다. 길에서 사람들을 통제하는 것은 두 사람의 일본군이었고 말은 멀리 떨어져 있었다.

부용이 일본군의 차단목을 박차고 달아난다고 해도 뒤쫓아 오지 못할 것 같았다. 다른 일본군은 어디에 있는지 알 수 없었다.

"이랴."

부용은 일본군들이 딴전을 보고 있을 때 재빨리 채찍을 들어 말을 향해 힘껏 내리쳤다.

말이 빠르게 차단목을 뛰어넘어 달리기 시작했다.

"서랏!"

일본군이 당황하여 소리를 질렀다. 그러나 부용은 더욱 세차게 채찍을 휘둘렀다.

일본군이 뒤에서 악을 쓰고 소리를 질렀다.

'후후. 나를 따라 잡지는 못할 것이다.'

부용은 그렇게 생각했다. 이담희가 임기응변을 잘하라고 한 것은 이런 경우를 두고 하는 말이라고 생각했다. 다행히 일본군들은 따라오지 않았다. 그때 좌우의 숲에서 요란한 총성이 들려왔다.

'아……'

부용은 깜짝 놀라 말등에 바짝 엎드렸다. 총탄이 빗발치듯 날아오고 있었다.

"이랴!"

부용은 등줄기로 식은땀이 흐르는 것을 느끼면서 더욱 사납게 채찍을 휘둘렀다. 이대로 총에 맞아 죽는 것이 아닌가 하여 겁이 덜컥 났다.

다행히 한참을 달리자 총소리가 들리지 않았다.

부용은 일본군이 뒤쫓아올지 몰라 쉬지 않고 달렸다.

손탁은 왕궁에서 나오자 무겁게 한숨을 내쉬었다. 조선이 멸망해 가고 있어서 안타까웠다. 조선의 왕비는 일본군 때문에 비통해하고 있었다. 왕궁에서 왕비를 알현하고 나오는 길이었다. 왕비는 러시아가 일본을 견제해 주기를 바라고 있었다.

"일본을 막아야 해요. 러시아가 막지 않으면 조선은 망할 거예요."

왕비의 기품 있는 얼굴에는 근심이 가득했다.

"왕비전하, 웨베르 공사에게 말씀을 올리겠습니다."

손탁은 왕비의 얼굴을 보고 숙연해졌다.

"조선은 조용하고 아름다운 나라예요. 야만적인 일본이 조선을 침략하고 있어요."

왕비의 얼굴은 금방이라도 눈물이 흘러내릴 것 같았다. 그녀의 목소리가 울음에 잠겨 있었다.

"왕비전하, 저는 조선을 위해 모든 노력을 다하겠습니다."

"손탁 양을 믿어요."

왕비는 친절하게 손탁의 손까지 잡아주었다.

손탁은 금방 헤어진 왕비를 생각하자 가슴이 아팠다.

일본군의 경복궁 점령 사건 이후 김홍집 내각이 들어섰으나 우왕좌왕하고 있었다. 일본과 청나라는 조선에서 전쟁을 벌이고 있었다. 그러나 조선은 군사력이 약해 대응하지 못하고 있었다.

'조선이 일본의 수중에 넘어가겠구나.'

손탁은 가마에 흔들리면서 조선의 운명이 바람 앞에 등불 같다고 생각했다.

날씨는 왜 이렇게 더운 것일까. 손탁은 조선의 더위 때문에 숨이 막히는 것 같았다.

조선은 느리고 조용한 나라였다. 광화문 앞 육조거리도 한적할 정도로 사람들이 없었고 몇 명 오가는 사람들도 느리게 움직이고 있었다. 그가 정동의 집에 이르렀을 때 말을 탄 여자가 집 앞에서 기다리고 있었다.

'저 여자는 왕자의 여자 부용이 아닌가?'

손탁은 가마에서 내리면서 부용을 보고 의아했다. 그녀가 조선에 처음 왔을 때 이담희는 국왕의 시종장이었다. 그녀는 조선에 와서 아무것도 몰랐기 때문에 이담희의 도움을 받았다. 이담희는 양이(洋夷, 서양 오랑캐)라고 조선인들이 손가락질하는 그녀에게 많은 도움을 주었다. 전에는 부용이 자주 찾아왔으나 최근에 발걸음이 뜸했다.

"부용 양."

손탁은 부용을 보고 활짝 웃었다.

"손탁 양……."

부용이 말에서 가뿐하게 뛰어내렸다.

손탁은 부용의 손을 잡고 반가워했다. 부용은 얼굴이 흙먼지와 땀으로 얼룩져 있었다.

"어서 들어와요. 그런데 무슨 일이에요?"

손탁은 부용을 데리고 집으로 들어왔다.

"긴하게 할 말이 있어요. 문을 닫아 주세요."

손탁은 부용의 말에 대문을 닫았다. 부용이 말을 대추나무에 매었다.

"무슨 일이에요? 오랫동안 말을 타고 온 것 같은데 어디서 오는 거예요?"

"제물포에서 왔어요. 러시아에서 온 종군기자 있지요? 나타샤라는……."

"있어요. 지금 러시아 공사관에 있을 거예요."

"나타샤를 데리고 제물포에 가야 돼요."

"제물포에는 왜?"

부용은 왕자가 처한 상황을 자세하게 이야기했다.

손탁은 부용의 이야기를 들으면서 가슴을 두드렸다. 조선의 왕자가 위기에 처해 있고 일본군이 제물포 일대에서 약탈과 살육을 일삼고 있다는 사실에 몸을 떨었다.

손탁은 잠시 동안 생각에 잠겼다. 그녀는 어떻게 하든지 조선의 왕자를 구해야 한다고 생각했다.

"나타샤만 데리고는 왕자의 위기를 구할 수 없겠어요."

"그럼 어떻게 해요?"

"웨베르 공사에게 군사를 몇 명 보내달라고 할게요."

"일본군과 싸우게요?"

부용이 눈을 동그랗게 떴다.

"일본군과 싸울 수는 없어요."

"그럼요?"

"러시아 군사와 영국 군사가 몇 명 함께 오면 일본군이 공격할 수 없을 거예요."

"영국도요?"

"미국도 보내 달라고 할게요."

손탁은 부용을 집에서 쉬게 하고 러시아 공관으로 달려갔다.

공관에는 나타샤가 공사의 부인과 함께 정원에서 차를 마시고 있었다.

손탁은 나타샤와 웨베르의 부인 토오냐에게 부용에게 들은 이야기를 전했다. 그녀들은 조선의 왕자가 위기에 빠져 있다는 사실에 놀라고 일본군이 살육과 약탈을 일삼고 있다는 사실에 분개했다.

"공사님을 모시고 나올게요."

토오냐가 안으로 들어갔다.

"부용은 왕자님을 위해 목숨을 걸고 있군요."

나타샤는 손탁으로부터 부용에 대한 이야기를 묻고 수첩에 적었다. 그녀가 취재한 이야기는 러시아 신문에 낱낱이 실릴 것이다. 이내 웨베르 공사가 촉박한 걸음으로 나왔다. 여자들이 자리에서 일어나 그에게 인사를 했다. 손탁으로부터 이야기를 들은 웨베르 공사는 군대를 함부로 파견할 수 없다고 말했다. 그러나 다른 외국 공사들과 상의해 보겠다고 말했다. 손탁은 나타샤와 함께 집으로 돌아왔다.

"부용 양."

부용은 집에서 기다리고 있었다. 그동안 얼굴을 씻고 음식을 먹었다.

"손탁 양, 어떻게 되었어요?"

"부용 양이 나타샤와 함께 먼저 돌아가요. 나는 군사들을 이끌고 뒤따라갈게요."

"알았어요. 독일 영사관에도 알려 주세요."

부용은 나타샤와 함께 제물포로 달려가기 시작했다.

일본군 제8여단 여단장 이케다 소장은 지도를 펼쳐놓고 세밀하게 살폈다. 그동안 제물포 일대를 샅샅이 뒤졌으나 왕자를 찾을 수 없었다.

"여기 상모리는 바닷가 대촌이군. 여기도 수색했나?"

이케다 소장이 지도의 바닷가에 있는 마을을 가리켰다. 지도를 들여다보던 대대장이 고개를 갸우뚱했다.

"왜 그래?"

"지도에는 마을이 있는데 찾지 못했습니다."

"그래?"

이케다 소장은 다시 한번 지도를 자세히 들여다보았다.

"여기에 산이 있을 거야."

"그렇다면 여기는 수색하지 않은 것 같습니다."

"밀정을 들여보내라. 이 마을이 수상해."

"예."

대대장이 경례를 바치고 물러갔다.

이케다 소장은 2개 연대를 먼저 한양으로 진군하라는 명령을 내렸다. 일단 여단의 주력 병력을 한양으로 이동하게 해야했다. 조선인 노무자와 소달구지 징발로 군수품을 운반하고 군량 조달도 어느 정도 확보되었다. 곳곳에서 조선인들이 반발했으나 총칼로 진압했다.

"각하, 러시아 기자가 제물포로 들어왔다고 합니다."

그때 연락장교가 달려와 보고했다.

"러시아 기자?"

이케다 소장은 어리둥절하여 연락장교를 쏘아보았다.

"조선의 바다를 취재하여 러시아 신문에 신는다고 합니다. 아마 우리 일본군을 취재하려는 것 같습니다."

"아니다. 러시아 기자가 일본군을 취재하려면 여단본부부터 올 것이다. 뭔가 수상해."

이케다 소장은 음모가 있다고 생각했다.

"러시아 기자가 혼자 왔나?"

"조선인 안내인과 함께 동행하고 있습니다."

"이는 우리 일본군의 나쁜 점을 취재하여 신문에 보도하려는 것이다. 각 부대에 명령을 내려 조선인들은 강압적으로 다루지 말라고 하라."

이케다 소장이 명령을 내렸다. 그는 러시아 기자가 나타나 당혹스러웠다.

"그가 어디로 가는지 밀정을 보내 감시하게 하라."

"예."

연락장교가 거수경례를 바치고 물러갔다.

이케다 소장은 의자에 털썩 주저앉았다. 러시아 기자의 출현이 마음에 들지 않았다. 그는 평양전투에서 공을 세워 사단장으로 진급하려고 했다. 그런데 러시아 기자가 나타난 것은 그의 앞길에 방해가 된다.

'평양전투는 반드시 승리로 이끈다.'

이케다 소장은 여단본부 막사에서 밖으로 나와 쉬고 있는 병사들을 살폈다. 부관이 그의 뒤를 따라왔다.

이케다 소장은 군사들을 살폈다.

"날씨가 몹시 덥군. 비가 전혀 오지 않아."

이케다 소장은 한숨을 쉬듯이 중얼거렸다. 날씨가 더워 행군을 하는 병사들이나 군수물자를 운반하는 노무자들이 고통스러워하고 있었다.

'왕자가 골칫거리군.'

이케다 소장은 푸른 바다를 응시했다.

상모리에 들어간 밀정이 돌아온 것은 오후 4시가 지났을 때였다. 밀정은 30대 사내로 조선인 보부상 복장을 하고 있었다.

"상모리에 왕자가 있는 것이 확실합니다."

일본군은 전쟁을 하기 전에 항상 밀정들을 파견하여 현지를 정탐했다.

조선에도 이미 수년 전부터 밀정들이 파견되어 활약하고 있었고 청국에도 밀정들이 파견되어 활약하고 있었다.

"왕자를 보았나?"

"왕자는 보지 못했습니다만 제물포 첨사를 비롯해 한양에서 시위대 군사들이 변장하여 내려와 있다고 합니다."

"군사들이? 군사들이 얼마나 되는가?"

"20명쯤 됩니다."

이케다 소장은 잠시 생각에 잠겼다.

"러시아 기자를 보았나?"

"상모리에 들어간 것을 보았습니다."

"러시아 기자가 왕자를 만날 것이 틀림없다."

"그래서 다른 밀정에게 러시아 기자를 감시하라고 했습니다."

"잘했다."

이케다 소장은 고개를 끄덕거리고 생각에 잠겼다.

"각하, 상모리에 들어가서 왕자를 압송할까요?"

"중대 병력을 보내라."

이케다 소장은 부관에게 지시했다. 부관이 경례를 바치고 물러갔다.

일본 공사관에서 긴급 훈령이 내려온 것은 중대 병력이 상모리로 출동하려고 했을 때였다.

"러시아와 충돌하지 마라. 러시아가 전쟁에 개입하면 우리는 청국과 러시아와 전쟁을 해야 한다."

일본 공사관의 훈령을 받은 이케다 소장은 눈살을 찌푸렸다.

"상모리로 간다. 출동 준비하라."

이케다 소장은 부관에게 출동준비를 지시했다.

"여단 병력을 동원할까요?"

"아니다. 중대병력만 데리고 간다."

이케다 소장은 중대병력과 함께 상모리로 달려가기 시작했다. 조선의 상황이 긴박하게 돌아가고 있었다. 그는 쇠망치로 뒤통수를 한대 맞은 듯한 기분이었다.

'왜 이런 일이 벌어지고 있는 거야?'

이케다 소장은 상모리를 향해 달려가면서 불길한 예감을 느꼈다.

오도리 공사는 러시아와 충돌하지 말라고 지시했다. 내각의 훈령을 받고 있으니 그의 명령을 따르지 않을 수 없었다. 어찌되었든 러시아에 전쟁 구실을 주지 않고 조선의 왕자를 한양으로 압송해야 했다.

이언은 파도가 높이 일고 있는 바다를 응시했다. 구름은 없었으나 바람이 일고 있었다.

이언은 부용이 한양까지 달려가서 러시아 기자 나타샤를 데리고 와서 놀랐다. 부용이 일본군이 봉쇄하고 있는 제물포를 탈출하여 한양까지 달려갔다가 돌아와 놀랐다.

부용은 그가 잠을 자고 있을 때 떠났기 때문에 가는 것도 몰랐다. 그러나 그녀는 한양에서 나타샤를 데리고 왔다.

"왕자님을 뵙게 되어 영광입니다."

나타샤의 인사를 받으면서 이언은 부용의 얼굴에서 눈을 떼지 못했다. 부용은 한양을 오가느라고 얼굴이 벌겋게 달아 있었다.

"이런 곳에서 만나게 되어 접대를 할 수 없습니다. 양해해 주십시오."

이언은 나타샤에게 정중하게 말했다.

"왕자님이 곤경에 처해 있다고 들었습니다."

"그렇습니다. 일본군은 나를 한양으로 압송하려고 합니다."

"이 나라는 조선입니다. 일본군이 멋대로 그렇게 할 수가 있습니까?"

"조선은 힘이 없습니다. 힘이 없기 때문에 일본군의 침략을 받고 있습니다. 나는 반드시 조선에서 일본군을 몰아낼 것입니다."

이언은 나타샤에게 비장한 목소리로 말했다.

"지금 왕자님은 위험에 처해 있습니다."

이담희는 일본군 밀정이 돌아다니고 있다고 근심하고 있었다.

"배로 평양에 갈 수 없는가?"

이언은 무릎을 꿇고 있는 선주들에게 물었다. 선주들은 배를 이용해 평양으로 가는 것이 불가능하다고 대답했다.

이언은 얌전하게 앉아 있는 부용을 응시했다.

나타샤가 왕자가 혼인을 하는 것처럼 위장을 한 뒤에 해안을 따라 김포 월곶리의 한강 어구까지 가자고 제안했다. 한강의 하류인 월곶리에서 배를 타고 평양으로 가자는 것이었다.

"월곶리로 가려면 어찌해야 하오?"

"해안을 따라 산을 넘어야 합니다."

"월곶리에서 배를 구할 수 있소?"

이언이 사람들에게 물었다.

"배를 구할 수 있습니다. 소인이 먼저 가서 배를 구해 놓겠습니다."

천총 김태균이 절을 하고 물러갔다. 사람들이 박재구의 사랑을 나가는 김태균의 뒷모습을 응시했다.

"밀정이 돌아갔으니 멀지 않아 일본군이 들이닥칠 것입니다. 밀정을 돌려보내지 말았어야 했습니다."

김경일이 어두운 표정으로 말했다.

"일본군이 그 핑계로 마을을 공격할 수도 있네."

이담희의 말에 모두 입을 다물었다. 방안에 어색한 침묵이 흘렀다.

"박 참판, 마을 사람들을 시켜 잔치를 벌이시지요."

이담희가 박재구를 쏘아보면서 말했다. 김태균이 떠났으니 다른 방도가 없는 것이다.

"갑자기 잔치를 벌이는 것이 이상하지 않습니까?"

박재구가 마땅치 않은 표정을 하고 있다가 고개를 흔들었다.

"왕자님이 혼례를 올린다고 하면 일본군도 한양으로 압송하지 못할 것입니다."

나타샤가 이언에게 말했다.

"박 참판, 마을 사람들을 동원하여 음식을 만들고 잔치 준비를 하라. 오늘 저녁에 혼례를 올린다."

이언이 박재구에게 엄중하게 말했다.

"음식을 어느 정도 만들어야 합니까?"

"왕자의 혼인이다. 음식을 많이 장만하라. 재인들이 있으년 재주를 부리게 하고 마을 사람들에게 꽹과리를 치면서 마을을 돌게 하라."

왕자가 영을 내리자 사람들이 어리둥절했다.

"신부는 부용 아씨가 될 것이다. 혼인을 거행하는 집사는 박재구가 맡으라."

이언의 말에 부용이 화들짝 놀란 표정으로 고개를 들었다. 길례를 갑자기 올리게 되어 당황스러웠다. 그러나 이언을 상모리에서 탈출시키기 위한 것이었다.

"명을 받들겠습니다."

박재구가 절을 하고 물러갔다.

"왕자님, 두 분은 잘 어울리는 한 쌍이 될 것입니다."

나타샤가 환하게 웃었다. 부용은 그 말을 듣고 얼굴을 붉혔다.

"일본군 때문에 혼인을 하지만 부용은 나의 진실한 아내가 될 것이오."

이언은 얼굴을 붉히고 있는 부용을 향해 미소를 지었다.

해가 설핏이 기울고 있는 마을에서 붉은 깃발이 펄럭이고 꽹과리며 징 소리가 높게 울려 퍼지고 있었다. 이케다 소장은 중대 병력을 정렬시키고 마을을 노려보았다. 초가집과 기와집이 다닥다닥 붙어 있는 바닷가 쪽으로 수목이 울창했다.

바람은 점점 거칠어지고 있었다. 수평선 쪽에서 검은 구름이 밀려오고 있었다.

'해가 지고 있는데 무슨 혼인인가?'

이케다 소장은 조선인들이 터무니없는 짓을 꾸미고 있다고 생각했다.

깃발을 들고 신명나게 꽹과리를 치면서 마을을 돌고 있는 사람들을 따라 아이들이 뛰어다녔다.

'러시아 기자를 어떻게 처리하지?'

이케다 소장은 마을을 노려보면서 골똘히 생각에 잠겼다.

러시아와 대립할 사건을 만들면 공사가 내각에 보고할 것이고, 대본영에서 즉각 책임을 추궁할 것이다.

'청일전쟁이 끝나면 사단장으로 승진할 수 있는데…….'

이케다 소장은 곤혹스러웠다. 나타샤가 신문기자이기 때문에 대단한 것이 아니다. 나타샤는 러시아인이고, 러시아인을 건드리는 것은 러시아라는 거대한 국가를 상대로 전쟁을 해야 하는 것을 의미하는 것이다.

"각하, 마을로 진격합니까?"

여단본부 작전참모인 이시하라 소좌가 옆에서 물었다. 여단장이 출동했기 때문에 본부의 참모들이 모두 따라와 있었다.

"기다려라."

이케다 소장은 짧게 끊어서 대답했다.

"러시아 기자와 충돌하면 안 된다. 작전참모, 무기를 사용하지 않고 조선의 왕자를 체포할 수 있겠는가?"

"왕자를 압송하려고 하면 조선인들이 저항할 것입니다. 무기를 사용하지 않을 수 없습니다."

마을을 도는 꽹가리 소리가 더욱 시끄러워졌다. 이케다 소장은 지휘봉을 들고 마을을 내려다보았다.

"혼인식은 어떻게 되어 가고 있나?"

"음식을 만들고 잔치를 떠들썩하게 하고 있습니다."

정보참모 테츠히로 소좌가 대답했다.

"잔치를 핑계로 탈출할지 모른다. 철저하게 감시하라."

"각하, 일단 마을로 진입하는 것이 어떻겠습니까?"

중대장 하세가와 대위가 물었다.

"좋다. 마을로 진입하라."

이케다 소장은 일본군을 마을로 진입시켰다.

일본군이 행군을 하여 들어오자 마을이 발칵 뒤집혔다. 꽹과리를 치고 징을 치면서 잔치를 벌이던 마을사람들은 혼비백산했다.

하세가와 대위는 중대 병사들을 지휘하여 마을로 진입했다. 이케다 소장은 본부 병력의 호위를 받으면서 말을 타고 마을로 들어갔다.

조선의 왕자는 마을에서 가장 부유하게 살고 있는 박재구의 집 마당에서 혼례식을 하고 있었다. 넓은 마당에 사람들이 가득했다.

신랑신부가 상석에 나란히 앉고 그 앞에서 재인들이 공연을 하고 있었다. 그러나 일본군이 에워싸자 일제히 흩어졌다.

이케다 소장은 말에서 내려 잔치가 벌어지는 상석을 노려보았다. 러시아 기자는 왕자의 바로 옆에 바짝 붙어 있었다. 피부가 하얗고 눈이 파래서 러시아 여자라는 것을 한눈에 알아볼 수 있었다.

"왕자님을 뵙게 되어 영광입니다."

이케다 소장은 왕자의 앞으로 가서 허리를 숙여 경의를 표했다. 그들의 표정은 싸늘하게 굳어 있었다.

"나의 경사스러운 날에 일본군이 방해를 하는 것이오?"

왕자는 젊고 당당했다. 이케다 소장에게 위축되지 않고 매서운 눈으로 쏘아보고 있었다.

"그렇지 않습니다. 왕자님을 모시고 가기 위해 왔습니다."

"보다시피 나는 혼인식을 하고 있소. 그대를 따라갈 이유도 없고 따라갈 생각도 없소."

"혼인이 끝나면 모시고 가겠습니다."

"나는 즐거운 잔치가 끝나면 초야를 치러야 하오."

왕자가 비웃듯이 말했다. 조선인들이 잔잔하게 웃었다.

"왕자님은 곤경에 처해 있습니다. 우리는 무력을 사용할 수 있습니다."

"나를 끌고 갈 수 있으면 마음대로 해보시오."

조선의 왕자가 당당하게 말했다.

"왕자님을 모셔라."

이케다 소장이 명령을 내렸다. 그러자 일본군들이 일제히 왕자에게 달려갔다. 그때 왕자의 옆에 있던 신부가 갑자기 벌떡 일어나면서 칼을 뽑아들었다.

"멈춰라."

신부가 앙칼지게 소리를 질렀다.

'저 계집은 뭐지?'

이케다 소장은 눈살을 찌푸리면서 신부를 노려보았다. 20세 안팎의 여자였다. 일본군들도 일제히 칼을 뽑아들었다.

"일본군은 물러가라."

조선의 시위대가 일제히 앞으로 나오면서 총을 겨누었다. 그러자 일본군도 조선의 시위대를 향해 총을 겨누었다. 사람들이 웅성거리고 얼굴이 하얗게 변했다. 장내에 팽팽한 긴장감이 감돌자 러시아 기자가 자리에서 일어섰다.

"나는 러시아인이에요. 조선의 왕자를 강제로 데리고 가려고 하면 나부터 죽여야 할 거예요."

러시아 기자가 육혈포를 뽑아들었다. 이케다 소장은 러시아 기자를 노려보았다.

"우리는 러시아인을 다치게 하고 싶지 않소. 물러나시오."

"나는 왕자의 혼인을 취재하고 있어요. 내 취재를 방해하지 말아요."

러시아 기자가 단호하게 말했다.

"우리는 러시아를 두려워하지 않소."

"그래요? 그럼 공격해 보세요."

러시아 기자의 말에 이케다 소장은 흠칫했다.

그때 마을 입구에서 경쾌한 나팔소리가 들려오기 시작했다. 사람들의 시선이 일제히 마을 입구로 향했다. 커다란 깃발 하나를 앞세운 붉은 제복의 병사들이 북을 치고 백파이프를 연주하면서 행진해 오고 있었다.

'영국군이다!'

이케다 소장은 그들의 복장과 나팔을 보고 영국 병사라는 것을 한눈에 알았다.

일본에 있는 영국 공사관에서 영국군이 행군하는 것을 본 일이 있었다. 그들은 불과 10여 명밖에 되지 않았다.

그들은 킬트(남자 치마) 복장으로 백파이프를 불고 북까지 치고 있었다. 조선의 시골마을에서 스코틀랜드 행진곡을 듣는 것은 기묘했다. 조선인들도 생전 처음 들어보는 행진곡에 넋을 잃고 있었다.

영국 병사의 뒤에 말을 탄 서양 여자가 오고 그 뒤에는 러시아 수병들까지 오고 있었다.

'왕자가 영국과 러시아 병사들을 불렀구나.'

이케다 소장은 눈앞이 캄캄해지는 것을 느꼈다.

영국 병사들과 러시아 수병들은 왕자의 앞에 가서 일렬로 정렬했다.

마지막 춤은 나와 함께

내가 제물포 상모리의 집에 이르렀을 때는 조선 왕자와 부용의 전통적인 결혼식이 진행되고 있었다.

나는 부용과 왕자가 결혼식을 올리는 것을 보자 기분이 미묘했다. 부용에게 은근하게 연정을 품고 있었는데 이제 그녀가 공식적으로 왕자의 여자가 된 것이다.

일본군에게 둘러싸인 가운데 거행된 결혼식이었다. 서양의 결혼식과는 전혀 달랐으나 마을 사람들이 잔뜩 몰려오고 서양인들까지 적지 않았다.

러시아는 앙투아네트 손탁과 웨베르 공사부인이 왔기 때문에 병사들 20여 명을 보냈고 영국은 군악대를 보내왔다.

독일도 나와 함께 병사 10명이 왔다. 랜스돌프가 만류했으나 이자벨도 왔다. 그녀는 일본군의 만행에 분노하고 있었다.

조선 왕자의 결혼식은 낯설었다.

"결혼식이 왕궁에서 이루어지지 않고 시골에서 이루어져 안타깝네요."

이자벨은 왕자를 일본군으로부터 보호하기 위한 결혼식이라 아쉬워했다.

"조선은 멸망한다면서요?"

나는 낮게 한숨을 내쉬었다. 외교가에서는 조선이 결국 멸망할 것이라고 사람들이 말을 하고 있었다.

서양의 강대국들은 아프리카나 아시아의 여러 나라를 보호령, 또는 식민지로 만드는 데 혈안이 되어 있었다.

신흥강국으로 등장한 일본이 노골적으로 조선을 압박하고 있었다.

"시간이 문제지 일본에 넘어간대요."

이자벨도 한숨을 내쉬었다.

결혼식이 끝나자 축하잔치가 벌어졌다. 서양은 피로연을 하면서 무도회를 하는데 조선은 며칠 동안 잔치를 한다고 했다.

왕자의 결혼식이었다. 러시아 병사들이 군대 사열식을 보여 주었고, 영국 병사들은 〈스코틀랜드 브레이브〉를 연주하여 흥을 돋웠다. 〈스코틀랜드 브레이브〉는 〈용감한 스코틀랜드〉라는 행진곡이다.

영국은 일본에 전쟁비용까지 빌려 줄 정도로 가까웠다. 그러나 일본군이 조선 왕궁을 침범하여 왕과 왕비를 협박하고 보물까지 도둑질해 갔다는 사실이 공사들에게 알려지면서 비난을 받았다. 공사들은 일본을 경멸하고 조선을 도우려고 했다.

영국 군악대 때문에 무도회까지 벌어졌다. 왕자가 앙투아네트 손탁과 춤을 추고 부용이 나와 춤을 추었다.

일본군의 시선을 분산시키기 위해 한 시간 동안이나 춤이 계속되었다.

러시아의 종군기자 나타샤와 웨베르 공사 부인, 앙트아네투 손탁이 민속무용 춤을 추었다. 나는 이자벨과 함께 독일 민속무용을 추었다. 갑작스러운 식이 아니었다면 아름답고 화려한 결혼식이 되었을 것이다. 그러나 일본군이 노려보고 있었다.

왕자와 부용의 결혼식은 아름다우면서도 슬펐다.

일본군은 입맛만 다시고 있다가 마을 밖으로 철수하고 마을을 에 워쌌다.

"어떻게 할 계획이오?"

나는 춤을 추면서 부용에게 물었다. 그녀는 전통 혼례 의상을 입고 있었다. 조선의 여인이 혼례식날 외간 남자와 춤을 추는 것은 엄격하 게 금지되어 있었다. 그러나 그녀는 어릴 때부터 서양인들과 함께 지 냈다.

"왕자님을 탈출시킬 거예요. 도와주세요."

"위험하지 않소?"

"조선의 왕자잖아요? 왕자는 나라를 위해서 목숨을 초개처럼 버릴 거예요."

"초개가 뭐요?"

"마른 지푸라기요."

"부용 양은 어떻게 할 겁니까?"

"일본군을 유인할 거예요. 그동안 고마웠어요."

"예?"

"우리가 다시 만나기 쉽지 않을 거예요. 미리 인사를 드리는 거예요."

나는 부용이 이별의 인사를 하는 것이라는 것을 눈치챘다. 갑자기 가슴이 아파왔다. 나는 부용과 마지막 춤을 추었다.

무도회는 밤이 이슥할 때까지 계속되었다.

"여러분 고맙습니다. 여러분이 조선을 위하여 애써 준 일은 죽어서 도 잊지 않을 것입니다. 감사합니다."

왕자와 부용이 인사를 했다.

"행복하세요."

"즐거운 시간되세요."

사람들이 왕자와 부용에게 인사를 했다.

왕자와 부용은 신방으로 들어갔다.

부용은 하늘을 쳐다보았다. 하늘에는 달빛이 휘영청 밝았다.

자정이 지난 탓에 무도회가 벌어졌던 마당은 조용했다. 조선인들은 모두 집으로 돌아갔고, 왕자를 탈출시키기 위한 사람들만 남아 있었다. 사람들의 얼굴에 긴장감이 감돌고 있었다. 부용이 일본군을 유인하면 왕자가 그 틈에 산으로 달려갈 것이다.

부용은 왕자가 산을 넘어야 한다고 생각하자 슬픔이 파도처럼 밀려왔다.

"부용아."

이언이 부용을 포옹하고 낮게 말했다.

"왕자님⋯⋯."

부용은 이언에게 안겨서 몸부림을 쳤다. 어쩌면 이것이 마지막이 될지도 모른다고 생각했다.

"몸조심해라."

"왕자님도 보중하세요."

부용이 이언에게서 떨어져 얼굴을 쳐다보았다. 그녀의 까만 눈이 촉촉하게 젖어 있었다.

"너에게 미안하구나."

이언이 부용을 와락 껴안았다. 일본군은 마을 밖으로 철수해 있었고 영국 병사들과 러시아 수병들도 마당에서 쉬고 있었다. 이담희는 마당에서 사람들과 함께 긴밀하게 이야기를 나누고 있었다.

부용은 마당 밖의 동정을 살핀 뒤에 이언에게 삿갓을 씌워 주었다. 밤새 산을 넘는 것은 쉬운 일이 아니다.

부용은 젖은 눈으로 이언을 응시했다. 이언의 얼굴도 바짝 긴장되어 있었다. 이언이 산을 넘을 때 시위대의 유학성과 마을 사람 조태구가 길 안내를 할 것이다.

"아씨, 준비되셨습니까? 이제는 출발해야 합니다."

시위대 병사 김태균이 밖에 와서 말했다. 부용은 그 소리가 천둥소리처럼 크게 귓전을 울리는 것을 느꼈다.

이언이 놓지 않으려는 듯이 부용을 껴안았다. 부용도 이언을 바짝 껴안았다.

"아씨."

김태균이 재촉했다.

"준비되었어요."

부용은 이언에게서 떨어져 마당으로 나왔다. 이제는 더 이상 머뭇거리고 있을 수가 없었다.

김태균이 말을 끌고 기다리고 있었다. 마당에는 나타샤와 손탁, 그리고 하인리히 레겔까지 말 위에 앉아서 기다리고 있었다.

"조심해요."

"고마워요."

부용은 이자벨을 포옹했다.

"갑시다."

부용은 말에 올라탔다. 김태균을 비롯하여 시위대 병사들도 말에 올라탔다. 나타샤와 손탁, 하인리히 레겔이 말을 타고 그들을 따랐다.

"이랴!"

부용은 힘차게 말을 달리기 시작했다.

"이랴!"

김태균과 시위대 병사들이 그 뒤를 따르고 나타샤와 손탁, 하인리히 레겔도 뒤를 따랐다.

"이랴!"

마을밖에 일본군이 길을 막고 있는 것이 보였다.

"이랴!"

부용은 힘차게 말을 달리다가 논둑길로 방향을 틀었다. 일본군이 말을 타고 맹렬하게 쫓아오기 시작했다.

이언은 박재구의 집에서 밭고랑을 따라 냅다 뛰었다. 달빛이 밝았기 때문에 일본군의 눈에 띨 수가 있었다. 그러나 부용이 일본군의 이목을 분산시키고 있었다.

화악산에서 훈련을 받아 다행이었다.

"왕자님, 이쪽입니다."

조태구가 앞에서 달리며 낮게 말했다.

이언은 빠르게 달렸다. 숨이 차고 얼굴이 화끈거렸다.

밭둑에는 닥나무가 잔뜩 우거져 있었다. 닥나무는 껍질을 벗겨 삶아서 한지도 만들고 도리깨도 만들었다. 껍질이 질겨 물건을 묶는 용도로도 사용했다.

밭둑을 지나자 골짜기가 나타났다. 개울물 옆으로 작은 오솔길이 있었다.

이언은 오솔길을 달려 숲에 이르렀다. 뒤를 돌아보자 말 달리는 소리와 일본군의 함성이 요란하게 들리고 있었다.

'일본군이 총을 쏘지 말아야 할 할 텐데…….'

이언은 이마에 흐르는 굵은 땀을 손등으로 훔쳤다.

"왕자님, 서둘러 올라가시죠. 일본군이 추적해 올지 모릅니다."

유학성이 재촉했다. 일본군이 추적해 오기 전에 산속 깊이 들어가야 했다.

이언은 걸음을 서두르기 시작했다.

한밤중에 산을 오르는 것은 여간 힘든 일이 아니었다.

이언은 조태구의 뒤를 따라 나뭇가지를 헤치면서 산을 올랐다. 그들은 모두 삿갓을 쓰고 있었다. 그들의 앞을 비추는 것은 신비스러운 달빛뿐이었다.

숨이 차고 땀이 비 오듯이 흘러내렸다.

일본군을 피해 김포 월곳리로 향하는 길이었다.

"왕자님, 잠시 쉴까요?"

유학성이 뒤를 돌아보고 물었다.

"일본군이 추격해 오지 않겠나?"

이언은 가쁜 숨을 고르면서 유학성을 돌아보았다.

어둠 때문에 그의 얼굴이 뚜렷하게 보이지 않았다.

"일본군은 아씨를 쫓아갈 것입니다."

"그럼 잠시 쉬세."

이언은 나무에 손을 짚고 뒤를 돌아보았다. 군인인 유학성은 털썩 주저앉았다. 멀리 상모리가 한눈에 내려다보였다.

상모리 누구네 집인지 불빛이 깜박이고 있었다.

이언은 그 집이 박재구의 집일 것이라고 생각했다.

부용과 길례를 올려 가슴이 뿌듯했다. 그러나 하룻밤도 같이 잘 수 없었다.

'이제 언제 다시 만날 수 있을까……'

이언은 온몸이 땀에 젖었으나 그래도 다행이라고 생각했다. 달빛이 밝았으나 일본군이 산으로 추적해 오지는 못할 것이다.

"왕자님, 다시 출발하겠습니다."

등롱을 든 조태구가 앞서 걷기 시작했다. 그때 요란한 총성이 들려왔다. 이언은 바짝 긴장하여 걸음을 멈췄다. 총성은 일본군을 유인하고 있는 부용의 일행 쪽에서 들리고 있었다.

"시위대 병사들이 위험하지 않을까?"

이언은 가슴이 철렁하여 총성이 들리고 있는 쪽을 내려다 보았다.

"왕자님, 어서 산을 넘으셔야 합니다."

유학성이 이언을 재촉했다.

이케다 소장은 커다란 느티나무 밑에서 참모들을 거느리고 서서 달빛이 하얗게 깔린 들판을 노려보았다. 일본군들이 추적에 성공했는지 요란한 총소리가 들리고 있었다.

'조선의 왕자가 우리 부대의 앞길을 막고 있다니……'

이케다 소장은 승전보를 기다리는 심정으로 들판을 응시했다.

들판은 달빛이 휘영청 밝았다. 신비스러운 달빛이 상모리 일대에 가득했다.

"각하, 우리 병사들이 조선의 왕자를 체포할 수 있을 것입니다."

작전참모 이시하라 소좌가 말했다.

"왕자를 잡아올 때까지 기다리겠다."

이케다 소장은 기분이 나빴다. 전쟁을 해야 하는데 조선의 왕자가 앞을 막고 있었다.

그때 요란하게 울리던 총성이 그쳤다. 희디흰 달빛이 쏟아지는 들판이 기묘할 정도로 조용해졌다. 사방이 빗소리 외에는 기묘할 정도로 조용했다.

"끝난 것 같습니다. 우리 병사들이 왕자를 체포했을 것입니다."

정보참모 테츠히로 소좌가 말했다. 그들의 얼굴에 안도하는 표정이 떠올랐다. 병사들에게 위협사격을 해도 사살하지 말라고 명령을 내렸다.

조선의 왕자 결혼식에 서양의 공사관 사람들이 와 있었다. 조선 왕자가 그들과 함께 탈출을 꾀했다면 사격을 했다가는 낭패를 당할 수도 있었다. 병사들이 그들을 사살하면 엄청난 외교문제로 발생할 것이다.

"그런가? 우리 병사들이 실패하지 않았겠지?"

이케다 소장은 비로소 만족한 표정으로 고개를 끄덕거렸다. 이제 곧 조선의 왕자를 체포했다는 보고가 들어올 것이라고 생각했다.

부용은 먼 산을 바라보았다. 산마루 위에도 달빛이 하얗게 쏟아지고 있었다.

'왕자님은 무사히 탈출하셨겠지.'

유인작전은 성공했다. 일본군이 빽빽하게 에워싸고 있었으나 두렵지 않았다. 러시아 병사들도 일본군을 향해 총을 겨누고 있었다. 그러나 누구도 먼저 사격을 하지 않았다.

"당신들 뭐야? 우리와 전쟁을 하려는 거야?"

웨베르 부인이 일본군 사관을 향해 소리를 질렀다. 일본군 사관은 대꾸를 하지 않았다. 그때 참모들을 끌고 이케다 소장이 말을 타고 달려왔다.

"뭐야? 어떻게 된 거야?"

이케다 소장이 말에서 내려 소리를 질렀다.

"왕자는 없습니다."

일본군 사관이 보고했다.

"뭐야? 왕자는 어디로 간 거야?"

"이들이 우리를 유인한 것 같습니다."

"칙쇼!"

이케다 소장은 눈에서 불이 일어나는 것 같았다.

"장군! 당신은 지금 우리 러시아를 향해 총을 쏘았소."

웨베르 부인이 소리를 질렀다.

"사상자가 있습니까?"

이케다 소장은 당황했다.

"일본이 선전포고를 한 거요?"

"당신들이 조선 왕자를 탈출시키지 않았습니까?"

"장군! 당신은 러시아와 독일 병사들을 향해 총을 쏘았소."

나타샤가 강력하게 항의했다.

"우리는 위협사격만 했소. 조선 왕자를 체포하려고 한 것뿐이오."

"우리는 이 일을 묵과하지 않을 것이오. 당신들 내각에 통고할 거요."

이케다 소장은 입맛을 다셨다. 그는 왕자와 결혼을 한 부용을 쏘아보았다.

"당신들은 가도 좋지만 저 조선인은 우리가 데리고 가겠소."

부용은 흠칫했다.

"우리의 통역이오. 데려갈 수 없소."

앙투아네트가 거절했다. 하인리히 레겔은 부용의 옆에 바짝 붙어서서 총을 들었다. 일본말을 알아듣지 못해 무어라고 하는지 알 수 없었으나 부용을 위협하고 있는 것이 틀림없었다.

부용은 자신도 모르게 하인리히 레겔의 팔을 잡았다. 일본군에 끌려가면 무슨 수모를 당할지 알 수 없었다.

"조선 왕자와 결혼한 여자가 아니오?"

이케다 소장이 눈을 부릅떴다.

"결혼하기 전부터 우리 통역이었어요."

"상관없소. 끌고 가겠소."

"그렇다면 우리와 전쟁을 할 생각이에요?"

"선택은 당신들이 하시오. 우리는 이 여자를 끌고 갈 테니 총을 쏘고 싶으면 쏘시오."

이케다 소장이 부하들에게 눈짓을 했다. 병사들이 우르르 달려들어 부용을 잡아끌었다. 하인리히 레겔이 일본군에게 저항하려고 했으나 이자벨이 만류했다.

"우리가 도발하면 안 돼."

이자벨의 말에 하인리히 레겔이 움찔했다.

"나도 따라가겠어요."

나타샤가 앞으로 나섰다.

"나는 종군기자예요. 일본군 여단장이 조선의 왕자비를 어떻게 하는지 지켜보겠어요."

일본군이 부용을 끌고 가고 나타샤가 말을 타고 따라갔다.

이케다 소장은 여단본부로 돌아오자 한양으로 전령을 보내 왕자를 놓쳤다고 보고했다.

"왕자는 어디로 갔나?"

이케다 소장은 부용을 직접 신문했다.

"어디로 가셨는지 몰라요."

부용이 일본 말로 대답했다.

"네가 왕자와 결혼식을 올리고도 왕자가 어디로 갔는지 모른다는 말이냐? 우리 일본군은 조선을 위하여 청나라와 싸우고 있다."

"조선은 일본군이 청나라와 싸우는 것을 원하지 않아요."

"건방진 계집!"

"나를 풀어요. 왜 나를 체포하는 거예요?"

"조일협정에 따라 조선은 일본군에 협조해야 한다."

"그래도 체포할 권리는 없습니다."

"닥쳐!"

이케다 소장이 부용의 뺨을 후려쳤다.

"장군, 장군이 조선의 왕자비에게 폭력을 휘두르는 것은 만국공법 위반이에요."

나타샤가 화를 내면서 이케다 소장에게 항의했다.

"당신은 이곳에 있을 수 없소."

이케다 소장은 나타샤를 군막 밖으로 내보냈으나 부용을 더 이상 추궁할 수 없었다. 그는 평양으로 진군하기 위해 참모들과 대대장들을 소집했다.

"조선 왕자를 체포하는 것은 불가능하다. 우리는 평양으로 진군한다. 각 대대장은 부대를 통솔하고 참모들은 행군에 지장이 없도록 만반의 준비를 갖추라."

이케다 소장이 참모회의를 마쳤을 때 공사관에서 전령이 본부로 돌아왔다.

"왕자와 혼례를 올린 여자는 섬으로 보내고 여단은 즉시 평양으로 진군하라."

오도리 공사의 명령이었다.

갈매기가 끼룩끼룩 날았다. 파도는 하얀 포말을 일으키면서 달려왔다.

부용은 바닷가 바위에 앉아서 먼 북쪽을 바라보았다.

일본군과 제물포 첨사가 그녀를 섬에 내려놓고 가 버렸다. 벌써 닷새가 흘러갔다.

날씨는 불볕이 쏟아지듯이 뜨거웠다. 바위에 앉아 맨발을 바닷물에 담그고 있었으나 햇살이 따가웠다.

바닷가에서는 여자들이 물에 들어가 전복이며 미역을 따고 있었다.

'일본군과 제물포 첨사는 왜 나를 섬으로 보낸 것일까?'

부용은 제물포 첨사를 이해할 수 없었다. 제물포 첨사의 명령은 조정의 명령이다. 조선의 내각으로부터 내려온 명령이었기 때문에 반항할 수 없었다.

종군기자 나타샤 때문에 치욕을 당하지 않은 것은 다행이었다.

'왕자님은 어떻게 되셨을까?'

그날 헤어진 후에 왕자에 대한 소식을 전혀 들을 수 없었다. 일본군이 그녀를 내려놓고 간 곳은 월산도라는 작은 섬이었다. 주위에 섬이 여러 개 있었으나 어디인지 전혀 알 수 없었다.

부용은 바위 위에 앉아서 하루 종일 바다만 바라보았다.

바다를 본 것도 처음이었고, 섬에서 나갈 방법도 마땅치 않았다.

'왕자님은 평양으로 무사히 가셨을까?'

이언이 평양에서 전투를 벌이고 있을지도 모른다고 생각하자 가슴이 타들어가는 것 같았다.

"이것 봐. 왜 하루 종일 넋을 놓고 있어?"

물질을 하던 여자들이 부용을 향해 소리를 질렀다.

"네?"

부용은 정신이 번쩍 들어 여자들을 응시했다.

"할 일이 없으면 물에 들어와."

부용에게 소리를 지르고 있는 여자는 봉순네라는 여자였다.

40대의 나이로 어부인 남정네는 풍랑을 만나 죽었고 봉순네 혼자서 물질을 하여 아이들을 키우고 있었다.

"물에 들어가서 뭘해요?"

"뭘하기는… 조개도 캐고 미역도 따지."

섬의 여자들은 부용이 무엇 때문에 와 있는지 몰랐다.

"저는 헤엄을 칠 줄 몰라요."

"우리가 가르쳐 줄 테니까 따라해 봐."

봉순네가 웃으면서 소리를 질렀다. 그러나 썩 내키지 않았다. 여자들은 부용의 신분에 대해서 모르고 있었다. 부용도 굳이 자신의 신분을 알리고 싶지 않았다.

부용은 여자들에게 물질을 배우기 시작했다.

처음에는 물에 들어가는 것도 두려웠으나 하루가 지나고 이틀이

지나고 여러 날이 지나자 점점 익숙하게 되었다.

물속의 바다는 신비스러웠다. 물속에도 많은 생명체가 살고 있었다.

"머리를 올린 것을 보니 혼례를 올린 것 같은데 맞아?"

여자들은 쉴 때 모래사장에 둘러앉아 이야기꽃을 피웠다.

"네."

"신랑은 어디에 있어?"

덕구네라는 오종종한 얼굴의 여자가 물었다. 그녀는 가슴이 유난히 컸는데 근처에는 남자들이 없기 때문에 가슴을 홀렁 드러내놓기도 했다.

"평양에 갔어요."

"평양에는 왜?"

"전쟁을 하러 갔어요."

"그럼 군인인가?"

부용은 대답을 하지 않았다. 햇살은 따가웠고 바람은 없었다. 저 멀리 바다 위의 푸른 하늘에 흰 구름이 두둥실 떠 있었다.

"덕구네, 왜 또 그 큰 가슴을 드러내놓고 있어? 남정네들이 보면 어떻게 해?"

봉순네가 덕구네를 보면서 깔깔거렸다.

"가슴이 크면 무슨 소용이누? 만져 줄 사람도 없는데……."

덕구네가 한숨을 쉬듯이 말했다. 부용은 웃으면서 덕구네의 가슴을 응시했다. 과연 그녀의 가슴은 거대했다.

"저렇게 큰 가슴이 임자가 없으니 아까워서 어쩌누?"

"나만 임자 없나? 여기 있는 여편네들 전부 임자가 없는데……."

여자들이 까르르 웃음을 터트렸다.

'이 사람들은 전쟁의 위험도 모르고 가난하게 사는구나.'

부용은 여자들의 평화로운 모습을 보면서 이언을 생각했다.

이언이 평양으로 떠난 지 어느 사이에 열흘이 지나 있었다.

이언이 평양에 도착하여 전쟁을 하고 있는지 알 수 없어서 불안했다. 섬에서는 육지의 소식을 전혀 알 수 없었다.

'내가 섬을 탈출하면 조선이 곤란해지나?'

부용은 섬을 탈출하는 것도 쉽지 않다고 생각했다. 당분간은 섬에서 쓸쓸하게 지내야 했다.

제물포 첨사는 부용을 섬에 데려다가 놓고 조정의 명령이 있을 때까지 섬을 나오지 말라고 했다. 그의 지시는 조정의 명령이었기 때문에 따르지 않으면 엄중한 처벌이 따를 것이다.

"걱정하지 말고 기다리고 있어라. 한양에 돌아가 섬을 나오게 해주겠다."

이담희가 부용을 위로하고 나타샤와 손탁도 그녀를 격려했다.

섬에서 사는 사람들은 세상이 어떻게 돌아가는지 전혀 모르고 있었다.

해가 기울기 시작하자 부용은 옷을 말려 입고 처소로 돌아오기 시작했다. 처소의 주인인 을녀가 비탈진 산에서 땀을 흘리며 감자를 캐고 있었다.

을녀는 남편도 없이 올망졸망한 아이들 다섯을 키우는 아낙이었다.

"저녁에 감자와 호박 숭숭 썰어 넣고 된장국을 끓이려고 하는데 어떨지 모르겠네."

을녀가 부용을 발견하고 소리를 질렀다. 을녀는 서른두 살밖에 되지 않았으나 마흔 살이 넘어 보일 정도로 겉늙어 있었다.

"저는 아무거나 상관이 없어요."

부용은 을녀에게 미소를 지어보였다.

을녀가 아이들 다섯을 데리고 평생을 살아야 한다고 생각하자 쓸쓸해 보였다.

바다는 저녁노을이 번지면서 붉은 빛을 띠고 갈매기들이 끼룩거리고 날았다.

"평양에서 난리가 난다면서?"

"네."

"그래, 새댁은 언제 뭍으로 돌아가우?"

"모르겠어요."

부용은 쓸쓸하게 대답했다. 하루라도 빨리 한양으로 돌아가고 싶었다.

부용은 처소로 돌아가려다가 감자밭으로 들어갔다. 을녀는 남루한 홑적삼이 땀으로 흥건하게 젖어 있었다.

"뭘하게?"

"감자 캐는 거 도와드리려고요."

"그 고운 손으로 무슨 감자를 캐?"

"감자는 캘 수 있어요."

"육지와 달라서 여기는 자갈밭이야. 감자를 캐는 게 쉽지 않아."

"좀 앉아서 쉬세요."

부용은 을녀에게 호미를 받아 감자를 캐기 시작했다. 과연 자갈밭이라 호미가 잘 들어가지 않았다. 그래도 자갈을 헤치면서 감자를 캤다.

땅거미가 내릴 때 감자를 캐는 것을 중지하고 처소로 돌아왔다. 을녀는 된장국을 끓이고 부용은 아궁이에 불을 지폈다.

저녁은 보리가 반이나 섞여 있었다. 거친 밥이었으나 맛있게 먹을 수 있었다. 아이들이 그녀가 먹는 밥에 눈길을 보내고 있었다.

아이들은 보리에 감자가 잔뜩 섞인 밥을 먹고 있었다.

'애들이 내가 먹는 밥을 부러워하는구나.'

부용은 아이들의 눈길을 보자 밥이 넘어가지 않았다.

숟가락을 놓고 밖으로 나왔다. 아이들이 그녀의 밥상에 벌떼처럼 달려드는 소리가 등 뒤에서 들렸다.

부용은 집 뒤의 언덕으로 올라가 바다를 응시했다. 사방이 이미 캄 캄하게 어두워 바다도 자세히 보이지 않았다. 하늘에는 별이 총총하고 파도가 철썩였다.

"왕자님."

부용은 밤하늘에 무수히 반짝이는 별을 바라보면서 왕자를 생각했다.

하루도 거르지 않고 언덕에 올라와 왕자가 무사하기를 빌었다.

"오늘도 여기에 올라왔어?"

을녀가 부용의 옆에 와서 앉았다.

"왜 안 주무세요?"

"매일같이 여기에 올라오니… 뭍이 그렇게 좋아?"

"아니에요."

"남정네 때문이구나. 그 사람이 그리워서 그러는 거지?"

부용은 대답을 하지 않았으나 눈물이 괴어 왔다. 을녀는 남정네가 고기잡이 나갔다가 돌아오지 못했다. 마을 사람 둘이 모두 같이 돌아 오지 않았다.

"나도 애들 아버지가 죽은 뒤에 날마다 여기 올라와서 바다를 보 았어. 혹시라도 애들 아버지가 살아서 돌아올 것만 같아서… 얼마나 그 사람이 그리웠는지 몰라."

을녀가 소리를 죽여 울기 시작하자 부용도 목이 메어 울었다.

일본군 대본영은 내각의 훈령을 기다리고 있었다.

대본영은 조선에서의 전쟁 이후 여순과 대련까지 공격하고 대만을 점령하여 총독부를 설치할 것을 내각에 제안했고, 내각이 그와 같은 제안을 상정하여 회의를 하고 있었다.

대만에 총독부를 설치하는 문제는 이노우에 가오루 내무대신과 총리대신 이토 히로부미가 대본영에 타당성을 검토하라는 영을 내린 것이다. 이는 군사력이 바탕이 되어야 했기 때문이었다. 대본영은 사단장까지 연석회의를 열어 러시아와 충돌하지 않으면 여순과 대련을 비롯하여 봉천까지 진격할 수 있다고 보고했다.

대본영의 총참모장인 모리 요시노리 육군대장은 내각의 훈령을 기다리면서 벽에 걸린 동북아시아의 지도를 참모들과 함께 살피고 있었다.

"한양에 얼마의 군사가 있나?"

요시노리 총참모장이 지도를 살피다가 참모들에게 물었다.

"노량진 일대에 2개 여단이 있고 아산과 성환에서 북상하는 2개 여단이 수원에 이르렀습니다."

대본영 작전참모인 고바야카와 다카카게 1군단장이 보고했다. 1군단은 조선에서의 전쟁을 책임지고 있었다.

"일본군의 북상이 왜 이리 더딘가?"

"더위 때문입니다. 군무물자를 운반하는 노무자들이 더위를 견디지 못하고 있습니다."

"수원의 여단에 북상을 서두르라고 지시하라."

요시노리 총참모장이 명령을 내렸다. 부관이 그의 명령을 수첩에 기록했다. 요시노리 총참모장은 작전실을 서성거렸다.

"원산에 상륙한 제5사단은 어떤가?"

"원산의 일본군도 더위 때문에 곤경에 처해 있습니다."

"상황을 보고하라."

"군수물자를 운반하던 조선인 노무자들이 모두 달아나서 지휘관인 히로세 소좌가 자살했습니다."

요시노리 총참모장이 마른침을 꿀컥 삼켰다.

청군과의 전쟁을 앞두고 더위 때문에 일본군이 고전을 면치 못하고 있었다. 그러나 더위에 물러서서는 안 된다고 생각했다.

"노츠 미치츠라 사단장에게 전력을 다하라고 지시하라."

"옛."

"청군은 남하하고 있나?"

"이홍장 휘하의 부대가 남하하여 8월 초에 평양에 이를 것입니다."

요시노리 총참모장은 지도의 여순과 대련을 응시했다.

"1군단은 평양성 전투가 끝나면 여순으로 진격한다."

요시노리 총참모장이 잇달아 명령을 내렸다.

"해군을 1군단에 소속시킨다."

"내각의 훈령이 떨어졌습니까?"

"총리대신의 내락이 있었다. 일본 해군 제1유격대는 여순으로 진격하라."

요시노리 총참모장이 해군 대장에게 명령을 내렸다.

"옛!"

장군들이 경악하여 요시노리 총참모장을 쳐다보았다. 그때 육군대신이 대본영 회의실로 들어왔다. 대본영의 기라성 같은 장군들이 벌떡 일어나서 부동자세를 취했다. 육군대신은 좌중을 쓸어본 뒤에 입을 열었다.

"제군들. 내각에서 마침내 여순과 대련 공략을 의결했다. 육군 제1군단은 평양을 공격하여 점령한 뒤에 여순으로 진격한다. 해군 제1함대는 제물포에서 여순으로 진격한다. 자세한 작전은 대본영에서 세우도록 하라."

육군대신이 명령을 내렸다.

"핫!"

요시노리 총참모장이 부동자세를 취했다.

요시노리 총참모장은 지도 앞으로 갔다. 대본영의 참모들의 얼굴에 긴장된 빛이 흐르기 시작했다.

"해군은 대만을 공략할 준비를 하라."

"예."

해군대장이 부동자세로 대답했다.

"보라. 이것이 동북아시아다. 우리 일본은 세계 최강의 해군을 거느리고 있다. 우리는 동북아시아로 진출하여 대동아공영의 맹주가 될 것이다."

요시노리 총참모장이 결연한 표정으로 지시했다.

햇살이 눈이 부시게 밝았다.

이언은 무겁게 한숨을 내쉬었다. 모란봉과 을밀대에서 내려다본 대동강은 지극히 아름다웠다.

'이 아름다운 곳에서 전쟁을 해야 하다니……'

제물포 상모리에서 탈출하여 평양으로 왔다. 부용이 일본군에 끌려갔으나 살해되지는 않고 섬으로 보내졌다고 했다.

'섬에 있으면 위험하지 않을 것이다.'

이언은 무겁게 한숨을 내쉬었다. 평양의 대결전이 점점 임박해 오고 있었다.

청군은 이언이 생각했던 것보다 많지 않았다.

평양성 곳곳에 보루를 설치하고 일본군을 방어할 준비를 했으나 어딘지 모르게 전투에 대한 강한 의지가 없어 보였다.

청군은 마옥곤, 좌보귀, 엽지초 등이 군사를 이끌고 있었다. 그들은 일본군이 평양성에 도착하기 전에 후퇴해야 한다고 주장했다.

일본군은 제5사단 사단장 노츠 미츠히라가 1군 총사령관이 되어 지휘를 하고 있었다. 그는 훗날 청일전쟁의 결과로 일본에서 전쟁의 신, 전쟁의 아버지라는 이름으로 불린다.

"평양에 조선군이 없나?"

이언은 시위대 사관 유학성에게 물었다.

"평양의 조선군은 청군에 가담하지 말라는 명령을 받았다고 합니다."

"그렇다면 내가 무슨 군사로 일본군과 싸우겠나?"

이언은 절망감이 엄습해오는 것을 느꼈다.

"일본군이 한양을 점령했기 때문에 관리들은 명령을 따를 수밖에 없습니다."

한양의 조선 군사들이 평양으로 몰려오기는 했으나 수백 명에 지나지 않았다. 한양에서 몰려온 군사들은 일본군이 왕궁을 점령했을 때 무장해제를 당한 시위대 군사들과 친군영, 총위영 군사들 일부였다. 일본군 장교가 교관으로 있는 훈련대 군사는 오지 않았다.

그들은 친일파였다.

이언은 유학성과 함께 청군 장군 마옥곤에게 갔다. 보초를 서는 병사들이 출입을 시키려고 하지 않았으나 이언은 일본군에 대한 중요한 정보가 있다면서 만나게 해 달라고 청했다.

"그대는 조선인인가?"

마옥곤이 오만하게 말했다.

"그렇소. 조선인이오."

"조선인들은 배신자다. 우리는 조선을 위하여 일본군과 싸우고 있는데 조선인들은 전혀 협조하지 않고 있다."

"나는 청군과 함께 일본군을 물리치려고 왔소."

"그대의 신분은 무엇인가?"

"나는 조선의 왕자요."

마옥곤이 깜짝 놀라 자리에서 일어났다.

"조선의 왕자가 직접 일본군과 싸우겠다는 말이오?"

"그렇소. 나는 장군의 휘하에서 일본군과 싸울 것이오. 내가 조선의 왕자라는 것을 비밀에 붙여 주었으면 좋겠소."

"왕자님을 몰라보고 결례를 범했습니다."

마옥곤이 비로소 이언에게 정중하게 인사를 했다.

이언은 마옥곤과 인사를 나누고 전황에 대해서 이야기를 했다.

8월 11일이 되자 화악산 군사들도 왔다. 이언은 8백 명의 조선 군사들을 모아 놓고 훈시를 했다.

"나는 조선 의군 참령이다. 지금 나의 신분에 대해서는 말하지 않겠다. 그대들은 조선을 위하여 죽음을 두려워하지 않고 일본군과 싸우러 왔다. 지금 한양은 사실상 일본군이 점령하고 있다. 일본은 흉악한 이리들처럼 우리 조선을 집어 삼키려고 하고 있다. 우리는 목숨을 걸고 일본군과 싸워야 한다. 우리가 여기서 모두 죽어도 싸워야 한다."

이언은 비장하게 선언했다.

8월 11일 일본의 이케다 여단은 평양 근교 중화리에 도착했다. 그는 여단에 진지를 구축하게 하고 청군 진영을 정찰했다.

8월 12일이 되자 1군 사령관 겸 노츠 미츠히라 제5사단장이 새벽에 공격하라는 명령을 내렸다.

'아직 탄약이 제대로 도착하지 않았는데 벌써 공격을 하라는 말인가?'

이케다 소장은 기분이 좋지 않았다.

"사단장의 명령이 떨어졌는데 어떻게 하는 것이 좋겠는가?"

이케다 소장은 여단 참모회의를 열었다.

"명령이 떨어졌으니 공격을 해야 합니다."

작전참모인 이시하라 소좌가 대답했다.

"좋다. 새벽에 돌격한다."

이케다 소장은 전투 준비 명령을 내렸다.

8월 12일 새벽 3시, 이케다 여단은 중화리에서 선교리로 전진했다. 말에는 재갈을 물리고 병사들은 숨을 죽였다. 아직 캄캄한 밤중이었으나 불도 켜지 않았다.

이케다 여단이 선교리에 가까이 접근하자 청군의 깃발이 보였고 3개의 보루가 길 양쪽에 설치되어 있는 것을 볼 수 있었다.

"공격하라!"

이케다 소장이 제7중대에게 명령을 내렸다.

"와아!"

7중대가 함성을 지르면서 청군의 보루를 향해 달려갔다. 그때 청군의 보루에서 일제히 총탄 사격이 시작되었다.

탕… 탕… 탕…….

총성이 요란하게 울려퍼졌다. 앞에서 달리던 보병들이 피를 뿌리면서 죽어갔다.

7중대도 맹렬하게 사격을 시작했으나 보루로 접근할 수 없었다.

"제7중대는 돌격을 중지하고 제5중대는 보루를 포격하라."

제5중대는 포병중대였다. 그들은 청군의 제1보루를 향하여 일제히 포를 발사했다.

쾅-!

포성이 천지를 울리고 포연이 자욱하게 일어났다.

포탄이 떨어지는 청군 보루가 불기둥이 치솟고 흙덩어리가 솟아올랐다. 병사들도 비명을 지르면서 튕겨 오르고 날아갔다.

일본군의 포격에 맞서 청군도 일제히 포를 발사하고 있었다. 포탄이 작렬할 때마다 일본군 병사들이 불기둥과 함께 날아갔다.

"사격 중지!"

이케다 소장은 포사격을 중지했다.

일본군 후속부대가 도착하지 않았기 때문에 포탄을 허비할 수 없었다.

이언은 참호 속에 납작 엎드려 일본군이 구축한 진지를 노려보았다.

일본군이 진지에서 서서히 움직이고 있었다. 그러나 일본군보다 먼저 움직이기 시작한 것은 일본군의 야포부대였다.

천지를 진동하는 포성과 함께 야포가 불을 뿜었다.

슈욱-!

머리 위로 포탄이 날아오는 굉음이 들리면서 불기둥이 치솟았다. 포탄이 작렬할 때마다 흙더미가 치솟고 청군 병사들이 처절한 비명을 지르며 허공으로 날아올랐다.

"중포 발사!"

"발사!"

청군의 포부대도 일본군을 향해 일제히 포를 발사하기 시작했다.

포부대는 보병들의 뒤에 있었다. 초연이 자욱하게 솟아오르며 포성이 귀청을 찢을 것처럼 들려왔다.

이언은 눈을 질끈 감았다. 일본군과 청군은 더욱 요란하게 야포와 중포를 쏘아댔다. 포탄이 작렬할 때마다 커다란 구덩이가 하나씩 생겼다.

포탄은 피할 수가 없었다. 오로지 포탄이 자신에게 떨어지지 않기만을 간절하게 빌었다.

"내 다리, 내 다리……!"

포탄에 맞은 병사들이 비명을 지르면서 울부짖었다.

양군의 포격은 거의 한 시간 동안이나 계속되었다.

이언은 청군의 참호가 대부분 파괴되었다는 것을 알 수 있었다. 일본군의 포가 청군의 포를 압도하고 있었다.

청군 병사들도 여기저기 피투성이가 되어 나뒹굴고 있었다.

'전쟁이 이렇게 참혹하다니….'

이언은 포격전에서 살아남은 것이 기적이라고 생각했다.

청군이 참호를 파고 대기하고 있던 참호는 땅이 한꺼풀 뒤집힌 것 같았다.

'이제 끝났나?'

이언은 보루에 머리를 처박고 있다가 고개를 들었다. 고막이 터질 것처럼 천지사방에서 들려오던 포성이 갑자기 뚝 그친 것이다. 사위는 물속처럼 조용한 가운데 병사들이 울부짖는 소리가 들렸다.

이언은 보루에서 고개를 들고 주위를 살폈다. 자욱한 포연이 걷히면서 참혹한 전장의 모습이 드러났다.

전장은 지옥도를 방불케 하고 있었다. 여기저기서 사지가 토막 난

시체와 내장이 터져 나온 시체들이 나뒹굴고 부상자들이 처절하게 비명을 질러대고 있었다. 팔 하나가 달아난 병사도 있고 포탄에 다리가 잘려져 날아간 병사도 있었다. 그들은 포연이 자욱한 전장에서 울부짖으며 고통스러워하고 있었다. 그러나 군의관이나 위생병은 전장에 없었다. 부상자들은 비명을 지르다가 심한 출혈로 죽어 갔다.

'아……!'

이언은 자신의 왼쪽 어깨에서 피가 흘러내리는 것을 발견하고 얼굴을 찌푸렸다.

언제 포탄의 파편이 어깨를 스쳤는지 상처 부위가 쓰라리면서 피가 쉬지 않고 흘러내리고 있었다.

'파편을 맞았어!'

이언은 식은땀이 흘러내리는 기분이었다. 그러나 그는 살아 있었다. 팔다리가 잘려지거나 내장이 터져 나오지도 않았고, 머리가 으깨져 죽지도 않았다.

그는 자신이 살아 있다는 사실에 새삼스럽게 만족하면서도 전쟁의 공포가 뇌리를 엄습해오는 것을 느꼈다. 그러나 전투는 이제 겨우 한 차례의 포격전이 끝났을 뿐이었다. 본격적인 전투가 지금부터 시작될 것이다.

보병들의 전투가 시작되면 피아간에 총탄이 난무하게 될 것이고 시산혈해 속에서 생사기로를 헤매게 될 것이다.

'죽어도 여한은 없다!'

이언은 잠시 숨을 몰아쉬었다.

날은 이제 서서히 밝아오고 있었다. 동녘하늘이 부옇게 밝아오면서 푸른 남빛이 돌기 시작했다.

전쟁만 아니라면 얼마나 아름다운 땅인가. 이언은 푸른 들판과 저 멀리 강가의 초가들을 응시했다.

"부용아……."

이언은 부용의 얼굴을 떠올렸다.

부용을 위해서 반드시 살아남아야 한다고 생각했다.

사방이 기이할 정도로 조용하더니 일본군이 다시 야포를 발사하기 시작했다.

일본군의 포탄이 청군 보루로 맹렬하게 쏟아지고 있었다. 일본군의 포탄이 작렬할 때마다 청군 병사들이 비명을 지르면서 죽어갔다.

조선군 보루는 청군 보루 좌측에 있었다.

"왕자님. 우리도 총을 쏘아야 하지 않습니까?"

유학성이 납작 엎드려서 물었다.

"지금은 양군이 포격전을 전개하고 있다. 우리에게는 탄환이 부족하니 적이 가까이 올 때 일제히 사격한다."

이언은 유학성에게 낮게 말했다.

"왕자님은 물러나 있어야 합니다. 여기는 위험합니다."

"전쟁을 하는데 위험하지 않은 곳이 어디에 있는가?"

그때 포성이 그쳤다. 사방이 조용하여 병사들이 여기저기서 비명 소리가 들렸다.

이언이 보루에서 내다보자 자욱한 포연이 걷히면서 일본군이 달려오고 있는 것이 보였다.

"사격 준비!"

이언이 바짝 긴장하여 명령을 내렸다.

"사격 준비!"

유학성이 병사들에게 명령을 내렸다.

일본군이 맹렬하게 달려오면서 총을 쏘기 시작했다. 머리 위로 총탄이 비 오듯이 날아왔다.

이언은 정신을 집중하여 일본군을 노려보았다.

일본군들은 함성을 지르고 총을 쏘면서 맹렬하게 달려오고 있었다.

"사격!"

이언이 명령을 내렸다. 보루에 납작 엎드려 있던 조선군 병사들이 일제히 사격을 개시했다. 총성이 요란하게 울려 퍼지고 초연이 자욱하게 솟아올랐다.

일본군도 보루를 향해 달려오면서 맹렬하게 총을 쏘았다.

'놈들이 악귀처럼 달려오는구나.'

일본군은 총에 맞아 쓰러지면서 진격을 멈추지 않았다.

이언은 정신없이 총을 쏘았다. 그때 자욱한 초연 속에서 일본군이 보이지 않았다.

"사격 중지."

이언은 사격을 멈추었다. 일본군이 진격을 멈추고 있었다.

이언은 긴장을 늦추지 않고 일본군 진지를 노려보았다.

"일본군 선봉이 전멸했습니다."

유학성이 이언에게 보고했다.

"우리 쪽 사상자는 얼마나 되나?"

"확인해 보겠습니다."

유학성이 물러갔다. 이언은 납작 엎드린 채 일본군 진지를 응시했다. 일본군 진지에서 더 이상 총을 쏘지 않고 있었다.

"아군 사망은 15명, 부상이 27명입니다."

유학성이 달려와 보고했다.

"사상자를 후송하라."

"예."

유학성이 다시 물러갔다. 적진에서 일본군이 움직이지 않자 이언은 잠시 쉬었다. 어느덧 해가 높이 떠올라 있었다.

슈욱-!

그때 허공을 가르는 날카로운 굉음이 들려왔다.

일본의 혼성여단 선봉은 아침 8시가 되자 수만교에 도착했다. 수만교 남쪽 보루에는 소수의 청군밖에 없었다.

"수만교를 점령하라."

오오시마 여단장은 1개 중대를 투입했다. 청군은 일본군 중대가 전진하자 총 몇 방을 쏘더니 그대로 달아났다.

"각하, 청군이 모두 달아났습니다."

후쿠다 소좌가 보고했다.

"핫핫! 청군은 오합지졸이다."

오오시마 여단장은 유쾌하게 웃음을 터트렸다.

"각하, 계속 전진할까요?"

"보라. 길 양쪽에 나무가 없고 은폐물이 없다. 전진하다가는 청군의 포격에 꼼짝도 못하게 된다. 11연대와 21연대가 도착할 때까지 기다려라."

오오시마 여단장은 일본군을 추격하고 싶었으나 은폐물이 없어서 수만교에서 기다렸다.

오전 9시가 되자 11연대가 도착했다.

"11연대가 도착했습니다."

"11연대는 수만교 좌우에 진지를 구축하라."

오오시마 여단장이 명령을 내렸다. 11연대가 즉시 수만교 좌우에 진지를 구축했다. 그동안 21연대가 도착했다.

"수만교 앞에 중앙 돌출부가 있다. 21연대는 중앙돌출부를 점령하라."

오오시마 여단장이 명령을 내렸다.

21연대는 전 병력이 동원되어 중앙돌출부를 공격했다.

중앙돌출부는 청군 엽지초의 병사들이 방어하고 있었다.

일본군은 맹렬하게 포격을 전개했다. 엽지초는 일본군을 두려워하고 있었다. 일본군 2개 연대가 공격을 하자 변변하게 싸우지도 않고 퇴각했다.

"청군이 물러갔습니다."

참모들이 여단본부에 와서 보고했다.

"수만교 좌우에 연대본부를 설치하라."

일본군은 중앙돌출부에 보루를 설치하고 전투준비를 했다.

청군은 일본군 2개 연대가 전투 준비를 갖추자 맹렬하게 포격을 해왔다.

일본군은 포대를 설치하고 맹렬하게 포격을 전개했다. 일본군은 성환에서 노획한 포로 포격을 했다. 청군은 성환 전투에서 수십 대의 야포와 포탄 수백 발을 버리고 퇴각했는데 일본군이 사용한 것이다.

포격전은 치열하게 전개되었다.

평양성의 조선군은 청군과 일본군의 전투에 참여하지 않았다. 의군도 없었고 평양성에 청군이 입성하면서 뿔뿔이 흩어졌다.

"일본군에 협조하라면 군복을 벗어버리겠다."

평양의 조선군 지휘관들은 군사들을 모두 소집 해제했다.

평양성의 조선군들은 군복을 벗고 뿔뿔이 흩어졌으나 의병이 되어 평양성으로 몰려온 것이다.

일본군은 20분 동안 청군 보루를 맹렬하게 포격했다. 그러자 청군이 제대로 반격도 하지 않고 달아났다.

"각하, 청군이 퇴각했습니다."

모리 소좌가 오오시마 여단장에게 보고했다. 계속 공격할 것이냐는 질문이 포함되어 있는 말이었다.

"제5사단의 명령이 내려왔다. 15일 총공격을 감행한다."

일본군은 15일의 대회전을 위하여 보루를 지켰다.

8월 13일이 되었다. 청군이 포격을 시작했다. 포탄이 우박처럼 쏟아졌으나 일본군은 대응하지 않았다.

"청군의 포격이 계속되고 있습니다."

"포격을 계속하도록 하라. 한심한 일이 아닌가?"

오오시마 혼성여단 여단장은 청군의 포격이 계속되어도 응사하지 않았다.

청군의 포격은 8월 13일 하루 종일 계속되었다.

포성 때문에 귓전이 먹먹했다.

이언은 보루에 배달된 주먹밥을 씹으면서 포탄이 작렬하는 들판을 내려다보았다.

청군이 일본군을 향해 아침부터 포격을 하고 있었다.

일본군은 청군이 포격을 계속하자 뒤로 물러나 있었다.

'무력시위를 하는 것인가?'

이언은 청군의 포격을 이해할 수 없었다.

"청군이 왜 이렇게 포격을 계속하는 것입니까?"

유학성이 불만스럽게 말했다.

"청군이 제정신이 아닌 것 같습니다. 전투를 모르는 자가 지휘를 하는 것이 아닙니까?"

김태균도 한심하다는 듯이 말했다.

이언은 점심 식사가 끝나자 참호에 누워서 하늘을 쳐다보았다. 일본군이 반격을 하지 않아 전투가 소강상태에 빠져 있었다.

청군의 포격은 오후에 다시 시작되었다.

이언은 청군이 하루 종일 포격을 계속하자 분개했다. 포격이 계속되었으나 일본군이 물러나 있었기 때문에 피해를 입히지 못하고 있었다.

"내가 마옥곤을 만나야 하겠다."

이언은 유학성을 데리고 마옥곤에게 갔다. 마옥곤은 보루에서 차를 마시고 있었다.

"조선의 왕자는 언제까지 싸울 생각이오?"

마옥곤이 차를 권하면서 물었다.

"일본군이 물러갈 때까지 싸울 것입니다. 그런데 청군이 왜 무작정 포격을 하는 것입니까? 일본군은 사정권 밖에 물러나 있습니다."

이언은 마옥곤에게 노골적으로 불만을 토로했다.

"그것은 엽지초 장군의 포병입니다."

마옥곤이 곤혹스러운 표정으로 대답했다. 포성이 그친 보루 어딘가에서 풀벌레 우는 소리가 들렸다. 평양은 이미 초가을이었다.

"내가 엽지초 장군에게 가서 항의하겠소."

"소용없소. 엽지초 장군은 퇴각 준비를 하고 있소."

마옥곤의 말에 이언은 가슴이 철렁했다.

"퇴각이요? 제대로 싸우지도 않고 퇴각한다는 말입니까?"

"청군 장군들 대부분이 퇴각을 바라고 있소."

"그런데 장군은 왜 필사적으로 싸우는 것이오?"

"일본군은 조선을 침략하는 데서 그치지 않고 청국을 침략할 것이

오. 나는 조선을 위해 싸우는 것이 아니라 청국을 위해 싸우고 있소."

이언은 마옥곤의 말에 감탄했다.

"조선의 왕자에게 한마디 하고 싶소."

"말씀하시오."

"조선의 국운은 바람 앞의 등불 같소. 어쩌면 멀지 않아 일본에 의해 망할지도 모르오. 평양 전투를 마지막이라고 생각하지 마시오. 왕조는 항상 흥망을 되풀이해 왔소, 일본이 지금 흥하고 있으나 언젠가는 망할 것이오."

이언은 마옥곤의 말에 씁쓸했다.

"우리가 패하면 사용하지 않은 포와 포탄은 모두 일본군에게 빼앗기게 되오. 나는 그들에게 빼앗기 전에 소비하려는 것이오."

"싸워서 이길 생각은 하지 않고 패퇴할 생각을 하는 거요?"

"조선의 왕자는 참으로 단순하오. 일본군이 평양성 전투로 끝날 것이라고 생각하는 거요? 일본군은 청국을 공격하려는 거요. 우리는 만주에서 일본군을 막을 것이오."

"일본이 청국을 침략하는 것을 어떻게 알고 있소?"

엽지초는 이언에게 일본과 청국, 조선의 정세를 설명했다.

'내가 평양에서 싸우는 것이 부질없는 짓인가?'

이언은 엽지초와 헤어져 보루로 돌아오면서 걸음이 비틀거렸다.

'이것이 조선의 운명이고 나의 갈 길이라면 어쩔 수가 없다.'

이언은 참호에 누워 밤하늘을 쳐다보았다. 청군이 일본군에게 패하여 청나라로 돌아간다고 해도 조선인들은 일본군과 싸워야 한다고 생각했다.

'내가 여기서 죽을지도 모르겠구나.'

이언은 지그시 눈을 감았다.

부용의 얼굴이 떠올라왔다. 어쩌면 부용을 두 번 다시 볼 수 없다고 생각하자 비통했다.

8월 14일 양군은 전투를 벌이지 않았다.

8월 15일 새벽 3시 30분 일본군은 총공격에 돌입했다.

혼성여단의 우익 전위가 선교리에 있는 청군의 보루를 향해 맹렬하게 포격하면서 평양성 전투의 막이 올랐다.

청군도 일제히 반격했다. 양군이 치열하게 포격전을 전개했다. 청군을 지휘하고 있는 사람은 미옥곤 총병이었다.

마옥곤은 7월에 조선으로 들어와 8월 4일 평양에 입성했다. 그는 평양의 동문과 대동강 좌측 방어선을 담당했다. 그는 보루를 설치하고 포대를 설치했다.

8월 15일 전투가 시작되자 마옥곤은 청군 3영을 이끌고 맹렬하게 전투에 임했다. 병사들은 약 2천2백 명이었다. 그들은 마옥곤의 지휘하에 일본군을 향해 맹렬하게 야포를 발사하고 총을 쏘았다.

일본군은 작렬하는 포탄에 몸뚱이가 튕겨져 나가고 피를 흘리고 죽으면서도 돌격을 멈추지 않았다.

"사격!"

이언이 지휘하는 조선군은 제2보루에서 일본군을 향해 맹렬하게 사격을 전개했다.

대동강 하류는 평지라서 일본군이 진격하기에 불리했다. 일본군은 많은 사상자를 내면서 제1보루를 탈취했다.

"왕자님, 제1보루가 무너졌습니다."

유하성이 긴장하여 보고했다.

"1보루를 탈환하라."

이언은 조선군을 이끌고 1보루를 향해 사격을 개시했다.

청군과 조선군은 1보루를 탈환하기 위해 화력을 집중했다. 그때 일본군 2개 중대가 양각도에서 강을 건너 산기슭에 도착했다.

청군은 민가에 불을 질러 일본군이 진격하는 것을 방해했다.

새벽부터 시작된 전투가 점심 때까지 계속되었다. 일본군은 막대한 피해를 입었고 탄약이 떨어졌다.

"각하, 탄약이 떨어졌습니다. 계속 진격하기 어렵습니다."

일본군은 육탄전을 벌일 준비를 했다.

'제기랄, 청군이 악착같이 버티는군.'

오오시마 여단장은 혀를 내둘렀다. 일본군은 만일의 사태를 대비하면서 퇴각했다.

오후 3시부터 비가 쏟아졌다. 일본군은 비에 젖었고 일본군 진지는 비와 피로 붉게 물들었다

"속히 후방부대에서 탄약을 운반해 와라."

오오시마 여단장이 빗속에서 영을 내렸다.

현무문과 모란봉을 지키는 청군은 좌보귀 봉군 3영 1500명이었다.

기자릉에는 청군 1천4백 명이 방어선을 지키고 있었다.

청군은 2천9백 명이었고 일본군은 7천8백 명이었다.

15일 새벽 대동강 좌안의 일본군 혼성여단이 마옥곤 부대를 공격했을 때 좌보귀는 마옥곤에게 제1, 제2보루에서 일본군을 공격하게 했다.

일본군은 제1보루를 점령했다. 삭녕지대 일본군 포병 제1중대도 800미터 털어진 곳에서 청군을 포격했다.

좌보귀의 청군은 오전 8시가 되자 일제히 퇴각했다. 일본군 18연대 제1대대는 청군을 공격하여 제5보루를 점령했다. 청군은 1, 3, 5보루를 점령당했고 2, 4보루도 더 이상 버티지 못했다. 그들은 모란봉에서 평양성으로 퇴각했다.

이언도 2보루에서 현무문으로 퇴각했다.

일본군은 현무문을 향해 돌격했다. 청군은 맹렬하게 저항했다. 일본군의 1차 공격은 실패로 돌아갔다. 일본군은 모란봉에서 청군을 공격했다.

좌보귀가 현무문에서 청군을 독려했다. 좌보귀는 일본군의 유탄에 맞아 부상을 당했으나 포병이 쓰러지자 손수 포를 쏘다가 왼쪽 가슴에 총탄을 맞고 전사했다.

"왕자님, 피하셔야 합니다. 전세가 기울었습니다."

유학성이 이언에게 다급하게 말했다.

"청군을 두고 피할 수 없다."

이언은 유학성의 권고를 따르지 않았다.

청군과 조선군은 현무문에서 일본군을 향해 맹렬하게 사격전을 전개했다.

일본군은 1차 공격이 실패하자 2차 돌격을 준비했다. 지휘관들 중에 돌격을 반대하는 사람들도 있었다.

"각하, 제가 현무문을 열겠습니다."

미우라 중위가 자원을 했다.

"성문을 어떻게 열 것인가?"

"결사대를 조직하여 성문을 열겠습니다."

"좋다."

오오시마 여단장이 허락 하자 미우라 중위는 결사대를 조직하여 성벽으로 달려갔다. 그는 일본군의 엄호를 받으면서 성벽을 기어올랐다.

청군은 일본군이 성벽을 기어오를 것이라고는 상상도 하지 못했다. 미우라 중위는 성벽을 기어오르자 성루의 청군 병사들을 일본도로 도륙하고 밧줄을 내렸다. 밧줄을 타고 결사대가 성루로 올라왔다.

그들은 성문의 청군 병사들을 닥치는 대로 도륙하고 성문을 열었다. 그러자 일본군이 쏟아져 들어와 현무문을 점령했다.

일본군은 모란봉과 현무문을 점령했으나 심한 피로와 폭우가 쏟아져 내성을 공격하지 못했다. 그런데 서해문과 칠성문, 대동문을 방어하고 있던 엽지초가 제대로 전투도 하지 않고 백기를 내걸었다.

"청군은 퇴각하여 휴식을 취하기를 바란다. 만공공법에 따라 전쟁을 중지하고자 백기를 걸었으니 총을 쏘지 말기를 바란다."

엽지초가 요구했다.

"총을 버리고 나와라."

일본군은 사격을 중지했다.

보통강에서도 전투가 벌어졌다. 일본군은 제5사단 사단장 노츠 미츠히라가 이끌고 있었다. 병력은 5천4백 명이었다.

제5사단은 15일 오전 7시에 십하포에 도착했다. 그들은 산 위에 진지를 구축하고 보루를 맹렬하게 포격했다. 그때 청군 기병 100명이 전진하는 일본군에게 다가왔다. 보병이 위기에 처한 것을 발견한 일본군 포병이 기병을 공격했다.

청군 기병들은 대부분 죽고 포로가 되었다.

"좌보귀가 전사하여 청군의 사기가 떨어졌다."

일본군은 평양성으로 진격했다.

청군은 선교리 전투와 대동강 북안 전투에서 치열하게 저항했다. 일본군은 탄약이 거의 바닥이 났으나 청군의 엽지초가 항복을 하는 바람에 승리를 거두게 되었다.

저녁 7시가 되자 비가 세차게 쏟아졌다.

청군은 칠성문과 정해문을 통해 해안가로 도주하거나 의주대로를 향해 달렸다. 그러나 일본군은 후속부대가 도착하여 퇴각하는 청군을 학살했나.

이언은 전방을 노려보았다. 일본군이 빗속에서 맹렬하게 공격을 감행하고 있었다. 이언은 벌떼처럼 달려오는 일본군을 노려보면서 총을 꽉 움켜쥐었다. 이제는 불안하지도 않고 무섭지도 않았다. 이언은 전방을 노려보면서도 꽃처럼 예쁜 부용이 보고 싶을 뿐이었다.

"사격!"

일본군이 사정권에 들어오자 이언이 소리를 질렀다. 조선군이 일본군을 향해 맹렬하게 총을 쏘았다. 이언도 검은 제복을 입고 총을 쏘면서 달려오는 일본군을 향해 총을 쏘았다.

일본군이 비명을 지르면서 쓰러지는 것이 보였다.

일본군도 맹렬하게 공격을 퍼부었다. 피아간에 치열한 전투가 벌어졌다.

"윽!"

"으아악!"

조선군이 비명을 지르면서 쓰러졌다.

이언은 일본군을 향해 맹렬하게 사격을 가했다.

얼마나 사격을 했는지 알 수 없었다. 갑자기 가슴에 거대한 타격이 느껴졌다.

이언은 움찔했다.

가슴이 화끈하면서 머릿속이 하얘지는 것 같았다.

"왕자님!"

유학성이 경악하여 달려오다가 쓰러지는 것이 보였다.

"부용아……."

이언은 입술을 달싹거렸다. 캄캄한 어둠이 눈앞으로 밀려왔다.

이언 왕자의 죽음

노츠 중장은 평양성을 점령하자 대본영에 승전보를 띄웠다. 대본영은 청군을 말살하라는 극비명령을 내렸다. 일본군은 패주하는 청군을 대대적으로 학살했다.

청군은 패주하면서 군복을 벗고 총을 버리고 달아났다. 조선인들에게 옷을 빼앗아 입고 의주대로로 내달렸다.

청군은 패주하면서 일본군이 추격을 하지 않을 것이라고 생각했다. 그러나 일본군은 의주대로를 봉쇄하고 해안으로 가는 길에 군사들을 매복시키고 있다가 청군이 나타나면 닥치는 대로 학살했다. 청군은 일본군에 패주하면서 오히려 처참한 말로를 맞이했다.

"청군의 시체를 조선인들을 동원하여 매장하라."

노츠 중장이 명령을 내렸다.

조선인들이 대대적으로 동원되어 청군의 시체를 수레에 운반하여 산에 묻었다.

평양성은 일본군의 수중에 완전히 떨어졌다. 노츠 중장은 여단장과 연대장을 소집하여 잔치를 벌였다.

"일본군은 이제 압록강으로 진격할 것이다. 우리는 압록강을 거쳐 대련과 여순으로 간다."

노츠 중장이 술을 마시면서 유쾌하게 웃음을 터트렸다. 그는 일본 군 1군단장이 병으로 사퇴하면서 1군단장에 임명되었다.

평양성의 점령과 함께 승진까지 하여 입이 찢어져 있었다.

"각하의 훌륭한 지휘로 평양성을 점령할 수 있었습니다. 각하를 위해 건배를 하겠습니다."

오오시마 소장이 축배를 들었다.

"건배."

일본군 장교들이 일제히 잔을 들고 소리를 질렀다.

"제군들, 과찬이다. 우리 일본군은 아시아 최고의 강군이다. 제군들은 최고의 군대를 지휘하는 장교들이다. 오늘의 승전은 제군들의 공이다. 우리는 어떠한 역경에도 진격한다. 군인의 사명은 오로지 앞으로 나가는 것이다."

노츠 중장이 장교들에게 훈시를 했다. 장교들은 긴장하여 그의 훈시에 귀를 기울였다.

"잔치는 이것으로 끝이다. 사병들에게 충분한 휴식을 주고 술과 고기를 줘라. 군량은 평양성에서 징발해라."

노츠 중장이 명령을 내렸다. 장교들이 경례를 바치고 물러갔다.

노츠 중장은 잔을 들고 평양을 내려다보았다. 이제는 압록강을 건너 요동반도로 진격해야 한다고 생각했다. 평양성에서의 승리로 조선은 일본의 수중에 들어온 것이나 다를 바 없었다.

'일본군은 욱일승천의 기세로 나아갈 것이다.'

노츠 중장은 어둠에 잠긴 평양을 내려다보면서 생각에 잠겼다. 그는 일본군을 이끌고 요동반도로 진격하고, 요동반도에서의 승리를 바탕으로 육군대신에 임명될 것이다. 전쟁이 계속되면 총리대신이 될 수도 있었다.

"조선군 포로를 죽이지 마라. 조선군 포로 중에 왕자가 있으면 한양으로 압송하라."

이튿날 아침 오도리 공사에게서 공문이 날아왔다.

"대체 이 자가 무얼 하는 거야?"

노츠 중장은 오도리 공사의 공문을 보고 불쾌했다. 전쟁을 하는 군인에게 공사가 명령을 내리는 것을 참을 수 없었다.

오도리 공사는 조선인 노무자들을 동원하는 조선의 협조도 제대로 얻어내지 못했다. 그 바람에 일본군은 군수물자 운반에 막대한 지장을 치러야 했다.

"조선의 왕자가 일본군과 싸우러 평양에 왔습니다."

이케다 소장이 부동자세로 보고했다.

"조선의 왕자가 평양에 왔다고? 조선에 군대가 있었나?"

"없습니다. 평양성의 구식군대는 대부분 전투에 참여하지 않았습니다."

"그렇다면 조선인 왕자가 평양에 있다는 것은 무슨 말인가?"

"조선에 둘째 왕자 이언이라는 자가 있습니다. 그 자가 경복궁 점령사건 이후 평양으로 가려는 것을 우리 낭인들이 납치하여 제물포 조계에 감금했습니다. 그러나 제물포를 탈출했습니다. 그 자가 평양으로 온 것으로 추정됩니다."

"조선군 포로가 있나?"

노츠 중장은 비가 내리는 군막 밖을 내다보면서 물었다.

"수십 명 정도 됩니다."

"그렇다면 포로들 중에서 조선 왕자를 찾으라."

"옛!"

이케다 소장이 경례를 하고 물러갔다.

노츠 중장은 조선의 왕자가 궁금했다.

조선의 왕은 우유부단하고 왕세자는 존재가 알려져 있지 않았다. 그런데 뜻밖에 조선의 둘째 왕자가 등장한 것이다.

"조선 왕자가 죽었습니다."

이케다 소장이 돌아와 보고했다.

"뭐라?"

노츠 중장은 깜짝 놀랐다.

"조선군 시체를 조사하던 중 우리 병사들이 왕자를 발견했다고 합니다."

"조선 왕자가 왜 여기서 죽은 거야?"

"우리 일본군과 전투를 한 것 같습니다."

"조선 왕자를 한양으로 압송하라는 공사의 지시인데 어떻게 하나?"

노츠 중장은 난감했다. 무엇인가 잘못된 것 같은 기분이었다.

"조선 왕자가 일본군에게 죽었다는 것은 좋지 않습니다. 시체를 강물에 던지고 조선 왕자가 평양에 없다고 보고하는 것이 좋겠습니다."

이케다 소장이 눈을 번들거렸다.

"포로들이 있지 않은가? 그들이 알고 있을 텐데……."

"죽은 자는 말을 할 수 없습니다."

노츠 중장이 고개를 끄덕거렸다.

"시체가 있는 곳으로 가자."

"예."

노츠 중장은 조선군이 전투를 벌이던 보루로 갔다. 흙더미 위에 조선 왕자 이언이 눈을 부릅뜬 채 죽어 있었다. 탄환이 가슴을 꿰뚫어 옷이 피에 젖어 있었다.

"왕자가 확실한가?"

"확실합니다. 소관이 제물포에서 왕자를 직접 보았습니다."

"으음."

노츠 중장이 무겁게 신음을 삼켰다.

조선군 포로들은 영문도 모르고 학살되고 왕자 이언의 시체는 대동강에 버려졌다.

부용이 바닷가로 나가자 섬사람들이 물가에서 웅성거리고 있었다.

조선은 8월 15일부터 늦장마가 계속되고 있었다. 부용은 무엇인가 불길한 일이 일어난 것 같아 불안했다.

8월 23일의 일이었다.

부용은 사람들이 모여 있는 곳으로 갔다. 비가 내리고 있는데도 사람들이 바다를 보면서 웅성거리고 있었다.

"왜 그래요?"

부용이 을녀에게 물었다.

"시체가 떠내려 온 것 같아."

을녀가 혀를 차면서 말했다. 부용은 바다를 보았다. 병사로 보이는 시체가 바다에 떠 있었다.

"꺼내야 하지 않아요?"

그때 마을 사내 김금철이 바닷물로 들어갔다. 시체는 바닷물에 밀려왔다 밀려가기를 반복하고 있었다. 김금철이 허리까지 오는 바닷물에서 시체를 끌고 나왔다.

'왕, 왕자님······!'

부용은 시체를 보자 경악했다. 그녀는 재빨리 이언에게 달려가 끌어안았다. 눈물이 비오듯이 흘러내렸다.

이언은 이미 싸늘한 시체가 되어 있었다.

부용은 통곡을 하고 울었다.

이언이 시체가 되어 섬까지 떠내려 온 것이 허망했다. 아아 나는 이제 어찌 살아야 하는가. 부용은 울고 또 울었다. 한참 동안을 우는데 사람들이 모여들어 웅성거렸다.

"조선 병사인 것 같은데 아는 사람이야? 아는 사람이면 매장을 해주어야지."

을녀가 혀를 차면서 시체를 들여다보았다.

'왕자님인데 어떻게 하지?'

이언은 자신이 일본군과 싸우는 것이 알려지면 왕과 왕비가 일본군에게 괴롭힘을 당할 것이라고 했다. 왕자의 시체라는 사실을 숨겨야 했다.

"제 오라버니에요."

부용은 사람들에게 거짓말을 했다.

"어떻게 해?"

"오라버니가 동생을 찾아왔네."

사람들이 안타까워했다. 얼마나 울었는지 알 수 없었다. 한참 동안 울면서 생각하자 이언이 고마웠다.

'그래도 나를 잊지 않고 찾아와 주셨네요.'

이언이 그녀가 있는 섬까지 떠내려 온 것이 신기했다.

이튿날 부용은 섬 사람들에게 부탁하여 관을 준비하고 베옷으로 염을 했다. 입관을 할 때는 자신의 머리카락도 한 줌 잘라서 넣었다.

이언을 섬의 양지쪽에 묻은 것은 해가 기울고 있을 때였다.

봉분을 만드는 대신 돌을 쌓았다.

비바람에도 돌무지가 무너지지 않을 것이다.

에필로그

기차가 덜컹대며 한강철교를 건너기 시작했다. 나는 한양이 가까워지자 가슴이 세차게 뛰었다. 독일공사관 사람들과 베소니가 옆에 있지 않았다면 눈물을 흘렸을지도 몰랐다.

조선의 왕자 이언이 죽은 1894년 겨울, 나는 조선을 떠났다. 부용에 대한 소식은 전혀 알 수 없었다.

나는 오스트리아 빈에서 '코레아의 신부'라는 발레극을 써서 공연준비를 했다.

청일전쟁에서 승리한 일본은 조선에서 각종 이권을 챙기기 위해 혈안이 되었다. 이에 조선 왕비는 러시아와 손을 잡았다. 일본은 러시아 때문에 조선을 마음대로 할 수 없었다.

1895년 일본은 또다시 왕궁을 침범하여 왕비를 살해하고 불태우는 만행을 저질렀다.

'인간이 어떻게 그런 짓을……'

나는 왕궁의 연회에서 본 조선 왕비의 아름다운 모습을 떠올리고 분개했다. 그와 같은 사실이 유럽에 알려지자 많은 사람이 일본을 비난했다. 왕비에게 팔찌를 선물받은 엠마도 일본을 야만인들이라고 비난했다.

조선에서는 왕비시해와 단발령에 대한 반발로 을미의병이 일어났다. 일본은 군대를 동원하여 의병을 토벌했을 뿐 아니라 민간인들까지 대대적으로 학살했다.

그런데 의병들 중에 젊은 여자가 말을 타고 다니면서 활을 쏘면서 일본군과 싸우고 있다는 소문이 들려왔다.

'설마 부용이⋯⋯?'

나는 독일영사관에 있는 사람들에게 그 이야기를 편지로 전해 듣고 경악했다. 부용은 말도 잘 타고 활도 잘 쏘았다.

말을 탄 젊은 여자.

나는 그 여자가 부용이 틀림없다고 생각했다.

'일본군을 이길 수 없을 텐데⋯⋯.'

나는 부용이 일본군의 총에 맞아 죽는 모습을 생각했다. 일본군의 토벌에 몇몇 의병이, 그것도 총도 없이 싸운다는 것은 불가능했다.

그 후 부용에 대한 소식은 더 이상 들을 수 없었다.

조선은 1897년, 코레아의 신부가 빈에서 공연되고 있을 때 대한제국을 선포했으나 일본에 의해 군대가 해산되었다. 그리고 1904년 노일전쟁이 일어났고, 1905년 11월 을사늑약이 체결되었다.

그날은 우리가 한양에 도착하기 며칠 전의 일이었다.

기차가 남대문역에 도착했다. 나는 기차에서 내려 역광장으로 나왔다. 역광장에 일본군들이 많았다.

우리는 독일공사관을 향해 걸었다. 독일영사관은 얼마 전부터 공사관으로 승격되었고, 건물도 새로 지었다.

"동양은 처음인데 신기하네요."

베소니가 거리는 오가는 조선인들과 일본인들을 살피면서 말했다. 조선인들도 베소니를 신기한 듯이 살피고 있었다.

"남자들이 이상한 모자를 쓰고 있어요."

베소니가 도포를 입고 갓을 쓴 조선인들을 보고 말했다.

"저건 모자가 아니고 갓이라고 합니다."

"그래요? 여자들의 옷이 우아하네요."

"치마저고리인데 아름답죠."

나는 부용의 모습을 떠올리면서 대답했다.

베소니가 부용을 본다면 진정으로 좋아할 것이다.

남대문에서 공사관으로 가는 길에도 긴장감이 감돌고 있었다. 곳곳에 일본군이 총을 들고 배치되어 있고, 흰옷을 입은 조선인들이 몰려다니고 있었다.

베소니와 나는 공사관에서 잠시 쉰 뒤에 손탁호텔로 갔다. 그곳이 우리의 숙소였다.

호텔로 가면서도 일본군을 자주 볼 수 있었다.

"하인리히!"

손탁은 나를 보자 깜짝 놀라서 손을 내밀었다.

"앙투아네트 양, 반갑습니다."

나는 손탁이 내민 손등에 허리를 가볍게 숙여 키스를 하고 베소니를 소개했다. 베소니와 손탁이 인사를 나누었다.

손탁은 1885년에 웨베르 공사를 따라 조선에 들어왔다가 왕궁에서 외국인 접대와 통역을 했었다. 조선의 왕과 왕비는 손탁을 좋아했다. 1895년에 약 2천 평에 이르는 대지와 한옥 한 채를 상으로 주었다.

손탁은 그 자리에 서양식의 근대식 건물을 짓고 호텔을 열었다. 자신이 사랑하는 조선을 위해 독립운동을 전개하는 등 조선을 위하여 평생을 살았다.

"그러네요. 10년 만에 돌아오신 건가요?"

"10년이 조금 넘었습니다."

손탁이 객실을 안내해 준 뒤에 그녀의 사저로 데리고 갔다. 그녀의 사저는 호텔 뒤의 한옥집이었다.

옛날에 부용과 함께 이 사저에 왔었다. 손탁의 사저는 옛모습을 그대로 간직하고 있었다.

나는 소파에 앉아서 손탁의 얼굴을 살폈다. 그녀는 어느덧 51세가 되어 있었다. 결혼을 하지 않았으나 슬하에 조선인 양자를 두고 있었다.

"조선의 공기가 흉흉하네요."

"일본이 조선을 보호국으로 만들었어요."

"세상에!"

"조병세 대감과 민영환 대감이 자진하고… 많은 조선인들이 조약을 파기하고 을사오적을 처벌하라고 황제에게 상소를 올리고 있어요. 남산에는 일본군이 대포를 설치하고… 조선이 망했어요."

손탁은 울 듯한 표정이었다. 나도 눈시울이 뜨거워지는 것 같았다. 조선은 을사늑약으로 발칵 뒤집혀 있었다.

"하인리히 씨 소식은 들었어요. 오스트리아 빈에서 발레를 공연하여 대성공을 거두었다면서요."

코레아의 신부는 부용에 대한 이야기다.

"5년 정도 공연했습니다."

코레아의 신부에 대한 반응은 좋았다. 최근에 다시 공연하려고 준비하고 있었다.

"음악도 널리 알려졌는데……."

"베소니 양이 춤을 추었지요. 부용을 만나고 싶다고 하여 같이 왔습니다."

"잘 왔어요."

손탁이 베소니를 향해 미소를 지었다.

"조선에서 지내는 동안 잘 부탁합니다."

베소니가 말했다. 베소니가 조선에 온 것은 부용의 춤을 보기 위해서였다.

"조선은 많이 변했네요."

나는 손탁을 향해 말했다.

"일본 천하가 되었어요."

손탁이 우울한 표정으로 대답했다.

"왕비님이 시해되어 가슴이 아픕니다."

"벌써 10년이 지났어요."

"부용 양에 대한 소식은 들었습니까?"

"거의……."

손탁이 베소니의 눈치를 살피면서 대답했다.

"일본군에 수배되어 있어서… 체포되었다는 기록은 없지만 총에 맞았을 수도 있고… 만주로 갔을 거라는 이야기도 있고……."

나는 손탁이 부용에 대한 이야기를 숨기고 있다고 생각했다. 나는 무겁게 한숨을 내쉬었다.

손탁은 호텔을 개업하고, 조선인들을 돕고 있는 이야기를 해주었다. 그는 왕비가 시해되기 몇 달 전에 호텔 부지와 건설비용을 하사받았다.

"사진이 한 장 있는데……."

손탁이 나에게 사진 한 장을 내밀었다. 그것은 부용이 활을 어깨에 메고 말을 타고 개울을 건너는 모습이었다. 비가 오는 것일까. 조선의 한복 위에 걸친 코트를 바짝 여미고 있는데 낡고 해져 있었다. 그리고 그 코트는 내가 선물한 것이었다.

"어디서 찍은 걸까요? 사진 찍는 게 쉽지 않았을 텐데……"

"선교사가 찍었다고 그래요. 평안도래요."

"평안도?"

"제천의병장 유인석에게 황제가 애통한 조서를 내린 일이 있어요. 유인석은 황제가 내각에 들어와 일을 하라고 했으나 응하지 않고 만주로 갔어요. 이때 부용 양도 의병들과 함께 만주로 간 것 같아요. 사진도 평안도 의주에서 찍었대요."

"지금은 무엇을 할까요?"

"만주나 연해주에서 의병활동을 하고 있지 않겠어요?"

나는 고개를 끄덕거렸다. 부용이 말을 타고 만주 일대를 헤매는 모습이 아득하게 떠올라왔다.

그날 밤 나는 덕수궁 앞으로 갔다. 덕수궁 앞에 수많은 조선인이 무릎을 꿇고 엎드려 통곡하고 있었다.

하늘에는 신비스러울 정도로 달빛이 밝고, 멸망해가는 조선을 슬퍼하면서 조선인들이 울고 있었다.

나는 6개월 정도 조선에 머물면서 부용의 행적을 찾으려고 노력했다. 그러나 끝내 그녀의 행적을 찾지 못하고 조선을 떠나게 되었다.

'부용, 그대는 내 가슴 속에 영원히 살아 있을 것이오.'

나는 뱃전에서 점점 멀어지는 조선을 향해 손을 흔들었다. 마치 부용에게 작별을 고하듯이.